東野圭吾

雪煙《せつえん》チェイス

実業之日本社

実業之日本社文庫

雪《せつ》煙《えん》チェイス

1

程よく雪が舞っていた。

リフトから降りると、脇坂竜実《わきさかたつみ》は腰を下ろすことなく後ろ足のバインディングを装着した。そのまま速やかに滑り始める。ほかの人間の準備が整うのを待たなくていいのは、一人で滑りに来ている時の大きなメリットだ。

ウォーミングアップの足慣らしは十分にやった。そろそろいいだろう、といつもの地点に向かうことにした。

本来はレギュラースタンスだが、時折スイッチスタンスに切り替えたりしながら、コンディションの整った中級程度のバーンを滑った。カービングを楽しむには最適の斜面だが、スキーヤーやスノーボーダーたちの姿は多くない。この先には未圧雪の上級者バーンが待ち構えており、降雪直後でなければ、ほぼ全面がコブ斜面になっていることを皆が知っているからだろう。

もちろん竜実も、そんなことは百も承知だ。それでも向かうのは、それなりの目的があるからだった。

圧雪部分を過ぎ、雪面が少しずつ荒れてきた。適度に柔らかいところは滑っていても気持ちよく楽しいが、それもさほど長くは続かない。昨日は降雪がなかったそうだから、このまま進めば例のコブ斜面に突っ込むだけだろう。わざわざそんなところを滑りたくて、早起きし、たった一人で車を運転してやってきたわけではない。

お目当てのポイントが近づいてきた。竜実はスノーボードを操りながら周囲を見渡す。幸い、人目はなかった。仮にあったところで、口うるさいパトロールでなければ気にする必要はないのだが、ルール違反を犯しているところをあまり他人には見られたくないのが人情だ。

斜面の左サイドには林が広がっていた。その手前には赤いロープが張られている。いうまでもなく、その向こうは滑走禁止区域だ。それでも竜実はロープに向かってスピードを上げた。

目標ポイントが見つかった。そこを目がけ、上体を低くし、思いきり頭を下げる。無事にロープの下を通過。勢いを利用し、うまく上り坂を駆け上がった。しかしまだ油断はできない。むしろ神経を使うのはここからだ。間隔狭く生えている木をよけつつ、積極的に攻めていかねばならない。慎重になりすぎて必要以上にスピードを落とすのは厳禁だ。場所によっては、極端に斜度がなくなっているところがある。林の中は未圧雪だ。ボードが雪に埋もれて動けなくなったりしたら目も当てられない。

木が密集したエリアを無事に走り抜けると、突然視界が開けた。足元に見事なパウダーゾーンが広がっている。知る人ぞ知る穴場だった。

竜実は速度を緩めることなく、飛び込んでいった。豊かな雪は、彼のボードを柔らかく受けとめてくれた。そのまま重力に任せて滑り降りていく。まるで孫悟空《そんごくう》の觔斗雲《きんとうん》に乗っているような浮遊感と疾走感があった。雪、雪、雪。風、風、風。仲間たちと一緒だったなら、間違いなく雄叫《おたけ》びをあげていただろう。これだからスノーボードはやめられない、パウダーランは最高だ。

だが天国の時間は、そう長くは続かなかった。広大な山の中でも、適度な斜度があり、しかも木々が密集していないところなど、ごく一部なのだ。したがって、またしても密集した木々の間を滑り抜けていくことになった。ただし、これはこれで緊張感があり、楽しい時間ではあるが。

前方に人影が見えた。赤と白のツートンカラーのウェアに黒のヘルメット。スキーポールを持っていないところを見るとスノーボーダーだろう。体つきから女性らしいとわかった。木の間で立ち止まり、何かやっている。アクシデントでも起きたのか。

だが近づいてみると、何のことはなかった。写真を撮っているのだった。しかも自撮りだ。カメラを持ち、腕をいっぱいまで伸ばしている。狙い通りのアングルで撮れないのか、しきりに首を傾《かし》げていた。

竜実はゆっくりと近づいていった。「撮りましょうか」声をかけた。

女性スノーボーダーが、彼のほうを向いた。「えっ？」

竜実はカメラを構えるポーズをし、もう少し大きな声を出した。「シャッター、押しましょうか」

「あっ、お願いしていいですか」ややハスキーだが、若さを感じさせる声だった。

「いいですよ。どんなふうに撮ったらいいですか」

すると彼女はカメラを手に、ボードの片足を外した状態、所謂《いわゆる》ワンフットで竜実のところまで上ってきた。

「この先にハート形に見える景色があるんですけど、わかります？」そういって後ろを振り向き、遠くを指差した。

「えっ、ハート形？」

「すぐそこに大きな木があって、上で大きく枝分かれしてるじゃないですか。で、その向こうに山の稜線《りょうせん》があって、ちょうどハートの形に見えるんですけど」

「ええと……」彼女が指す方向に目を向けた。すぐにはわからなかったが、上下左右に視界を移動させているうちに、不意にその図形を捉えられた。ハートの下半分を木の枝が、上半分を稜線が描いているのだ。「ああ、なるほど。へえ、面白いな。こんなふうに見えるんだ」

「あのハートをバックに自分を撮ろうとしてるんですけど、うまくいかなくて」

「わかりました。撮りましょう」

竜実は右足のバインディングを外し、カメラを受け取った。ゴーグルをつけたままでは液晶画面がよく見えないので、ビーニーの上にずらした。

「どのあたりに立てばいいのかな」女性が訊《き》いてくる。

「もう少し下がってください。全身を入れたほうがいいですか」

「いえ。上半身だけで結構です」女性がゆっくりと下がりながら答えた。

「じゃあ、そのへんでいいです。いきますよ。はい、チーズ」

女性が右手でピースサインを出した。ゴーグルとフェイスマスクのせいで、どんな表情をしているのかはわからない。

「念のために、もう一枚」そういって竜実はカメラを構え直そうとした。

「あ、ちょっと待ってください。それなら」女性はゴーグルをヘルメットの上にずらし、フェイスマスクを下ろした。

竜実は、どきりとした。大きな目は、程よく吊《つ》り上がっていて、勝ち気な猫を連想させた。細面というほどではないが、顎《あご》は細く、鼻筋は通っている。ずばり、竜実の好みのタイプだった。

とはいえ見とれているわけにもいかず、アングルを決め、シャッターを押した。

「ありがとうございます。助かりました」

女性がワンフットで竜実のところまで上ってきた。竜実はカメラを返した。モニターで画像を確認した彼女は、「ばっちりです」といって指で輪を作った。

「ここへはよく滑りに来るんですか」竜実は訊いた。

「よくってほどではないけど、ワンシーズンに何度かは。お気に入りの場所の一つです」

「やっぱりね。でなきゃ、こんなところを滑っているわけがない。こんな穴場を」

彼女はカメラをポケットにしまってから、肩をすくめた。

「コース外を滑るのは御法度《ごはっと》だとはわかってるんですけど、どうしても我慢できない時があって。だめですよね」

「それをいったら、俺も同罪だ」

「でもおかげで良い写真が撮れました。ありがとうございます」そういって彼女はフエイスマスクを付け、ゴーグルを下ろした。ヘルメットの横に、星形をしたピンクのシールが何枚か貼り付けられているのが見えた。

「一人で来てるんですか」少し気になったので竜実は確認した。

女性スノーボーダーは、後ろ足のバインディングを留めてから頷《うなず》いた。「はい」

「そうですか。俺も一人なんですよ」

「一人だと気楽でいいですよね」

まるで竜実の下心を見抜いたような一言だった。よかったら一緒に滑りませんか、といおうとしていたのだ。そうですね、としか返せなくなった。

「ふだんはどこで滑ってるんですか」仕方なく、話題を変えた。

「ホームグラウンドは里沢《さとざわ》です。今日ここを滑ったら、またあっちに戻る予定です」

「ああ、里沢温泉スキー場」竜実は大きく頷く。日本最大級のスキー場だ。「俺は行ったことないんですけど、広くて雪質も素晴らしいそうですね」

「最高ですよ。一度、来てください」

「じゃあ是非。今シーズンは、まだ滑るんでしょう?」

「もちろん、そのつもりです。冬場は、これだけが楽しみなんで」

「ああ、それなら俺と一緒だ」

「お互い、怪我《けが》をしないように楽しみましょう。じゃあ、またどこかで」そういって彼女は手を振り、滑りだした。

竜実も急いでバインディングを装着し、スタートした。彼女の跡を追いながら滑りを見て、ただ者じゃない、と思った。密集した木々の間を、雪煙を上げながら滑り抜けていく。そのフォームは華麗でダイナミックだ。女子だからといって侮るなかれ、といわんばかりだった。あっという間に引き離され、見失ってしまった。

やがて正規のコースが前方に見えてきた。竜実はコース外に出た時と同様、頭を低くしてロープの下をくぐった。

すぐに斜面の下を見回したが、先程の彼女の姿はどこにもなかった。もしかすると、まだコースには戻っておらず、もっと別のルートを滑り降りていったのかもしれない。

残念、もう少し話したかった、ダメ元で一緒に滑ろうと誘えばよかったかな——あれこれと後悔しながら滑りだした。一瞬だけ見た彼女の顔が、瞼《まぶた》に残っている。

駐車場に止めてあった車に戻ったのは、午後三時を少し過ぎた頃だった。服を着替え、スノーボードとブーツをラゲッジスペースに放り込んだ。自販機で缶コーヒーを買い、運転席に乗り込んでから飲み始めた。これから数時間、東京に向かって一人で運転だ。ぱんぱんと頬を平手で叩《たた》き、気合いを入れ直した。

2

あと三十分ほどで東京駅に到着するという時、胸の内ポケットに入れてあるスマートフォンが着信を知らせた。個人所有のほうではなく、職場から貸与されている、というより強制的に持たされているほうだ。小杉敦彦《こすぎあつひこ》は嫌な予感を覚えつつ、席を立ちながらスマートフォンを取り出した。

デッキに出てから電話を繋《つな》ぎ、小杉です、と硬い口調で応じた。

「出張はどうだった?」上司の南原《なんばら》が、ねっとりとした口調で訊いてきた。

「疲れました」小杉は答えた。「何しろ、朝一番の新幹線で仙台《せんだい》に行って、一日中歩き回りましたからね。昼飯の時以外、休んでません」

「帰りの新幹線では眠れただろう」

「それが、このところ不眠症気味で。ようやくうとうとしかけたと思ったら、この電話に着信があったというわけです」

ふん、と南原が鼻を鳴らした。

「一日のお勤めを終えて、さあ家に帰ってビールでも飲もうと思っていたら、仕事用のスマホに着信だ。そりゃあ、予防線を張りたくもなるよなあ」

　そんなことはありません、と答える理由も義理もなく、「何かあったんですか」と小杉は訊いた。

　南原は、もったいをつけるように少し間を置いてから、「事件だ」といった。

　そりゃそうだろうと小杉は思った。出張からの帰りに、単なる雑用で電話をかけてこられたら迷惑だ。

　どんな事件ですか、と尋ねようとした時、南原が続けた。「殺しだ」

　小杉は一瞬、返答に詰まった。聞き間違いであることを祈った。

「ええと」空咳《からせき》をした。「今、何と？」

「信じたくない気持ちはよくわかる。俺だってそうだからな。しかし、残念ながら嘘《うそ》でも冗談でもない。正真正銘の殺しだ。現場は三鷹《みたか》市N町の一軒家。強盗殺人だ。金品を奪われている。殺されたのは、その家に住んでいる八十歳の爺《じい》さんだ」

　話を聞き、暗澹《あんたん》たる気持ちが胸に広がった。チンピラ同士が喧嘩《けんか》して、勢いで殺してしまった、とかいう単純な事件ではなさそうだ。

「あのう、係長」かすかな期待を胸に小杉は尋ねた。「犯人はどうなりました？」

「捕まっていない。自首もしていない」

やっぱりそうか、とスマートフォンを耳に当てたまま項垂《うなだ》れる。

というわけで、と南原はいった。「初動捜査が始まっている。お疲れのところをすまないが、東京に戻ったら、そのまま現場に向かってくれ。できるかぎり早くだ。住所は――」

「ちょっと待ってください。今日は直帰の予定で、いろいろと段取りをしてしまいました。一旦、自宅に帰っていいですか」

「そんな暇はない。独り暮らしなんだから、別に構わんだろう」

「飼い猫に餌《えさ》を置いてくるのを忘れたんです」

「そう簡単には飢え死にせんだろ。安心しろ、今夜中には帰してやる。現場の住所をいうからメモしろ」

憎々しい思いを嚙《か》みしめながら、小杉はスーツのポケットから手帳を出し、南原のいう住所を走り書きした。

「わかっていると思うが、これだけの事件だ。うちの署だけで捜査に当たることはないと思っていてくれ」

上司の言葉に、小杉の心は一層暗くなる。「捜査本部が立つということですね」

必ず、と南原は断言した。

「明日にもうちの署に開設されるだろう。朝一で捜査会議が行われるかもしれんから、その準備もしなきゃならん。明日からは、当分家には帰れないと思え」

じゃあな、といい放ち、小杉の返事を待たずに南原は電話を切ってしまった。

小杉は持っていたスマートフォンを叩き付けたくなる気持ちを抑え、客室内に戻った。時計を見ると午後五時を少し過ぎたところだった。


東京駅から中央線に乗り、最寄《もよ》り駅からはタクシーを使った。N町は一軒家が建ち並ぶ、静かな住宅街だ。タクシーから降り立った小杉は、すぐに当該の家を見つけた。前の通りにパトカーが連なって止まっているからだ。野次馬も集まっている。家の表札には、『福丸《ふくまる》』とあった。

小杉さん、と声をかけられた。そちらを見ると後輩の白井《しらい》が近づいてくるところだった。学生時代にラグビーをしていたというだけあって、ごつい身体《からだ》をしている。そのわりに童顔だ。一人娘が通う幼稚園では、子供たちからアンパンマンと呼ばれているらしい。

「仙台はどうでしたか。牛タン、食いましたか」食い意地の張っている白井は、自分以外の人間が出張に行く時でも、その地の名物を調べる癖がある。

「そんな暇、あるわけないだろ。散々歩き回って、くたくただ」小杉は吐き捨てるようにいった。実際には昼飯に牛タンを食べたのだが、正直に申告する義務はない。

「こんなことなら、もっと遅い新幹線で帰ってくるんだった」

「御愁傷様です」

「で、どんな状況だ」小杉は屋敷のほうを指した。

「鑑識の作業が終わってないので、まだ中には入れません。でも画像を提供してもらいました」白井はタブレットを手にしていた。

「ほかの連中は？」

「機捜さんたちと手分けして、近所の聞き込みに回っています」

南原がいったように、本格的に初動捜査が始まっているようだ。

「係長は？」

「署で、被害者の家族たちの話を聞いているはずです」

小杉はため息をついた。疲れているが、ぼやいている場合ではなさそうだ。

そばにいた警官に断り、止まっていたパトカーの後部座席に二人で乗り込んだ。

「通信指令センターに通報があったのが、午後四時十二分です。女性の声で、家の者が殺されている、といったそうです。かなり取り乱していて、説明も支離滅裂だったとか。それで近くの交番から二人の警官が駆けつけ、状況を確認しました。その頃には女性も少し落ち着き、まともに話せるようになっていたようです」

白井の説明によれば、通報した女性は、この家の主婦である福丸加世子《かよこ》だった。加世子は平日の午前十時から午後三時まで、近くのスーパーで働いている。その後、仲間たちと少しおしゃべりをしてから帰宅するのが慣《なら》わしだ。今日もそのパターンで四時前に帰った。玄関の鍵がかかっていなかったが、特に不審には思わなかった。会社勤めの夫が帰っている時間ではないが、同居の義父がいるからだ。義父が施錠を忘れるのは珍しいことではなかった。

加世子は玄関から直接キッチンに入ったので、すぐには異変に気づかなかった。気づいたのは、リビングに移動した時だった。リビングボードの前に、様々な物品が散らかっていたのだ。引き抜かれた抽斗《ひきだし》が床で裏返しになっていた。

加世子はリビングを飛び出し、隣の部屋をノックしながら義父の名前を呼んだ。そこが義父の部屋だったからだ。しかし返事がなく、心配になった彼女は、めったに無断で開けることのないドアを開けた。最初に目に飛び込んできたのは、つけっぱなしになっているテレビだった。そして次に目にしたのは——。

「こういう状況です」白井は持っていたタブレットの画面を小杉のほうに向けた。

そこは畳敷きの和室だった。その上でスウェット姿の老人がうつ伏せになって倒れていた。そばに碁盤が置かれている。

白井が画面を操作すると、別の画像が表示された。老人の首をアップにしたものだ。明らかに絞殺痕と思われる赤黒い線が付いている。

「凶器は？」

「見つかってません」

白井によれば、被害者の名前は福丸陣吉《じんきち》というらしい。年齢は八十歳。元会社役員だが、現在は年金以外の収入はない。同居者は長男の秀夫《ひでお》と嫁の加世子だけで、二人いる孫は就職して家を出ているとのことだった。

「係長の話では、金品が奪われているらしいが」

「リビングボードの抽斗に入れてあった現金二十万円ほどが消えています。生活費として、そこに入れておく習慣だったそうです。加世子夫人が家を出る時には間違いなくあったということです」

「ほかに盗まれたものは？」

「被害者の部屋から、何かを盗まれた可能性はあります。ただ本人にしかわからないことが多く、確認できていません。夫妻や子供たちの部屋は二階にあるのですが、そちらに犯人が足を踏み入れた形跡はないようです。ある程度の現金が手に入ったので、一刻も早く逃走することを優先したのかもしれません」

「侵入経路は？」

「鑑識さんがざっと見たかぎりでは、勝手口や窓には内側から鍵がかかっており、壊された形跡はないようです。玄関を出入りしたのではないか、ということでした」

小杉は家のほうをちらりと見た。「防犯カメラは？」

白井は顔をしかめ、首を振った。「ついていません」

「そうか」ため息をつく。こういう事件が起きるたび、なぜ国は防犯カメラの設置を義務化しないのかとぼやきたくなる。

白井が内ポケットに手を入れ、スマートフォンを出した。電話がかかってきたらしい。

「はい、白井です。……今、小杉さんと一緒です。……わかりました。すぐに戻ります」白井は電話を切り、小杉を見た。「係長からです。至急、署に戻れとのことでした」

「何があったんだ」

さあ、と白井は首を傾げた。「面倒臭いことをいいださなきゃいいんですけどね」

パトカーを降り、二人で歩きだした。幹線道路に出てからタクシーを捕まえた。

署に戻ると、すでに慌ただしい雰囲気に包まれていた。決して広くない廊下を、事務機器や通信機器を抱えた若い署員たちが足早に行き来している。捜査本部が置かれる予定の講堂に運んでいるらしい。彼等の顔色は一様にブルーだ。殺人事件の捜査本部が開設されることほど、所轄の警察官にとって憂鬱なことはない。人手を割かれるだけでなく、金もかかる。当然、上司の機嫌は悪くなる。

二人が刑事課に行くと、南原が別の部下と立ち話をしているところだった。南原は小杉のほうに無愛想な馬面を向け、「お疲れのところ、すまんな」と全く気持ちの籠《こ》もっていない声をかけてきた。

「どういう状況ですか」小杉は訊いた。

「こういう状況だ」南原は、ぐるりと周りを見回した。「みんな、忙しく働いている。おまえにも早く加わってもらいたい」

「もう加わっています」

小杉がコートを脱ごうとするのを、「そのままでいい」と南原は制した。「これからすぐに当たってもらいたい人物がいる」

「誰ですか」

「散歩係だ」

「散歩係？」小杉は眉をひそめた。「何ですか、それは」

「遺族によれば、福丸家では柴犬《しばいぬ》を飼っていた。散歩に連れていくのは被害者の役目だったが、半年ほど前に腰を痛めて以来、長い時間を歩けなくなった。だからといって散歩させないのはかわいそうなので、バイトを雇うことにしたそうだ」

「あの家、犬なんかいたか？」小杉は白井に訊いた。

白井は首を傾げた。「気づきませんでした」

「先月、病気で死んでいる」南原がいった。「十五歳だったというから、犬にしちゃかなりの高齢だ。元々持病があったそうだが、足を怪我して動けなくなり、余計に悪化した挙げ句に死んじまったらしい。で、問題はその怪我だ。散歩中に自転車と接触したってことだが、散歩させていたのは雇ったバイトだった。きちんと周りを見ていなかったからだ、と被害者は激怒して、そのバイトを解雇した」

三か月ほど前の話だ、と南原は付け足した。

「そのバイトが今度の事件に絡んでいると？」

「聞き込みに回っている連中からの情報だ。近所の主婦が、昨日の昼間、福丸家の中を覗《のぞ》いていた男を目撃している。しかし全く知らない顔ではなく、何度か道で見かけたことがあった」

「もしかして、今、話に出た犬の散歩係ですか」

「ピンポーン」南原は太い声で柄にもないことを口にし、人差し指を立てた。さらに机から一枚の写真をつまみ上げた。「遺族から素性を聞き、こちらで検索した。この人物だ」

写真は運転免許証のデータベースから取り出したものらしい。写っているのは若い男だった。二十代前半といったところか。顎が細く、少し垂れ目だ。何が不満なのか、無愛想な表情をカメラに向けている。

「侵入経路について、何か聞いたか」南原が尋ねてきた。

「白井の話によれば、玄関を出入りしたと見られているとか」

南原は人差し指を左右に振りながら、ちっちっちっと舌を鳴らした。

「鑑識の当初の見解はそうだった。ところが事情が変わった。遺族から重大な情報提供があった。犯人は勝手口から侵入した可能性がある」

「勝手口？　奥さんが家を出る時、施錠を忘れたんですか」

「いや、間違いなく施錠はしたらしい。しかし合い鍵がある」

「合い鍵？」

「郵便ボックスの底に小さな容器が取り付けてあって、そこに勝手口の合い鍵を隠してあったんだ。家の鍵を忘れた者が閉め出された時などのために、そんなふうにした

らしい。さっき鑑識に確認してもらったが、たしかに鍵が入っていたとのことだ」

「その合い鍵の存在を知っているのは？」

「家族だけのはずだ、と遺族たちはいっているが……」南原は含みを持たせるように

言葉を切った。

「そうでない可能性もある、と？」

南原は頷いた。

「柴犬は屋外で飼っていたし、庭に犬小屋も作ってあるが、天候が荒れそうな時には勝手口から屋内に入れていたらしい。足の不自由な被害者が、散歩係のバイトに合い鍵の場所を教えていたことは十分に考えられる」

小杉は改めて顔写真に目を落とした。

「このバイトについて、遺族はどんなふうにいってるんですか」

「それが、開明《かいめい》大学の四年生だってこと以外、よく知らないそうだ。被害者が知り合いに紹介してもらったらしいが、犬の散歩のために訪れていたのは夫妻が留守の間で、ろくに話したこともないんだってよ」

「ふうん」

「これだけ聞けば十分だろう。さっさとこの若造に会いに行ってこい」そういって南原は一枚のメモを差し出した。住所と氏名が書かれている。これらも免許証のデータベースから引っ張ってきたものだろう。

「電話番号は？」

「夫妻は知らないようだ。しかし被害者は知っていたはずだから、間もなくわかるだろう。判明し次第、知らせる。さあ、早く行け」南原は追い立てるように、下に向けた手をひらひらさせた。

その時だった。「おい、南原っ」だみ声が入り口から聞こえてきた。誰が入ってきたのかは、顔を見なくてもわかる。

小杉が振り返ると、刑事課長の大和田《おおわだ》が、ずかずかと近づいてくるところだった。四角い顔に太い眉毛が特徴で、陰では下駄《げた》という渾名《あだな》で呼ばれている。

「近所の防犯カメラはどうなってる？　映像を片っ端から押収しろといっただろうが」

「もちろん、やっておりますっ」南原が直立不動の姿勢で答えた。

「それで？　映像から、何か見つからんのか？」

「いや、それが、解析はこれからでして……」

「早くやれっ。何をもたもたしてるんだ。ぐずぐずしていて、一課の連中に手柄を横取りされたらどうするんだ。何としてでも奴《やつ》らが来るより先に犯人逮捕の目処《めど》を立てなきゃならん。わかってるんだろうなっ」

「はい、もちろんわかっております」南原の声が裏返った。

「今夜が勝負だ、今夜が。署員を総動員してでも手がかりを摑《つか》むんだ。少々の無理は、俺が通してやる」

「はい、全力を挙げますっ」

白井が小杉の脇腹を肘《ひじ》で突《つつ》いてきた。「行きましょう」小声でいう。

「そのほうがよさそうだな」

大和田が南原に向かってわあわあと喚《わめ》くのを背中で聞きながら、小杉は白井と共に部屋を出た。

「何なんだ、あの下駄課長。やけにいきり立ってるな。いつも以上だ」歩きながら小杉はいった。

「署長が本庁の捜査一課に応援を要請したそうです」

「やっぱりそうか。まあ、強盗殺人事件で犯人が不明となれば、当然だろうな」

「それが、一課の担当係を聞いてから、大和田課長の機嫌が突然悪くなったそうですよ。さっきちらりと耳にしたんですけど、七係が在庁だとか」

小杉は足を止めた。「七係？　マジか？」

在庁とは、即座に捜査に加われるよう警視庁で待機している、という意味だ。捜査本部が開設された際、基本的にその係が出動する。

「何かまずいことでも？」白井が訊いてきた。

「七係の花菱《はなびし》係長は、大和田課長と警察学校の同期だ」小杉は声をひそめていった。「しかも昔から犬猿の仲で、何かと競い合ったらしい。ところがどちらも警部という階級は同じだが、一方は本庁で一方は所轄。差がついちまった印象は否めない」

「ははあ、なるほど」

「捜査本部が開設されれば、主役は本庁だからな。所轄は手配と小間使いに追われるだけの雑用係だ。大和田課長としてはただでさえ屈辱的なのに、実質的に指揮を執《と》るのが天敵の花菱係長となれば、はらわたが煮えくりかえる思いに違いない」

「それで一課がやってくる前に犯人逮捕の目処を立てろ、と」

「一課が来れば、初動捜査の記録はもちろん、その他諸々《もろもろ》の情報も、すべて差し出さなきゃいけないからな」

大きな段ボール箱を抱えた署員が、二人の前を通り過ぎていった。すでに疲れの色が滲《にじ》んでいる。彼もまた捜査本部開設の準備をさせられているのだろう。

「こいつが犯人なら、話が早いんだけどなあ」小杉は南原から受け取ったメモを見た。住所は三鷹市で、氏名は脇坂竜実とあった。

3

メモに書かれた住所に建っていたのは、二階建ての古いアパートだった。一部屋の狭さは外観だけでも察せられる。近くに大学がいくつかあるので、学生の入居を前提にした建物だろう。

一階の一番奥が脇坂竜実の部屋だった。フレームが錆《さび》だらけの自転車がドアの脇に止められている。小さな窓の向こうは真っ暗だった。

ドアホンなどという気の利いたものは見当たらないので、小杉はドアをノックした。しかし返事がない。脇坂さん、脇坂さん、と二度呼んでみたが、室内で人が動く気配はなかった。

留守か、と小杉は呟《つぶや》いた。

「晩飯にでも出てるのかもしれませんよ。少し待ってみますか」

白井の提案に、そうだなと答えつつ、小杉は隣の部屋を見た。表札は出ていないが、窓から明かりが漏れている。

小杉はドアの前まで移動し、ノックしてみた。すぐに、はい、と男の声が応じた。

「ちょっとよろしいでしょうか」小杉はいった。

「誰ですか」

「役所の者です。お尋ねしたいことがございまして」

返答はなかったが、物音が聞こえた。やがて鍵の外れる音がし、ドアが開いた。ただしチェーンはついたままだ。

隙間から顔を見せたのは若い男性だった。たぶん、学生だろう。

小杉は警察のバッジを提示した。「夜分に申し訳ないね」

青年の目が見開かれた。怯《おび》えと驚きの混じった色が顔に浮かんだ。

「隣の脇坂さんについて、ちょっと訊きたいんですがね」

「何ですか」

「脇坂さんとは、ふだん付き合いはありますか？」

青年の目が不安定に揺れた。「顔を合わせれば話ぐらいはします。同じ大学だし」

「開明大学？」

はい、と青年は答えた。「学部は違いますけど。僕は工学部で、彼は経済学部のはずです」

小杉が氏名を尋ねると、青年は松下広樹《まつしたひろき》と名乗った。脇坂と同じく、四年生だという。

「脇坂さんは留守のようなんですけど、どこに行っているか知りませんか」

松下は首を横に振った。「知らないです。そこまで親しくないので」

「君は今日、ずっと部屋にいたのかな？」

「いえ、午前中は大学に行ってました。帰ってきたのは……三時頃だったかな」

「その後は？　どこかに出かけた？」

「いえ、部屋に一人でいましたけど」

「脇坂さんはどうだったかな？　部屋にいる様子だった？」

「どうだろう……」松下は首を捻《ひね》った。「すみません。特に気にしていなかったので、わかりません」

「姿は見ていないんだね」

「そうですね。今日は会ってないです」

「部屋から物音が聞こえてくることもなかった？」

「聞こえたのかもしれないけど、記憶にはないです。このアパートは壁が薄くて、外からもいろいろな音が聞こえてくるし」

「脇坂さんの携帯電話の番号は知ってますか？」

「いえ、知らないです」

「メールのやりとりをしたことは？」

「それもないです。用があるなら、直接訪ねたほうが早いし」

「では脇坂さんが親しくしている人で、君が連絡を取れる人はいますか？」

ここでも松下は浮かない顔で首を傾げた。

「よく友達が遊びに来てるみたいですけど、僕が知っている人はいないです」

「そう」

空振りか、と小杉は落胆した。この青年からは有益な情報を引き出せそうにない。

「もういいですか。明日までにやらなきゃいけないことがあるので」

「ああ、それはどうもごめんなさい。御協力ありがとうございます」

小杉が礼をいうと、松下は怪訝《けげん》そうな顔つきで頷き、ドアを閉めた。とうとう最後までチェーンを外そうとはしなかった。

「使えないやつだったな」

小杉が囁《ささや》いた直後、コートの下でスマートフォンが着信を告げた。南原からだった。

「はい、小杉です」

「脇坂には会えたか」

「それが、留守なんです。行き先はわからず、もう少し待っていようかと考えていたところです」

「そのアパートに親しい人間はいないのか」

「隣人には当たりましたが、さほど親しくはなさそうです」

「ふん、そうか。ところで、ドアノブには触ってないな」

「ドアノブ？　何ですか、それは」

「脇坂の部屋のドアノブだ。触ってないだろうなと確認しているんだ。それとも触ったのか」苛《いら》ついた口調で南原はいった。

小杉は脇坂竜実の部屋を振り返り、ドアノブを見つめた。「触ってませんが」

「よし。では、そのままそこで待機していろ。間もなくそちらに鑑識係が向かう。ドアノブの指紋を採取することになっているから、誰かが触れないよう見張ってるんだ」

「現場から犯人の指紋が見つかったんですか」

「さっき話した、郵便ボックスの底に隠してあった勝手口の合い鍵だ。鑑識で調べたところ、被害者のものでも福丸夫妻のものでもない指紋が付いていたそうだ。しかも、明らかに最近になって付いたものらしい。夫妻の子供たちはこの一年間触れてないといっているそうで、犯人の指紋である可能性が高い」

「その指紋は、現場からも見つかっているんですか」

「現場には複数の指紋が残されていて、今、照合中だ。というわけで、おまえたちはそこにいろ。わかったな」

　わかりました、と答えて電話を切り、小杉は白井に事情を説明した。

「勝手口の合い鍵に指紋ですか。犯人が残しますかね、ふつう」白井は腕組みをし、首を傾げた。

「うっかりミスというのは、誰にだって起こりうる。人を殺した直後となれば、逃げることに頭がいっぱいで、そこまで気が回らなかったのかもしれない」

　そんなことを話していると、どこからかワンボックスワゴンが現れて、すぐ前の道路脇に止まった。スライドドアが開き、帽子を被《かぶ》った鑑識係が二人降りてきた。小杉は、どちらとも面識があった。

「残業、御苦労様です」年嵩《としかさ》のほうが、にやにや笑いながら声をかけてきた。「お互い、大変ですな」

「明日から、もっと大変になりますよ」小杉はいった。「何せ、本庁の連中が出張《でば》ってきますから」

「ははは、たしかに」相槌《あいづち》を打ちながらも、どこか余裕がある。今回のような事件の場合、所轄の鑑識は初動捜査で大半の仕事が終わる。本庁の人間に顎で使われるようなことはないと安心しているのだろう。

「で、問題の部屋は？」

「そこです」小杉は脇坂竜実の部屋を指した。

「あの自転車も、住人のものかな」

「たぶんそうでしょう」

年配の鑑識係は頷き、若い相棒に何やら耳打ちした。間もなく二人は作業を始めた。若いほうがドアノブの指紋を、年配が自転車の指紋を採取することになったようだ。

4

その着信に気づいたのは、竜実が三缶目の発泡酒を空にした時だった。一緒にいる波川省吾《なみかわしょうご》が、「何か鳴ってるぞ」と教えてくれたのだ。

壁のハンガーに掛けてあったマウンテンパーカーのポケットから取り出したスマートフォンの画面には、アパートの隣室に住んでいる松下広樹の名前が表示されていた。

電話をかけるとすぐに繋がった。松下はいきなり、「今、どこにいる？」と訊いてきた。心なしか声を落としている。

「波川のところで飲んでる。松下も来ないか。レポート、終わったんだろ」

だがなぜか松下は黙り込んでいる。どうした、と訊こうとした時、大丈夫か、と尋ねてきた。

「何が？」

「だって……何だか、とんでもないことになってるぜ」

「とんでもないこと？」

「さっき、うちの部屋に警察の人間が来たんだ。脇坂のことを捜してるみたいだった」

「警察が？　どうして？　違反なんかしてないぜ」

「違う。交通違反とかじゃないと思う。制服を着た警察官じゃなくて、背広にコート姿だった。あいつら、刑事じゃないのかな。俺、面倒なことに巻き込まれそうな気がしたから、脇坂とはそんなに親しくないって咄嗟《とっさ》に嘘をついたんだ。それなのに、今日脇坂さんは部屋にいたかとか、物音は聞こえなかったかとか、根掘り葉掘り訊かれた。あれ、アリバイを確かめてたのかもしれない」

「アリバイ？　何だよ、それ。二時間ドラマか」スマートフォンを耳に当てたまま、竜実は笑い顔を波川に向けた。

「笑い事じゃない。その後、俺が部屋で耳をすましてたら、連中のやりとりが聞こえてきたんだ。どうやら脇坂の部屋のドアから、指紋を採るっていう話みたいだった。実際、その後すぐに別の人間たちがやってきて、部屋の前でごそごそやってた」

「おいおいおいおい、ちょっと待て」竜実はスマートフォンを右手から左手に持ち替え、胡座《あぐら》をかき直した。「なんで俺の指紋なんかを採るんだよ」

隣で聞いていた波川の顔つきが変わった。

「それがさ、何かに付いている指紋と照合するとかいってた。たしか、合い鍵とかいったんじゃなかったかな」

「合い鍵？」

「うん、勝手口の合い鍵って聞こえたんだけど」

何だそれ、といいかけた瞬間、竜実の頭に閃《ひらめ》いたものがあった。あっ、と声を漏らした。

「どうした？　何か心当たりあんの？」松下が訊いてきた。

「ちょっと思いついたことがある。あのさ、その警官とか刑事とかって、まだ部屋の前にいるのか？」

「今はいない。どこかに行った」

「そうか。じゃあさ松下、悪いんだけど、もし何か変わったことがあったら、すぐに連絡してくれないか」

「それはいいけど、部屋には戻ってこないのか」

「戻るけど、少し作戦を練ってからにする」

「わかった」

「じゃあ、よろしく」

「うん、ああ脇坂、あのさ……」松下は少し口籠もってから続けた。「もしかすると、結構でかい事件の捜査かもしれない」

「えっ、なんで？」

「合い鍵の話をしてた時、片方の刑事がいったんだよ。人を殺した直後にどうとかって。だからさ、殺人事件かもしれないと思って……」

「……まさか」

「そう聞こえたのは確かなんだ。でも何かの間違いかもしれない。とりあえずいっておく」

「うん、わかった」

じゃあな、といって松下は電話を切った。竜実はスマートフォンを見つめた。

「何があったんだ？」波川が心配そうに訊いてきた。「アリバイだとか指紋だとか、おまえがいったように二時間ドラマでお馴染《なじ》みの言葉がばんばん出てたけど」

竜実は友人の顔を見返し、首を振った。「何が何だかわからないけど、俺、警察に追われているのかもしれない」

えっ、と眉をひそめた波川に、竜実は松下から聞いたことを話した。

「その勝手口の合い鍵って何だ。心当たり、あるのか」

ある、と竜実は答えた。「話せば長くなるけど」

「なるべく手短に話せ」

「わかった」

説明するには、バイトの話から始めなければならなかった。

竜実が研究室の大学教授から、簡単なバイトがあるのでやってみないかと誘われたのは、昨年秋のことだった。聞いてみると、ある老人が飼っている柴犬を散歩させる仕事らしい。午前中に一時間ほど歩き回らせればいいとのことで、報酬は悪くなかった。老人は教授が時折顔を出す囲碁クラブの常連で、腰を痛めたせいで犬の散歩ができなくなり、困っているとのことだった。

すぐに家を訪ねていってその老人——福丸陣吉、そして飼い犬のペロと対面した。福丸は口数は少ないが温厚そうな人物で、竜実のことを気に入ってくれた様子だった。ペロも老いているせいか、おとなしくて吠《ほ》えることもなく、扱いやすそうだった。その場で話がつき、実際、その日から散歩を始めた。

雨の日を除いては、ほぼ毎日、福丸家に通った。ペロはすっかり竜実に懐き、彼の顔を見ると足踏みして尻尾《しっぽ》を振るようになった。福丸も彼を信用できると確信したらしく、勝手口の合い鍵を郵便ボックスの下に隠してあることを教えてくれた。雨が降りそうな時などは、それを使って勝手口を開け、ペロを屋内に入れておいてくれというのだった。

「ただし、あんたに教えたことは、ほかの者にはいわんでくれよ」そういって福丸老人は片目を瞑《つぶ》った。

何もかも順調だった。だがたぶん気の緩みがあったのだろう。福丸老人やペロに馴れるうち、初めて散歩に連れていった時の慎重さがなくなっていった。

そしてあの日――。

竜実はぼんやりと考え事をしながら歩いていた。頭の中にあったのは、内定が決まった会社のことばかりだった。待遇はどうか、収入はどうか、入社試験を受ける時に散々調べたことを今さら吟味し、あの会社でよかったのだろうかとか、考えても仕方のないことに脳を使っていた。当然、注意力は散漫になる。リードを握ってはいたが、ペロのことを見てはいなかった。

反対側から一台の自転車が走ってきた。乗っていたのは主婦らしき中年の女性だった。彼女は、あまりスピードを落とすことなく、竜実の横をすり抜けようとした。だが次の瞬間、ぎゃんっ、というペロの鳴き声と主婦の悲鳴が耳に飛び込んできた。振り返るとペロが腰を抜かしたように地面に座り込んでいた。

自転車とぶつかり、足を怪我したのだとわかった。

主婦は、犬の姿は竜実の身体で隠されていて前方からは見えなかった、と主張した。不意に現れたのでよけきれなかった、と。

反論の余地は十分にあったが、とにかくペロのことが心配だった。主婦の連絡先を聞くと、竜実は福丸に電話をした。福丸は驚き、動物病院に連れていってくれといった。

かかりつけの病院で診《み》てもらったところ、右の前足が骨折していた。それを知った福丸は、珍しく声を荒らげた。一体何をしていたんだと竜実を責めた。福丸がペロを溺愛していることを知っているだけに、竜実は何もいい返せなかった。「明日からは来なくていい」といわれた際も、わかりました、申し訳ありませんでした、と頭を下げただけだ。

それ以来、福丸老人ともペロとも会っていない。とはいえ思い出さないわけではなく、むしろしばしば振り返っては後悔の念に襲われた。改めて謝りに行ったほうがいいのではないかと何度も思ったが、結局そのままになってしまった。

ところが昨日、たまたま家のすぐ近くまで行く用事があった。福丸老人と顔を合わせるのは気まずかったが、ペロのことが気になっていた。どうしているだろう、元気になっただろうか。どんな状態なのか、知りたかった。

家の前まで行き、中の様子を窺《うかが》ってみた。しかし門からは犬小屋のある裏庭は見えない。迷った末、インターホンを鳴らしてみた。

ところが応答はなかった。留守のようだ。

諦めようかと思ったが、せっかくここまで来たのだから、と未練が残った。福丸家に用があるわけではない。ペロの姿を見られたら、それでいいのだ。

失礼します、と呟きながら門扉を開き、敷地内に足を踏み入れた。もし家の人が帰ってきたら、正直に話せばいいと思った。罪悪感はなかった。

門扉を閉めた後、郵便ボックスが目に入った。同時に、老人から教わった鍵のことを思い出した。あの合い鍵は、まだ秘密の場所に隠してあるのだろうか。何となく気になり、確かめてみた。

例の合い鍵は、以前と同じ場所に隠してあった。そのことが嬉《うれ》しかった。他人の家の秘密を知っている、というささやかな優越感だろう。竜実は手に取って眺め、戻しておいた。

建物の脇を通って裏庭に行くと、見慣れた犬小屋があった。だがペロの姿はなかった。もしかすると誰かが散歩に連れていったのだろうかと思って何気なく犬小屋を見た時、その文字に気づいた。小屋の上に『ペロの家』と書かれていたのは以前のままだが、その横に、『1月19日没』と記されていたのだ。

ちょうど一か月前だ。

いきなり気持ちが落ち込んだ。ペロは高齢で、内臓にいろいろと疾患を抱えていた。

あの時の骨折が原因でそれらが悪化したのではないだろうかと思った。

ふと犬小屋の中を見ると、古いリードが放置されていた。握ってみると懐かしい手触りがあった。ペロを引っ張った時、あるいはペロに引っ張られた感覚を思い出した。短い期間ではあったが、たしかにあの犬とは心が繋がっていたのだと実感した。自転車とぶつかった時のことを振り返り、改めて心が痛くなった。本当にかわいそうなことをした——。

触っているうちに形見として欲しくなってきて、リードを丸めてポケットに突っ込んだ。放置されているようだから、持ち帰っても構わないだろうと思った。

門から外に出た後、ぼんやりと家を眺めていると、近所の女性と顔を合わせた。ペロの散歩中に何度か会ったことがあるが、名前は知らない。小さく会釈し、立ち去った。


「まずいな」竜実の話を聞き終えた波川は、腕組みをしていった。「いろいろな話を整理すると、かなりまずい状況のような気がする」

「どんなふうに整理したんだ」

まず、といって波川は人差し指を立てた。

「警察が何かの事件で捜査をしているのは確実だ。その事件とは、松下の聞き間違いでなければ殺人事件の可能性が高い。そしてその現場は、おまえが犬の散歩係をしていた福丸という家ではないかと思う。そこで誰かが殺されたんじゃないか」

「まさか……」

「そうでないなら、勝手口の合い鍵なんて話が出てくるわけがない。警察は、その鍵が犯行に使われた可能性があるとみて、それに付いていた指紋が誰のものかを突き止めようとしているんだ。近所のおばさんに顔を見られたといったな。そのおばさんが、警察に話したんじゃないか。昨日の昼間、以前バイトで散歩係をしていた学生が、家を覗いているのを見た、とか。だから部屋のドアノブについたおまえの指紋と照合しようとしている。そう考えれば辻褄《つじつま》が合う」

法学部生だけあって、波川の説明は理路整然としていた。突拍子もない話のように思えるが、竜実もそれ以外の答えはないように思えてきた。

「そういうことかあ」竜実は顔をしかめ、頭を掻《か》いた。「だったら、正直に話すよ。昨日、無断で庭に入りましたって。叱られるだろうけど、自業自得ってやつだ」

するとと波川は不思議なものを見るような目で、竜実の顔を覗き込んできた。

「おまえ、事の重大さがわかってないな」

「何が？」

「警察の立場になって考えてみろ。そんな話を真に受けると思うか」

「そうはいっても、本当なんだから仕方がない。それに松下によれば、警察は俺の今日のアリバイを調べているみたいだ。つまり事件が起きたのは今日だ。俺が近所のおばさんに目撃されたのは昨日だから、そもそも関係がない」

だが波川はゆっくりと首を振った。

「前日は下見だったんじゃないかと疑われるのが関の山だ。俺が刑事だったとしても、おまえに任意同行を求める」

「それならそれで受けて立つ。俺は潔白なんだから、何を訊かれても平気だ」

波川は竜実の胸元を指差した。「証明できるか」

「えっ？」

「おまえは今、自分は潔白だといったが、それを証明できるかといってるんだ。事件が起きたのは、おまえがいったように、おそらく今日だ。今日一日、おまえはどこで何をしていた？」

「それなら答えられる。スノーボードに行ってた。朝早くに起きて、運転して、新潟の新月《しんげつ》高原スキー場に行ってた。東京に帰ってきたのは、午後七時過ぎだ。自分の部屋に帰るつもりだったけど、サークルの悪友から連絡があって、田舎《いなか》から真空パックの地鶏炭火焼きが送られてきたと聞いたので、ごちそうになることにした」

サークルの悪友とは、無論、波川だ。ついさっきまで地鶏炭火焼きに舌鼓を打っていた。

波川はため息をついた。「しつこいようだが、それを証明しなきゃいけない」

「証明はできるぞ。実際、滑りに行ってきたんだから」

「おまえがこの部屋に来たのは午後七時過ぎだ。だからそれ以後のアリバイは、俺が証言してやってもいい。しかしそれ以前については、俺にはどうすることもできない。スキー場にいたということを、どうやって証明する？」

少し考えてから竜実は答えた。「リフト券がある」

波川は、呆《あき》れたように首を振った。

「それが証拠になると思うか？　朝早くにスキー場へ行ってリフト券を買い、東京にとんぼ返りすればいいだけのことだ」

「だったら、これはどうだ」竜実はジーンズのポケットから財布を出し、中に入れてあった高速道路の領収書を見せた。「ほら、日付と時間が印字されている。新潟の湯《ゆ》沢《ざわ》インターを出たのが朝の九時で、練馬《ねりま》インターを出たのが午後七時だ」

しかしまたしても波川は、「だめだね」と、かぶりを振った。

「どうして？」

「その間、十時間もあるじゃないか。新幹線を使えば、往復五時間の距離だ。湯沢インターを出た後、車を置いて新幹線で帰京し、犯行後にまた新幹線で湯沢に戻り、スキー場へ行ってリフト券を買った後、運転して東京に帰ってくることは十分に可能だ」

「どうしてそんな面倒臭いことをしなきゃいけないんだ」

「もちろん、アリバイ作りのためだ」波川は、さらりといった。「犯行は計画的なもので、予《あらかじ》めアリバイを用意していた、というわけだ」

「そんな馬鹿な」

「警察は、あらゆることを疑う。奴らをなめちゃいけない。一旦、こいつが犯人だと睨《にら》んだら、少々の反証ぐらいでは疑惑を捨てたりしない」

「俺は何もやってない」

「わかってる。だから、それを証明できるかと訊いてるんじゃないか」

「証明は……証明は……」竜実は言葉に詰まり、頭を掻きむしった。

5

鑑識係が作業を終えて署に引き揚げてから約一時間後、南原から電話があり、脇坂竜実の部屋を家宅捜索するのでアパートの管理人から部屋の鍵を借りておけ、という指示が出された。小杉は白井と共に、脇坂のアパートから三十メートルほど離れたところにあるコンビニの前にいた。アパートの他の住人からも話を聞いたが、脇坂の行き先を知っている者や親しくしている者はいなかった。多くは開明大学の学生だが、マンモス大学だけに人数が多く、仲間意識は薄いらしい。そこで小杉たちは温かい缶コーヒーを飲んだりしながら、脇坂が帰宅するのを待っているのだ。

南原によれば、例の合い鍵に付いていた指紋が、脇坂の部屋のドアノブや自転車から採取したものと一致したらしい。そこで住居侵入罪での逮捕を前提に、裁判所に令状発行の手続きをしたということだった。

「もう、とっくに夜ですよ。こんな時間から家宅捜索ですか」

通常、家宅捜索は日没後には行われない。

「明日になったら、捜査一課がやってくる。手柄を横取りされたらどうするんだ。今夜のうちにやれるだけのことをやっておけ、というのが課長からの命令だ」

あんたは課長の操り人形か、と突っ込みたいところだった。

「携帯電話の番号は判明したんですか」

「判明した。被害者のケータイに残っていた。しかしまだ本人に連絡を取るのは見合わせている。仮に脇坂が犯人の場合、逃走されるおそれがあるからな。脇坂には、まだ自分が疑われていることを気づかれたくない」

「なるほど」

「管理人から鍵を借りる時、脇坂の賃貸契約書の内容を確認しておけ。実家の住所や保証人の連絡先が記入されているはずだ」

「了解です」

小杉は電話を切り、白井に南原からの指示を伝えた。

「家宅捜索ですか。小杉さんがいってたように、脇坂が犯人ってことなら話が早いじゃないですか」

「どうかな。下駄課長の機嫌を取ろうとして、係長が先走ってるだけでなきゃいいんだが」

二人でアパートの前まで戻ると、小杉は先程の松下という学生の部屋をノックした。

はあい、と返事が聞こえる。

「さっきの者だけど、もう一度開けてもらえるかな」

室内で動く物音がし、解錠された。ドアが開いて、松下の細い顔が現れた。今度はチェーンを外している。

「何度も悪いね」小杉は小さく手を上げた。学生相手に敬語を使う気はなくしていた。

「まだ何か……」

「このアパートの管理人は？　大家さんとか」

「大家さんは、隣の森田《もりた》さんですけど」

「ああ、なるほど。ありがとう、それだけだよ」

アパートの名称は、『森田ハイツ』なのだった。

行ってきます、といって白井が足早に歩いていった。

あのう、と松下が口を開いた。「一体、どういう事件の捜査なんですか」

小杉は片頬を上げて苦笑した。

「気になるだろうけど、教えるわけにはいかないねえ。ツイッターとかで呟かれたら大変だから」

「そんなことはしません」松下はドアを閉めようとせず、窺うような目を小杉に向けてきた。「もしかして、殺人事件……とか？」

小杉は笑みを消し、青臭さの残る学生の顔を見つめ返した。「どうしてそう思う？」

「別に……何となく、ですけど」

「隣の脇坂さんというのは、そういうことをしそうなわけ？　乱暴だとか」

「いえ、そんなことはないと思いますけど」

「じゃあ、なんでそういう発想が生まれるのかな」

「あ……いや、それは」松下の目の縁が赤くなった。「さっき、あの、ちょっと聞こえたから。ここで刑事さんたちが話しているのが」

白井と話している時のことらしい。

「殺人なんて、いったっけ？」

「そんなふうに聞こえたんですけど」

「ふうん、そうか」小杉は松下の肩を掴み、ぐいと引き寄せた。「誰にもいっちゃだめだよ、わかったね？」耳元に囁いた。

肩を離してやると、松下は怯えた顔で何度も頷いてからドアを閉めた。

しばらくすると白井が戻ってきた。

「弱りました。鍵は借りられたんですが、大家の森田さんはぎっくり腰で、今朝から動けないそうなんです。奥さんも留守だとかで、家宅捜索には立ち会ってもらえそうにありません。どうしましょう」

「そいつは参ったな」

家宅捜索は本人に立ち会わせるのが基本で、留守の場合は立会人が必要だ。

白井はスマートフォンで、脇坂の賃貸契約書を撮影していた。実家の住所は愛知県豊橋《とよはし》市となっている。保証人の欄に記されているのは実父の名前らしい。

「それから森田さんによれば、脇坂は車を所持しています。ここから二十メートルほど行ったところに、やはり森田さんが所有している空き地があるのですが、その一画を駐車場として脇坂に貸しているそうです」

「車？　今はどうだ？　駐《と》まってるのか」

「見てきましたが、車はありません」

「車種は？　ナンバーは？」

「控えてあります」

白井は手帳を広げた。車種は国産の４ＷＤワゴンで、ナンバーは『豊橋』らしい。

車がないということは、脇坂が乗っている可能性が高い。すでに逃走の意思を固めたということか。

そんなことを考えながらアパートの前で待っていると、一台のワゴンタイプのパトカーが到着し、中から南原が降りてきた。自ら捜索に乗り出す気のようだ。若い部下を二人連れている。

「脇坂は、まだ戻ってこないのか」南原が仏頂面を小杉たちに向けてきた。

小杉は首を横に振った。「まだです」

南原は唸《うな》った。「たまたま出かけているだけなのか、自分に容疑がかかることを予想して逃げているのか……」

「脇坂のケータイは、どうせスマホでしょう。令状を取って、GPSで追跡したらどうですか」

令状があれば携帯電話会社に協力を要請し、GPSの位置情報を検索してもらえるのだ。

「そうしたいところだが、脇坂が所持しているのは、検索していることを本人に知らせる機種のようだ」

「そうなんですか。それはまずいですね」

かつてはGPSによる位置情報を得るには、本人に通知する義務があった。今はそのルールはなくなったが、通知する機能が残っている機種は多い。検索されていることに本人が気づけば、もし犯人なら逃走する可能性が高い。

「部屋を調べよう。それが一番手っ取り早い。捜索中に本人が現れたら、その場で任意同行を求める。部屋で捜すのは、まずは一万円札だ。福丸家から盗まれたものなら、被害者や遺族の指紋が付いているかもしれない。それから犬のリード」

「リード？　散歩の時に使う紐《ひも》ですか」

「そうだ。ついさっき遺族から連絡があって、被害者の部屋の仏壇に飾ってあったリードがなくなっているそうだ。首に残っていた絞殺痕から、凶器に使われた可能性が高いと思われる」

「もしそうなら、どこかに捨てたんじゃないですか」

「捜す前に諦めるな」南原が睨んできた。「そのほか、脇坂の居場所を摑めそうなものを片っ端から押収する」

「ひとつ問題が」

立会人がいないことを小杉はいった。

「隣の住人は在宅してるんだろ。それでいい」南原は何でもないことのようにいった。たしかに立会人は隣人でもいいとされている。

行くぞ、と南原は部下たちに声をかけた。

南原たちを案内する格好で、小杉は脇坂の部屋に向かった。そしてまたしても松下の部屋をノックすることになった。

ドアを開けた松下は、ぎょっとしたような顔をした。刑事の数が増えているからだろう。

「ちょっと頼みがあるんだ。これから隣の部屋を家宅捜索するんだけど、立会人になってもらえないかな」

松下の口が、かたくそうさく、というふうに動いたが、声は発せられなかった。

「よろしく頼むよ」南原が横から書類を見せた。捜索差押許可状——所謂令状だ。

「あの……立会人って、何をすればいいんですか」

「何もしなくていい。黙って我々のしていることを見ていればいい。引き受けてくれるな？」南原は高圧的にいう。

「はあ、僕でいいなら」

よし、と南原は部下たちを振り返った。「取りかかれ」

白井が手袋を嵌《は》めた手で、部屋の鍵をあけた。さらにドアを開放し、中に入っていく。二人の若手も彼に続いた。その後ろから小杉も足を踏み入れた。

だが——。

大の男が四人で作業を行えるような部屋ではなかった。六畳一間で、小さな台所が付いているだけだ。しかもベッドと机が置いてあるせいで、居場所がない。小杉は回れ右をして、部屋を出た。南原は、最初から作業に加わる気はないらしく、外で煙草《たばこ》を吸っていた。少し離れたところで、ダウンジャケットを羽織った松下が立っている。

「脇坂で当たりですかね」小杉は、松下に聞かれないよう小声で訊いた。

「俺はそう思ってるよ」南原は、やけに力強くいった。「昨日目撃されているが、下見ではなかったかと踏んでいる。その時は被害者が病院に行っていて、福丸家は無人だったそうだ。そこで今日もそうだと思い込み、金目当てで忍び込んだが、被害者に見つかった。それでそばにあったリードを使い、咄嗟に絞め殺したというわけだ」

「係長」小杉は南原のほうに顔を寄せた。「声が大きいですよ」

ああ、と南原は眉をひそめ、松下をちらりと見てから肩をすくめた。「別に構わんだろう。どうせ、すぐにわかることだ」

どうやら南原は、本気で脇坂が犯人だと睨んでいるようだ。

その直後だった。係長っ、と室内から白井の大きな声が聞こえてきた。

「どうした？」南原が入り口から問いかけた。

白井が姿を見せた。「これが見つかりましたっ」そういって手に持っているものを掲げた。犬のリードにほかならなかった。

6

スマートフォンの電源を切ったほうがいいと波川がいった。

「警察がGPSの位置情報を利用するかもしれないし、元々携帯電話やスマホは電波を発しているから、どこの基地局エリアを使っているか、簡単に摑まれてしまう。電源を切っておいたほうが無難だ」

「でも、そんなことをしたら却《かえ》って怪しまれないか」

「もう怪しまれている」波川は竜実を指差してきた。「さっさと切れ」

有無をいわさぬ口調に、竜実は反論できなかった。いわれるがままにスマートフォンの電源を切った。

波川は自分のスマートフォンを操作し始めた。松下に、連絡を取りたい時にはこちらにくれ、とメールするのだという。

竜実は混乱していた。最初のうちは冗談半分に波川の説明を聞いていたが、次第に笑い事ではない気がしてきた。

「なあ、さっきの話だけど、警察は本当にそんなことを考えてるのかな」竜実は波川に訊いた。

「さっきの話って？」

「まずは不法侵入で逮捕するんじゃないかって話だよ」

ああ、といって波川はスマートフォンをテーブルに置いた。「極めて高い確率で、そうするだろうと思う」

「そんなあ」竜実は頭を抱えた。

警察はまずは住居侵入罪で竜実を逮捕し、そこからもっと大きな罪——殺人を自白させようとするのではないか、というのが波川の読みだった。

「そんなのありかよ。卑怯《ひきょう》じゃないか」

「決め手がない時に別件逮捕を使うのは、日本の警察の常套《じょうとう》だ。逮捕すれば警察はおまえのことを十日間、最大で二十日間勾留できる。その間、徹底的に取り調べを行うだろう。おどしたり、すかしたり、なだめたり、ありとあらゆる方法を使って、おまえに罪を認めさせようとするはずだ」

「そんなこといったって、やってないんだから認めようがない」

「おまえは何もわかってない。どうしてこの国から冤罪《えんざい》がなくならないと思う？　長時間に亘《わた》る取り調べに疲れ果てた被疑者が、苦痛から逃れたい一心で、やってもいない犯罪を自白してしまうってことが往々にしてあるんだ。ひどい時には取調官が、本当に無実なら、とりあえずこの場では認めておいて、裁判で争えばいいじゃないかとそそのかしたりする。もちろん実際には、一旦罪を認めたらほぼアウトだ。自供調書が証拠として提出されるからな。だからおまえに忠告しておく。もしそんなことになっても、絶対に認めちゃだめだぞ。最後まで戦うんだ」

「ちょっと待ってくれ。それ、マジでいってるのか」

「洒落《しゃれ》や冗談で話す段階は、とうの昔に過ぎている」

「大変だっ」

竜実は立ち上がろうとした。だが彼の腕を波川が摑んできた。「どこへ行く気だ」

「決まっている。警察だ。何もやってない、昨日はペロを見るために裏庭に入っただけだと説明してくる」

「おまえは俺の話を聞いてなかったのか。出頭したら、その場で逮捕されるぞ」

竜実は頭を搔きむしった。泣きたくなってきた。「じゃあ、どうしたらいい?」

この問いかけに波川が難しい顔で黙り込んだ時、彼のスマートフォンが鳴りだした。

「松下からだ」そういって波川は電話に出た。「もしもし、波川だ。……うん。……

えっ、家宅捜索っ？」目が大きくなった。「……うん……うん……えっ、そうなのか。ちょっと待ってくれ。そのこと、脇坂に説明してやってくれ」波川はスマートフォンを竜実のほうに差し出してきた。

「もしもし、家宅捜索って？」竜実は松下に訊いた。

「大変なことになってんだよ」

裏返った声で松下が話す内容を聞き、竜実は目眩《めまい》がしそうになった。事件はやはり殺人だった。しかも強盗殺人のようだ。今日、福丸家で起きたらしい。

そしてさらに衝撃的だったのは、竜実が持ち帰った例のリードを、重要証拠物件として刑事たちが押収したという話だった。彼等はそれについて、凶器発見、と表現していたという。

「脇坂、おまえ本当にやってないよな」松下が忍び声で訊く。

「やってるわけないだろ。俺が福丸さんの家に行ったのは昨日で、リードは犬小屋から拾ったんだ」

「でも刑事たちは、これで決まりだ、とかいってたぞ」

「何でだよ。どうしてそうなるんだ」

「知らないよ。俺は刑事たちの話を聞いただけだ」

「リードが凶器だって？」

「たしかにそういってた」

竜実は混乱しつつ、考えを巡らせた。なぜ刑事たちはそんなことをいうのか。

はっとした。思いついたことがあった。「あっ、もしかして……」

「何だ」

「ペロのリードは二本あったんだ。同じ製品の色違いで、古いのと新しいのが。凶器に使われたのは、たぶん新しいほうだ。俺が持って帰ったものじゃない」

「なるほど、だったらそうかもしれないな。でも刑事たちはやけに盛り上がってたぞ。何とかしたほうがいいんじゃないか」

そんなことをいわれても、どうしていいかわからない。答えられずにいると波川が手を伸ばしてきた。スマートフォンを寄越せということらしい。黙って差し出した。

「波川だ。それで警察は今、何をしている？……そうか、わかった。……これから脇坂と相談して決めるよ。ああいや、松下は下手《へた》に動かないほうがいいと思う。……うん、また何かあったら連絡してくれ」電話を切り、波川は竜実を見た。「家宅捜索はとりあえず終わったようだけど、まだ刑事がうろちょろしているようだ。たぶんおまえが帰ってくるのを待ち伏せしているんだろう」

「今帰ったら、逮捕されるわけか」

「一二〇パーセントな」波川は断言した。「住居侵入罪で逮捕されるのは仕方ない。しかし今の状況で身柄を拘束されるのはまずい。その前に、強盗殺人罪に関しては無実だという証拠を押さえておく必要がある」

「俺はやってない」竜実は両手の拳を上下させた。

「それで通れば警察はいらない。何とかして、今日、新月高原スキー場にいたことを証明するんだ」

「そういわれても……」竜実はスキー場での自分の行動を振り返った。「ああいうところにも防犯カメラは設置されてるだろ？　それに写ってないかな」

波川は竜実の顔を見据えてきた。「そんな頼りない情報に自分の人生を賭ける気か？」

「人生って、そんな大層な」

「強盗殺人の嫌疑がかけられようとしているんだぞ。冤罪で人生を棒に振った人間が何人いると思ってるんだ。呑気《のんき》なことをいってないで、今日のおまえの行動を証明する方法を考えろ。スキー場で知り合いに会ったとか、そういうことはないのか」

「それはないなあ」そういって額に手を当てた時、ふっと思い出したことがあった。

「あっ、そうだ……」

「何だ？」波川が身を乗り出してきた。

「知り合いではないんだけど、ツリーランをしている時に、女性スノーボーダーと話をした。自撮りが上手《うま》くできないみたいだったんで、俺がシャッターを押してやった」

波川は、大きなため息をついた。

「そういうことがあったなら、なぜもっと早くいわないんだ。証人がいるなら完璧だ。今すぐその人に連絡を取れ」

「でも、連絡先を聞いてない……」

途端に波川の顔が曇った。「名前は？」

「それも聞いてない……。だって、こんなことになると思わなかったから」

波川は唸りながら腕を組んだ。「何か手がかりはないのかよ」

「一つだけヒントがある。彼女、ホームグラウンドは里沢温泉スキー場だといってた」

「里沢温泉？　長野県の？」

竜実は頷いた。

「今日か明日にはあっちに戻る、というニュアンスだった。ものすごく上手いスノーボーダーだったから、現地で訊けば何かわかるかもしれない」

「顔を見ればわかるか？」

「わかると思う。写真を撮る時、ゴーグルを外したんだ。かなりの美人だった」

よし、と波川は胡座をかいている両足を叩いた。

「その人を捜せ。おまえの無実を証明するには、その人を見つけるのが最善の策だ。というか、それ以外に道はない」

「捜しに行くって、いつ？」

波川は目覚まし時計を見た後、鋭い視線を竜実に向けてきた。

「交友関係などから、警察は今夜中にもここへ来るかもしれない。今すぐにでも出発するのが正解だろうな」

「今すぐ？　宿も決まってないのに？」

「そんなものは何とでもなるだろ。急いだほうがいい」

「ちょっと待ってくれ」

「何だ」

「金がない」

「えっ？」

「貯金が底をつきかけてて、アパートの家賃の支払いも待ってもらっている状態なんだ」

波川は冷たい視線を竜実に向けてきた。「そんな金欠のくせに滑りに行ってたのか。バイトもせずに。しかも高速道路なんかを使って」

「いつ何時いい雪が降るかわからないから、この冬はバイトを控えてるんだ。就職したら、もうこんな優雅なことはできないと思ってさ」

「その就職も、下手をしたらパアだぞ」波川は手のひらで首を切るしぐさをした。

竜実は天井を見上げた。「悪夢だ」

「今、いくら持ってるんだ？」

「ええと……」竜実は財布を出した。中を見ると千円札が何枚か入っているだけだ。

「次の仕送りは来週だ。それまでは何とか凌《しの》げるはずだったんだけど、まさかこんなことになるとは思わなかった」

波川は大きなため息をつき、苦いものを口にしたような顔をした。

「わかったよ。俺も一緒に行ってやる。考えてみれば、名前もわからない女性を一人で捜すのは大変だろうしな」

「本当か。助かる。恩に着るよ」

「里沢温泉スキー場か。雪質が最高だって話だよな。一度滑ってみたいと思ってたけど、こんな形で行くことになるとはなあ」

波川は立ち上がり、クロゼットを開けた。そこには派手な柄のスノーボードが立てかけられていた。

7

五番目に当たることになった男子学生は親と同居しているらしく、住所に部屋番号の記載はなかった。行ってみると洋風の立派な一軒家だった。表札には、『駒井《こまい》』とある。腕時計で時刻を確かめると午後十時半を過ぎていた。電話もかけずに訪ねる時間じゃないよなあと思いつつ、小杉はインターホンを鳴らした。

はい、と聞こえてきた男性の声には明らかに警戒の気配があった。

「遅くに申し訳ございません。警察の者なんですが、ちょっとお話を伺わせていただいてよろしいでしょうか」

「えっ？　何ですか」

「御心配なく。お宅には関係ありません。ただ、息子さんに訊きたいことがありまして」

「息子に？」

「はい。お時間は取らせません」

返答はなく、インターホンが切られた。やがて玄関のドアが開き、カーディガンを着た六十歳ぐらいの男性が現れた。門まで出てきたので、警察のバッジを見せた。

「どうぞ」男性は門扉を開けてくれたが、顔には不審の色がありありだ。

失礼します、といって小杉は門をくぐった。

家に入ると、男性が息子の名前を大声で呼んだ。二階から下りてきたのは、眼鏡《めがね》をかけた色白の若者だった。

「こちら、警察の方だ」父親がいった。「おまえに何か訊きたいことがあるらしい」

若者は無言で不安そうに瞬《まばた》きした。

「駒井保《たもつ》さんですね」小杉は靴脱ぎに立ったまま質問を始めた。

「そうですけど」

「脇坂さんを御存じですね。あなたと同じ経済学部四年の脇坂竜実さん」

「知ってます。三年の時にグループ研究で一緒でしたから」

「最近はどうですか。親しくしておられますか」

「親しいってほどでは……。遊ぶ仲間も違うし」

「脇坂さんがふだん親しくしておられる方々の名前や連絡先はわかりますか」

「どれだけ親しいかはわかりませんけど、彼がよく一緒にいるメンバーというと――」

駒井は三人の名前を挙げた。しかしいずれも連絡先は知らないという。

「うちの学部は人数が多いんで、連絡先を知ってる人間のほうが少ないんです。それに脇坂は、よその学部とかに友達が多いんじゃないかな。サークルの仲間とか」

「どういうサークルですか」

「たしかアウトドアを楽しむサークルだったと思います。冬はスノーボードで夏は沢登りとかをするって話を聞いたことがあります」

小杉は、家宅捜索後に白井たちから聞いた話を思い出した。スノーボード関連のグッズやDVDが多い、というようなことをいっていた。

「サークル名は？」

「知らないです」駒井は、あっさりと答えた。

「脇坂さんは、今日はどこかに出かけておられるようなんですが。何か心当たりはありませんか。大学のイベントとか」

「そんなものないです。この時期だから、それこそスノーボードにでも行ってるんじゃないんですか」駒井の口調がぞんざいになってきた。自分とは無関係らしいとわかり、気が楽になったのだろう。

「わかりました。夜分に申し訳ありませんでした」駒井父子に頭を下げると、小杉は踵《きびす》を返して玄関を出た。

今夜はここまでだな、と思った。いくら捜査のためとはいえ、あまり遅い時間に他人の家を訪問するのは非常識だ。

鑑識によれば、脇坂竜実の部屋から見つかったリードは、被害者の絞殺痕と一致しており、凶器である可能性が極めて高いとのことだ。そこで脇坂を発見することに全精力が傾けられることになったのだが、その手がかりがあまりに少なく、困惑していた。というのは家宅捜索で押収したものを調べてみても、脇坂の交友関係を示すものがろくに見つからないのだった。住所録や名簿の類いが全くない。どうやらすべてをスマートフォンで管理しているらしい。手紙がないのも、メールで事足りるからだろう。

仕方なく、大学関連の資料から何人かの連絡先を探し出しはしたが、そこに記載されている人物が脇坂と親しいとはかぎらない。案の定、誰に当たってみても、今の駒井程度の反応が返ってくるだけだった。

気になるのは、すでに脇坂は逃走しているのではないか、ということだった。携帯電話会社に基地局の特定を依頼したところ、電波が出ていない、つまりスマートフォンの電源が切られていることが判明したのだ。そうなると居場所を突き止めるのは容易ではない。

足取り重く署に帰ると、南原が不機嫌そうな顔で座っていた。両足を机に載せている。

「収穫なしか」小杉を見て、低い声で訊いた。

「明日以降にかけるしかないでしょうね」

「明日の朝一で捜査会議が行われる。当然、本庁の一課もやってくる」

「そうでしょうね」

「今日の初動捜査の結果を受けて、連中だって脇坂を追うことを第一に考えるだろう。こっちにはそのバックアップをやれといってくるに決まっている。全部お膳立てして、おいしいところを持っていかれるわけだ」

「それが所轄の運命です」

南原が、じろりと睨《ね》め上げてきた。

「いいか小杉、聞き込み先で何か摑んだら、まずは俺に報告しろ。先に本庁の人間に話すんじゃないぞ」

「そんなことしたって、無駄だと思いますけどね。本庁を出し抜くなんて、無理ですよ」

「うるさい。いわれた通りにしろ」

吐き捨てるような台詞《せりふ》だが小杉は反発することなく、はい、と素直に答えておいた。南原だって、無駄だとわかっているはずなのだ。あくまでも課長の大和田へのポーズだろう。

「今夜は帰らせてもらいます」

「ああ、ごくろうさん」

小杉は自分の席に置いてあったバッグを提げた。考えてみれば、今日は仙台へ行ってきたのだ。長い一日になった。

だが明日はもっと長い一日になるかもしれないと思うと気が重かった。

8

波川のスマートフォンに着信があった。彼は一言二言話した後、すぐに電話を切った。

「藤岡《ふじおか》からだ。今、マンションの前に着いたらしい」

「あいつには何といって説明を?」竜実は訊いた。

波川は少し考えてから肩をすくめた。「あいつの顔を見てから考えよう」

スノーボードケースなどの荷物を抱え、二人で部屋を出た。

マンションを出ると道路脇にグレーのＳＵＶが止まっていた。運転席に座っていた藤岡が、ドアを開けて降りてきた。

「ずいぶん遅い時間に出るんですね。どこ行くんですか」のんびりした口調で訊いてくる。藤岡は竜実たちが所属しているサークルの後輩だ。

「説明は後だ」そういって波川は竜実に目配《めくば》せしてきた。

竜実は急ぎ足で近くのコインパーキングに向かった。そこに彼の車を駐めてあるのだ。とはいえ、名義は彼のものではない。正確には叔父《おじ》の車だった。趣味で乗り回していた4WDだが、仕事が忙しくなって乗る機会がなくなったということで、使わせてもらっているのだ。アパートの大家が経営している駐車場を格安で借りているが、じつはその賃料も滞っている。

車を運転してマンションの前まで戻ると、藤岡の車の後ろに止めた。

「脇坂さんの車があるじゃないですか」竜実が運転席から出てくるのを見て、藤岡は目を丸くしている。「それなのにどうして車が必要なんですか」

「わけがあるんだ」波川が答えた。「かなり込み入った事情だ」

藤岡は半歩退いた。「俺、聞かないほうがいいですか」

「いや、少し聞いておいてもらったほうがいい。頼みたいこともあるしな」

「……何ですか」

「近々、というよりたぶん明日、おまえのところに警察の人間が来ると思う」

藤岡は目を剝《む》き、口を半開きにした。「マジですか」

「連中は、おそらくこう尋ねる。脇坂竜実の行方を知らないか」

藤岡の細長い顔が、ゆっくりと竜実に向けられた。「何をやったんですか」

「何もしてない」竜実は即座に答えた。「本当だ」

「じゃあどうして警察が脇坂さんを……」

「だからいろいろと事情があるんだよ」波川はいった。「そこで頼みだ。まず、今夜のことは絶対に誰にも話さないでくれ。俺たちと会ったことも、車を貸したことも。何を訊かれても、知らない、わからないで押し通すんだ」

「先輩たちの連絡先を訊かれたらどうします？　それも知らないなんて答えたら、却っておかしいですよ」

波川は眉根を寄せて首を振った。

「そういうふつうの質問には、ふつうに答えていい。今夜のことだけを隠してくれればいいんだ。きっと警察は、おまえにあれこれ指示を出すと思う。それには逆らわなくていい。いわれた通りにやればいい」

藤岡は何度か瞬きしてから、再び竜実のほうを向いた。「本当に何も――」

「してないって」竜実は地団駄《じだんだ》を踏んだ。「信用しろ」

「頼みが、もう一つある」波川が人差し指を立てた。「脇坂の車を預かってくれ。知っている人間に見つからないよう気をつけてほしい」

藤岡は左手を口元にやり、少し俯《うつむ》いた。あれこれと思案しているのかもしれない。やがて、ふと気づいたように波川の足元にある荷物に目を向けた。「どこへ行くんですか」

「悪いけど、それはいえない。おまえも下手に知らないほうがいい」

「でも、スキー場ですよね。スノーボードがあるし」スノーボードケースを指差した。

波川は荷物の前に立った。「見なかったことにしろ」

「……わかりました」

竜実は自分の車から荷物を下ろし、エンジンキーを藤岡に渡した。「じゃあ、よろしく」

「脇坂さん、しつこいようですけど……」

「何もやってない。いい加減にしろ」

藤岡は、ひょいと首を縦に動かした。「信じます」

「俺たちもおまえのことを信じてるからな」波川がいった。「約束、守ってくれよ」

わかってます、といって藤岡は車に乗り込んだ。

やたら排気音がでかいわりに、あまり軽やかでない動きで車が走り去っていくのを見送った後、竜実と波川は自分たちの荷物を藤岡の車に積み込んだ。

運転席には竜実が座った。波川は免許証を持っているが、ペーパードライバーだ。

時計を見ると、時刻は午後十一時を少し過ぎたところだ。竜実が東京に帰ってきてから、まだ四時間程度しか経《た》っていない。その数時間前には新潟の湯沢にいたということが竜実は自分でも信じられなかった。

それなのに今から長野県にある里沢温泉スキー場に向かおうとしている。本当にこれでいいのだろうかと不安になるが、あれこれと考えている余裕はない。スキー場に行って、あの彼女を見つけるしかないのだ。

「飲酒の検問に引っ掛からないことを祈るしかないな」竜実は手のひらに向かって息を吐き、臭いを嗅いだ。松下から電話をもらって以来、酒は飲んでいないが、それまで摂取したアルコールは体内に残っているはずだ。

「スピード違反にも気をつけろ。安全運転で頼む」助手席で波川がいった。「それから、高速道路は使うなよ」

「えっ、どうして?」

「万一の用心だ。もし俺たちが乗っているのがこの車だとばれた場合、Nシステムから行き先を突き止められてしまうおそれがある」

「Nシステム?」

「自動車ナンバー自動読取装置だ。一般国道にも設置されているが、高速道路の出入口には必ずある。避けたほうがいい」

運転はできないくせに、こういうことには詳しいのが波川という男だ。

「くうーっ、下の道だと、どう行けばいいんだ」竜実はカーナビを操作した。有料道路を使わないモードで検索してみる。

間もなく表示された道順を見て、竜実は運転席でのけぞった。「ひゃーっ、こんなふうに行くのか。大変そうだなあ。何時間かかるか、わかんないぞ」

「それでいい。向こうへ着いた頃には夜が明けているだろう。今夜の宿の心配をしなくて済む」波川は相変わらず冷静だ。「さあ、出発しよう。まずはコンビニに寄ってくれ。食料を調達だ」

竜実がエンジンをかけ、車を発進させようとした時だ。こんこん、とガラス窓を叩く音がした。助手席側のドアの外に若い女性が立っている。

波川が窓を開けた。「よう、どうした?」

「お出かけ?」女性が波川に訊いた。顔見知りのようだ。

「まあ、ちょっと」波川は竜実のほうを向き、「同じマンションの子だ」と説明してから彼女に顔を戻した。「何かな」

「N駅まで乗っけてってくんない? 急に友達の部屋に行かなきゃいけなくなって」

N駅は、ここからは少々遠い。歩けば二十分近くかかるだろう。

お願い、と彼女は両手を合わせた。

波川は当惑した顔を竜実に向けてきた。「どうしよう?」

竜実は迷った。面倒ではあるが、N駅は通り道だ。それにこの時間に一人歩きを強要するのは躊躇《ためら》われた。考えた末、「俺はいいけど」と答えた。

乗れよ、と波川は彼女にいった。ありがとう、と彼女が嬉しそうに後部席に乗り込むのを確かめ、竜実はサイドブレーキを外した。

「ラッキー、助かった。こんな時間に出かけるのって憂鬱だったんだよね。このあたり、暗いところが多いし。――ええと、波川さんのお友達ですか」彼女は竜実に尋ねてきた。

「そんなところです」

「ごめんなさい。急いでたんじゃないですか」

「そうでもないけど……」

「あっ、ボードに行くんですか」ラゲッジスペースの荷物に気づいたらしい。「どこのスキー場ですか」

内緒、と波川がいった。「人に教えたくない穴場なんでね」

「えー、知りたーい」

「じゃあ、今度ね」そう答えてから波川は前を指し、コンビニだ、と小声で竜実にいった。前方左側に店舗が見えた。竜実は速度を落とし、ハンドルを切った。

駐車場に車を止めると、ちょっと待っていてくれと彼女にいい、竜実と波川は降りた。

「悪いな、面倒臭いのに引っ掛かっちまった」波川は小声でいった。

「別にいいよ。問題ないだろ」

「じつをいうと、一回、やってるんだ。それで断り辛《づら》かった」

やってる、とは無論、セックスしている、の意だろう。

「だろうと思った」

「彼女とおまえとの間に繋がりは何もない。だから警察が彼女のところへ話を聞きに行くとは思えない。仮に行ったとしても、俺がおまえと一緒だったとばらされたところでどうってことはない。時間の問題で発覚することだ」

「俺もそう思う」

「念のために、後で俺もスマホの電源を切るよ。追跡されたらおしまいだからな」

「悪いな、俺のために」

「気にするな。いい経験になっている」

「そういってくれると気が楽になる。ところで、ひとつ教えてくれ」

「何だ？」

「彼女とは、一回やっただけか？」竜実は車のほうを親指で示した。

波川は足を止め、後ろを振り返った。それから渋い顔を竜実に向けてきた。「俺はそう思っているんだけど」

「何だ、その頼りない言い方は」

「酒に酔った勢いで、何度かおかしなことをしてしまったことはある。しかしあれは、やったうちには入らないと思う」

　そう思っているのはおまえだけじゃないのかと竜実はいいたかったが、面倒をかけている手前、黙っていることにした。

　食料や飲み物を買い、車に戻った。例の彼女はスマートフォンを操作しながら、お帰りなさい、と声をかけてきた。彼女が波川を見る目には、単なる知人に対するものとは違う熱っぽさがあるように竜実は感じたが、気づかないふりをした。

　彼女をN駅で降ろし、いよいよ竜実たちは里沢温泉スキー場に向かうことになった。波川は松下に電話をかけ、状況を確認した。アパートの近くには、まだ警察官がいるとのことだった。

「たぶん、二十四時間見張っているつもりだろう。おまえを捕まえるまで」そういってから波川はスマートフォンを操作した。「さあてと、これで俺もお尋ね者の仲間入りだ」

どうやら電源を切ったらしかった。

9

朝日を浴びて、雪面がきらきらと光っていた。

ポールの最後の一本を立てたところでロープの張り具合を確認した。何度か手で揺すってみたが、緩む心配はなさそうだ。赤いロープで仕切られた先は、深々と雪が降り積もった林だ。木々の間には一筋のトラックもない。こんなものを目にすれば、多少滑りに自信のある者ならロープをくぐりたくなるだろうが、許すわけにはいかない。この斜面の下には沢があるのだ。雪崩《なだれ》の起きやすいポイントも多い。外国人スキーヤーが雪に埋もれて窒息しかけたのは、つい二年前のことだ。見つけて助けたスノーボーダーにしても、ルール違反を犯していたわけだから、あまり褒められない。

根津昇平《ねづしょうへい》は時刻を確認した。営業開始まで、あと三十分ほどだ。ほかのパトロールたちが予定通りに仕事をこなしているなら、すべての滑走禁止区域にロープを張り終えているはずだった。

コース脇に止めたスノーモービルに戻ると、反対側から後輩パトロールの長岡慎太《ながおかしんた》が現れた。

「終わりました」

「お疲れ。じゃあ、戻るか」

根津はスノーモービルに跨《また》がった。長岡も後部席に座る。大量のロープとポールを載せて引っ張ってきたボートは空だ。あまり知られていないことだが、ロープは営業終了後にすべて回収し、翌朝、また張り直すのが基本だ。張りっ放しだと、大量の降雪があった場合に埋もれてしまうおそれがあるからだ。

「だいぶ、積もりましたね。五十センチぐらいかな」長岡が大声で尋ねてくる。怒鳴って答えるのが面倒なので、根津は頷くだけにしておいた。

このところ降雪が少なくて心配していたが、昨夜から降り始めた。これでまた積雪量は三メートル近くになっただろう。雪はスキー場の財産だ。

里沢温泉スキー場の名物コースであるスカイハイウェイを、スノーモービルで駆け下りていった。なるべくコース脇を走るのは、奇麗に圧雪されたバーンを、早起きしたスキーヤーやスノーボーダーたちに満喫してもらいたいからだ。今日のコンディションなら、それこそナイフで刻むようにカービングターンを決められることだろう。

スカイハイウェイからファミリーゲレンデに入ったところで、根津はスピードを緩めた。まだ営業時間前だというのに、コース脇に人影がある。それが誰なのか、遠目にもわかった。このところ、しばしば現れる二人組だった。

近づいていって、スノーモービルを止めた。

「おはよう」エンジンを止め、根津は声をかけた。

二人組はどちらも女性だ。おはようございます、と声を合わせて挨拶してきた。

「相変わらず熱心だな」

「だって、本番まであと二日しかないんだもの」一方の女性——瀬利《せり》千晶《ちあき》がいった。

これから滑る気なのか、いつものスノーボードウェア姿だった。ヘルメットを被り、その上にゴーグルを装着している。足元を見ると、ボードが裏返しにして置かれていた。

「一体何を準備することがあるんだ？　新郎新婦が滑って降りてくるだけじゃないのか。——なあ」根津が同意を求めた相手は、後部席の長岡だった。

「それがそうでもないらしいんです。俺もよく知らないんですけど」

長岡の発言に、「それはないでしょ」と千晶は不服そうに口を尖《とが》らせた。「あんなに説明したじゃないですかあ」

「いやあ、申し訳ないんだけど、今ひとつ理解してないんだよ。本番までに、頭に入れておかなきゃいけないとは思ってるんだけど」長岡は申し訳なさそうにいう。

「ちょっと、あんたの未来のお義兄《にい》さん、あんな頼りないこといってるんだけど」千晶が、横に立っている女性にいった。こちらはピンクのダウンジャケットにニット帽という出《い》で立《た》ちだ。

「大丈夫、明後日までに私が仕込むから」成宮莉央《なるみやりお》が、にやにやしていった。「慎太さん、明日は特訓ね。覚悟しておいて。撮影ポイントとか段取りとか、しっかりと覚えておいてもらわないと」

「参ったなあ」長岡は力のない声で嘆いた。「ただでさえ恥ずかしくて逃げだしたいのに」

「今さら泣き言いわないの」千晶が腰に手を当てていった。

参ったなあ、と長岡は繰り返した。それを聞き、根津は苦笑を抑えられない。

彼等が話しているのは、明後日に予定されているイベントのことだった。そのイベントとは、ほかでもない長岡の結婚式だ。相手は莉央の姉である成宮葉月《はづき》。長岡と同様、ここ里沢温泉村で生まれ育った女性だ。

ただしふつうの結婚式ではない。このスキー場を会場にした、大々的なゲレンデ・ウェディングだ。

根津が耳にしたところによれば、元々は定期的に行われる里沢温泉スキー場の理事会でのやりとりが発端らしい。その席で、何とかもっと客を呼べるアイデアがないものかと議論になった。そこで出たのが、いくつかのスキー場で行われているゲレンデを舞台にした結婚式だ。ホワイト・ウェディングとか、スノー・ウェディングといった名称で呼ばれている。うちでもああいうことをやれないか、となったのだ。

すぐに皆が賛同したわけではない。準備が大変だとか、ほかのお客さんに迷惑だ、といった意見も出た。そもそもどうやってやるのか、という根本的な疑問も湧き上がってきた。

そんな中、理事長であり、大手旅館の経営者でもあるスキー場の社長が、思いがけないことをいいだした。

そういえば『板山屋《いたやまや》』さんのところの葉月ちゃんが長岡慎太君と結婚するらしい、しかしまだ日取りも結婚式場も決まってないという話だ、試しに彼等の結婚式をうちのスキー場でやってみたらどうだろうか──。

『板山屋』も里沢温泉村にある老舗《しにせ》の旅館だ。成宮葉月は、そこの長女だった。経営者の成宮は、スキー場の理事を務めたことがあった。

理事長は悪い人ではなかったが、ほんの思いつきで大胆なことを口走る癖があった。その時もそれを発揮しただけだろうと思われるが、何人かの理事が、いいんじゃないかと賛成した。ほかの理事も積極的には反対しなかった。それどころか、その結婚式の模様を撮影してインターネットなどに流せば、スキー場のいい宣伝になるのではないか、という話にまで発展した。

後日、理事長と二人の理事が『板山屋』を訪れ、成宮に打診してみた。義理堅く、この村の発展を心の底から願っている成宮は、理事会の提案を二つ返事で受け入れた。何とか娘たちを説得してみると約束してくれたのだった。

そしてどうやら婚約中の二人も、さほど強くは抵抗しなかったようだ。むしろ、進んでこの話に乗ったという。もっとも、生まれ育った村の大好きなスキー場で結婚式を挙げられることを喜んだわけではなく、費用はすべてスキー場が持つという話に食いついただけらしいが。

さて問題はそこからだった。スキー場で結婚式を、といっても里沢温泉スキー場関係者に、そんなノウハウを持っている者はいなかった。ところがここで意外な人物が手を挙げた。花嫁となる成宮葉月の妹、莉央だった。莉央は実家の手伝いをしながら地元のタウン誌を作ったりしているが、かつては東京の広告代理店にいたことがあった。愛する姉の結婚式なら、自分がプロデュースしたいといいだしたのだ。カメラマンやスタッフも、格安で手配する自信があると豪語した。

ゲレンデ・ウェディングといっても何をどうしていいかわからない理事たちにとって、この申し出は渡りに船だった。たとえ失敗しても、結婚する二人は身内だから、どこからも文句は出ない。

こうして成宮莉央プロデュースのゲレンデ・ウェディング計画が動きだしたわけだ。それの実現する日が、二日後に迫っている。

「ちょうどいいや、根津さん。お願いがあるんだけど」千晶がいった。

「何だ?」

「このコースの上まで、あたしを運んでくれない?　確認しておきたいことがあるから」

「あと二十分もすればリフトが動く。それまで待てよ」

「時間が惜しいの。それに、なるべくほかのお客さんがいないうちがいいし」

「我《わ》が儘《まま》なやつだな。御覧の通り、定員オーバーだ」

「いいですよ、根津さん。俺、降ります」長岡は後部席から降りた。「いいよ、千晶ちゃん。どうぞ」

「ありがとう」千晶はボードを抱え、乗り込んできた。

「仕方ないやつだな」根津はエンジンをかけた。

スノーモービルで斜面を上がっていった。このあたりでいい、と千晶がいったところで止まり、彼女を降ろした。

千晶はゲレンデを見渡し、考え込むように腕組みをしている。

「何を困ってるんだ?」根津は訊いた。

「困ってるんじゃなくて、悩んでるの。盛り上げ役のスキーヤーやスノーボーダーたちを、どこにどんなふうに配置したらいいか。タイミングは大事だし、人数も大事。なんせ新郎新婦たちにとっては一生に一度のことだから、失敗は許されない。しかもこの出来によっては、里沢温泉スキー場の将来が変わるわけだからね」

「ずいぶんと気合いが入ってるな。おまけに楽しそうだ」

千晶は根津のほうに睨むような目を向けてきた。「それ、冷やかしてんの?」

「とんでもない」根津は首を振った。「いいことだと思ってるんだ。競技から第一線を退いたおまえがどうするのか、ずっと気になっていたからな」

千晶は、うんざりしたように頭をゆらゆらと振った。

「心配してくれてありがとう。でもこれは、自分のためにやってるんじゃないよ。友達のお姉さんのために何かやってやりたいってのと、今まであたしを育ててくれた業界に恩返しをしたいってだけ」

根津は苦笑して手を振った。「わかってるよ。そんなにムキになるな」

「別にムキになんてなってないけど」千晶は少しばつが悪そうだ。

成宮莉央は最初に宣言した通り、昔からの伝手《つて》を使い、スタッフを集めた。プロモーションビデオを撮影してくれるカメラマンやMC、音響効果係などだが、根津が驚いたのは、瀬利千晶に声をかけたことだった。千晶はスノーボードクロスの元選手で、オリンピックを目指したこともあった。そんな彼女になぜお呼びがかかったのか、すぐには理解できなかった。

しかし莉央の説明を聞くうち、狙いが呑《の》み込めてきた。彼女は単に結婚式場をゲレンデに移しただけのようなものにはしたくなかったのだ。幸せな二人を祝福する、もっと派手な宴《うたげ》にしようと考えていた。そのためにはパフォーマンスが必要だ。ゲレンデでパフォーマーといえばスキーヤーやスノーボーダーだ。だが数を集めただけではどうにもならない。彼等の魅力を最大限に引き出せる演出家が必要だ。そうして抜擢《ばってき》されたのが千晶だった。じつは彼女は莉央の親友でありライバルでもあった。莉央もスノーボードの選手だった時代があるのだ。

「結婚式は何時からだっけ？」根津は訊いた。

「明後日の午後一時。根津さんも招待されてるはずだよ」

「わかってる。遅れないようにしないとな」

「特等席で見ててね。絶対に期待を裏切らないようにするから」そういって千晶はゴーグルを下ろした。斜面を見据える姿勢は現役時代と変わらない。あの頃とは別の気迫が伝わってくるようだ。

黒いヘルメットにピンク色の星形のシールが貼られている。試合で優勝するたびに貼っている、ということを以前根津は彼女から聞いたことがあった。

結局何枚貼れたのか根津が訊こうとした時、千晶は勢いよくスタートしていた。

10

第一回捜査会議における上司たちの様子は、今後の流れを十分に予想させるものとなった。警視庁捜査一課からは、噂《うわさ》されていた通り、花菱警部の率いる七係が来ていた。その花菱は、仕立てのいいスーツに身を包み、前方のひな壇で、ゴルフ焼けした顔に余裕の笑みを浮かべている。すでに初動捜査の成果を聞いており、実質的な捜査指揮を執る身として、これは楽な仕事だと踏んでいるのかもしれない。

美味《おい》しいところを持っていかれることが決定的な下駄課長こと大和田は、花菱とは対照的に、あからさまに不機嫌そうだ。終始口をへの字に曲げており、ただでさえ四角い顔が今や台形に見えていた。

大和田の横では、南原がしょんぼりと座っている。会議開始早々に事件の概要を説明した後は、もはや用済みとばかりに花菱から無視されていた。

「いいんじゃないかな、脇坂の発見を最優先ということで」捜査員たちの報告が出揃《でそろ》ったところで花菱がいった。「アパートの家賃や駐車場の賃料を滞納していたということだから、金には困っていたんだろう。合い鍵の隠し場所を知っている裕福な家があって、前日は留守だったということなら、盗み目的で侵入した可能性は大いにある。何より、凶器が見つかったのが決定的だ。――いかがですか」隣の大和田に意見を求めた。

「それでいいと思います」大和田は、ぼそりと答えた。

花菱は頷き、部下たちを見渡した。

「スマートフォンの電源を切ったままで自宅に戻らないというのは、すでに逃走の意思を固めたからかもしれない。関係者全員に当たり、立ち寄り先を突き止めるよう全力を尽くしてくれ。また逃走には車を使用している可能性が高い。各県警の交通課と連携して、ナンバー監視システムの情報を集めるように。ただし、脇坂が犯人と決まったわけではない。引き続き、被害者の人間関係の洗い出し、現場周辺の聞き込みなどは続けてもらいたい」そういってから花菱は再び大和田のほうに顔を向けた。「そのあたり、大和田さんのところにお任せしていいですか。土地鑑もあるし」

「ああ、はい。わかりました」

二人のやりとりを見ていて、小杉は虚脱感を覚えた。無駄に終わりそうな捜査は、すべて所轄に押しつけようという花菱の魂胆は見え見えだが、大和田は反発できないのだ。

捜査会議終了後、捜査員は各班に分かれて捜査主任から指示が伝えられることになった。この時点で小杉は、捜査一課のどの捜査員とペアを組むかは決められている。中条《なかじょう》という若い巡査長が相方だ。自信に溢《あふ》れた顔つきを見て、小杉は嫌な予感がしていた。

小杉たちがまず命じられたのは、脇坂が所属しているアウトドアスポーツのサークルを当たることだった。昨夜、駒井保から聞いた情報に基づいている。

「サークルの名称は？」散会した後、中条が小杉に訊いてきた。

「不明です」

「調べてないんですか」

「もう遅い時間だったので、調べようがなかったんです」

中条は無言でスマートフォンを取り出すと、素早く操作を始めた。

「開明大学には、該当しそうなサークルが五つほどありますね」そういうとスマートフォンをポケットにしまい、すたすたと歩きだした。黙ってついてこい、といわんばかりだ。

小杉は自分のコートを手にし、中条を追った。

開明大学に向かう電車の中でも、中条はスマートフォンを操作する手を休めなかった。調べ事をしているようだが、小杉に説明する気はなさそうだ。

「ははあ、これだな」独り言のように呟いた。

「何か見つかりましたか」

「五つのサークルのうち、夏に沢登りをするのは一つだけのようです。このサークルです」中条はスマートフォンの画面を小杉のほうに向けた。部員の一人が開設しているツイッターらしい。サークル名は、『マウンテン・モンキーズ』だった。画像などもアップされているようだ。

「脇坂に関することが何か？」

「それは今から調べるところです」中条は、すました顔で操作を再開した。

大学の最寄り駅に着いたので、二人は電車を降りた。改札口を出て、小杉は大学に向かって歩きかけたが、なぜか中条は立ち止まっている。その手には、依然としてスマートフォンがあった。

「どうしたんですか」

中条は顔を上げたが小杉のほうを見ようとはせず、周囲をさっと見渡した後、こっちだな、と呟いて歩きだした。大学とは反対の方角だった。

「どこへ行くんですか。大学はあっちですよ」追いながら小杉はいった。

「大学なんかに行ったって仕方ない。学生一人一人に尋ねて回る気ですか。『マウンテン・モンキーズ』を知っているか、と」歩きながら中条はいった。

「学生課に当たるとか」

ふん、と中条は鼻を鳴らした。

「小さなサークルのことなんか、学生課が把握しているわけがない。仮に何らかの情報を持っていたにせよ、見せてくれるとはかぎらない。大学や学校ってところは、個人情報保護の意識が強いですからね」

「じゃあ、どこへ？」

「ついてくればわかります」会話の間、中条は一度も小杉のほうを見なかった。

辿《たど》り着いた先にあったのは、お好み焼き屋だった。営業時間は午前十一時からで、それまでまだ一時間近くある。準備中の札のかかったドアを押し開き、中条は入っていった。

「すみません、まだ準備中なんですけど」白い上っ張りを着た男性が、カウンターの向こうからいった。

「客じゃありません」中条はカウンターに近づきながら警察のバッジを出した。「こういう者です。捜査に御協力をお願いします」

店主らしき男性は、手を止めて顔を少し強張《こわば》らせた。「一体、何ですか」

「こちらに開明大学の学生さんがよく来るでしょう？」

「ええ、それは……贔屓《ひいき》にしてもらっています」

「『マウンテン・モンキーズ』というサークルを御存じですね」

「はあ……。よくお見えになります」

「部員のツイッターによれば、ほぼ毎日誰かが来るとか」

「ええ、まあ、そうですね」

二人のやりとりを聞き、小杉は得心した。大学のサークルには溜《た》まり場《ば》にしている店がある場合が多い。中条はそれをツイッターから調べたのだろう。

「サークルのメンバーで、連絡を取れる人はいますか」

「リーダーの子のケータイ番号なら知ってますけど」

藤岡という三年生だと店主はいった。

「電話してください」中条は有無をいわせぬ口調で指示した。「サークルについて訊きたいといってる人がいるから、すぐに店に来てほしいと」

店主は当惑の表情を浮かべつつ、そばに置いてあった携帯電話を手に取った。「警察の人だといっていいんですか」

「どうぞ。そのほうが話が早い」

店主は電話をかけ始めた。相手はすぐに出たようだ。中条に指示された通りに話している。「何のことかは俺もわかんないんだよ」という時、店主は少し口を尖らせた。

「間もなく来ると思います」電話を切ってから店主は中条にいった。

「お手数をおかけします。ところで御主人は、脇坂という学生を御存じですか」

「脇坂君？　ええ、よく知っていますよ。『マウンテン・モンキーズ』のメンバーです。先週、来ました」

「どういう学生さんですか」

「どういうと？」

「気性が激しいとか、気が短いとか」

中条の呼び水に店主は反応せず、さあ、と首を傾げた。

「どちらかというと、のんびりした性格だと思いますけどね。いい子ですよ。明るくて、活発で。面倒見もいいです」

「ふうん、そうですか」中条は関心を失った様子だ。素人《しろうと》の人間評など当てになるものか、と顔に書いてあった。

「脇坂君がどうかしたんですか」

店主の質問を中条は無視している。一般人は訊かれたことに答えていればいいんだ、といわんばかりだった。

それから三十分ほどして入り口の引き戸が開けられた。黒いダウンジャケットを羽織った、茶髪の若者が顔を覗かせた。こちらを見て、小さく会釈してくる。

「藤岡君？」中条が警察のバッジを出しながら確かめた。

「そうですけど」学生は躊躇いつつ入ってきた。

「じつは脇坂君を捜しているんだ。アパートを訪ねたけれど留守でね。何か知らないかな」

「脇坂さん……ですか。最近は会ってないです」硬い口調で答えた。

「連絡先は？」

「知ってますけど」

「じゃあ、ちょっと連絡してちょうだい」

「今すぐですか」

「そう」

藤岡は戸惑った顔を店主のほうに向けてからスマートフォンを出し、電話をかけ始めた。しかし耳に当てて間もなく、首を振った。「繋がりません」

「だったら、脇坂君の居場所を知っていそうな人に尋ねてみてくれ。そういうこと、君たちは得意でしょ」

「サークルのメンバー全員に、脇坂さんの行き先を知らないかっていうメッセージを送ればいいんですね」

「そうそう」

藤岡は頷き、スマートフォンを操作した。その手つきは馴れたものだ。

「送りました」

「ありがとう。じゃあ、返事を待つとしよう。藤岡君も座りなよ」中条は手近な椅子を引いて腰を下ろした。「何か飲み物でもどうだ？　御主人、営業時間外だけど、飲み物ぐらいはいいでしょ？」

「ああ、いえ、結構です」藤岡は手を振りながら椅子に座った。

小杉も少し離れた席について様子を見守った。

藤岡がスマートフォンを操作し始めた。返事が来ているようだ。画面の上で指を滑らせている。

「どんな感じかな」中条が訊いた。

「みんな、知らないようです。一人でスノーボードに行ってるんじゃないのかって書いてるやつがいるけど、根拠はないみたいで」

「メッセージは全員が読んだのかな」

「いえ、未読の人がいます」

「では、もう少し待とう」

その後、何人かがメッセージを送ってきたが、脇坂の行方を知っている者はいなかった。藤岡によれば、残る未読は波川という学生だけらしい。法学部の四年生だという。

「その波川君は、脇坂君とは仲がいいのかな」

「そう……ですね。はい、いいほうだと思います」藤岡は慎重な答え方をした。

中条は一瞬鋭い目を小杉のほうに向けてから、再び藤岡を見た。「電話してみて」

「波川さんにですか」

「そうだ。早く」

中条にせっつかれ、藤岡は焦った様子で電話をかけた。しかしスマートフォンを耳に当てた直後、その顔がさらに強張った。「繋がりません……」

中条が息を呑むのがわかった。「住所はわかる?」

「この近くのマンションですけど」

中条は立ち上がり、藤岡の腕を摑んだ。「案内してくれ」

「これからですか」

「そうだよ。さあ、急いでっ」

中条は藤岡の背中を押しながら、店を出ていった。店主に礼をいう余裕もないようだ。小杉は、どうもありがとうございました、と声をかけてから二人を追った。

波川のマンションは、お好み焼き屋から十分ほど歩いたところにあった。脇坂のアパートと違い、大きくて新しそうだ。オートロックで、防犯カメラも付いている。おまけに入り口には管理人がいた。

中条がインターホンで波川の部屋を呼びだしたが、反応はなかった。

すみません、といって小杉は管理人に警察のバッジを見せた。「ここには何時から何時まで詰めておられるんですか」

「朝九時から夕方五時までですけど」頭の禿《は》げた管理人は、瞬きしながら答えた。

「波川さんを御存じですか。302号室の」

「知ってますよ。開明大学の学生さんです」

「今日、波川さんを見かけましたか」

「今日ですか？　ええと、どうだったかな」

すみません、と小杉の後ろから女性の声が聞こえた。振り返ると、若い女性が上目遣いをして立っていた。「荷物を預かってもらってるはずなんですけど」

ああ、と管理人は頷いた。「預かってます」

ちょっとすみません、と小杉に断り、管理人は奥に消えた。すぐに戻ってきた彼は、大きな段ボール箱を抱えていた。「これですね。重いから気をつけてください」

ありがとうございます、と答えて女性は段ボール箱を受け取り、少し頼りない足取りで出ていった。

「ええと、何の話でしたっけ」管理人が小杉に訊いてきた。

「波川さんです」

「ああ、そうでしたね。いやあ、今日は見てないような気がします」

「昨日は？」中条が訊いた。「昨日はどうでした？　姿を見ましたか？」

どうだったかなあ、と管理人は愛想笑いを浮かべて首を傾げた。「何しろ、出入りが激しいですからね。防犯カメラを調べれば、確認できますが」

もういい、とばかりに中条は手を振った後、藤岡を見た。

「君はもういい。協力に感謝する。このことは迂闊《うかつ》に人には話さないように。また連絡させてもらうかもしれないから、その時はよろしく」

藤岡は緊張の面持ちで頷いた後、足早に立ち去った。

「とりあえず部屋まで行ってみましょう」中条がいった。

管理人に交渉し、オートロックを開けてもらえることになった。しかしさすがに波川の部屋を開けることは拒まれた。本人の承諾がないと無理だという。

「入り口から、ちょっと中を覗くだけです」中条は粘った。「開けてもらったことは内緒にしておきますから」

管理人は泣きそうな顔で手を横に振った。「勘弁してください」

中条は舌を鳴らし、仕方ねえな、と呟いた。

波川の部屋は三階にあった。ドアホンを鳴らしたが、やはり無反応だった。ドアには鍵がかかっている。

中条はどこかに電話をかけ始めた。ぼそぼそと何事か話して電話を切ると、「小杉さんは本部に戻ってください。後はこちらで何とかします」といった。

「こちらで、とは？」

「うちの係で、という意味です」中条はすました顔を向けてきた。「こういうことは慣れた者がやらないと、重大な証拠をつぶしてしまうおそれがあるので」

所轄の刑事には荷が重いだろう、といいたいようだ。

「わかりました。では、後はお任せします」小杉は頭を下げ、エレベータホールに向かった。平静を装いはしたが、内心では怒りの炎がめらめらと揺れている。

マンションを出て、タクシーを拾おうと歩道に立っていると、すぐそばですごい物音がした。見ると数台の自転車が倒れていて、それを女性が起こそうとしていた。よく見ると、先程管理人から荷物を受け取っていた女性だった。その荷物を自転車の荷台に載せようとして、倒してしまったらしい。

小杉は近づいていき、倒れた自転車を起こすのを手伝った。

「あ、すみません。ありがとうございます」女性は礼をいい、一台の自転車のハンドルを握った。それが彼女の自転車らしい。

「怪我はありませんか」

「大丈夫です」女性は答えてから、小杉の顔を見て、はっとしたように口を開いた。

何か、と小杉は訊いた。

女性は上目遣いをした。「さっき、波川さんのことを訊いてましたよね。管理人のおじさんに」

小杉は目を見張った。「波川さんとは親しいんですか」

「親しいってほどではないですけど……彼のこと、捜してるんですか」

「まあね。正確にいうと、彼の友達を捜しているわけだけど」

「友達……スノボーの？」

彼女の言葉に、小杉はぴんと来るものを感じた。「何か知ってるの？」

「知ってるってほどじゃないんですけど……」迷いの色を見せつつ、彼女は後を続けた。

小杉が署の刑事課に戻ると、自席についていた南原が勢いよく立ち上がり、外へ出ろとばかりに顎をしゃくった。

廊下に出ると、南原は大股で歩き、小会議室のドアを開けた。中は無人だった。机を挟んで横にあるパイプ椅子に座り、「詳しく話せ」といった。

「電話で説明した通りです」椅子を引きながら小杉は答えた。

「その女子大生は、たしかに脇坂だといったんだな」

「脇坂の写真を見せたところ、斜め後ろから見ただけなので断言はできないけれど、たぶんそうだと思うとのことでした」

彼女によれば、昨夜遅くに出かける用があったのでマンションを出ると、道路脇に「背の高い白っぽい車」が止まっていて、助手席に波川が乗っていたのだという。N駅まで乗せていってくれないかと頼んだところ、承諾してくれた。運転していたのは知らない男性だったが、ラゲッジスペースに積んである荷物から、スノーボードに出かけるのだと見当がついた。彼女もスノーボードが好きなので、どこに行くのか気になったが、行き先は教えてもらえなかった。やがて彼等はコンビニに寄り、車から降りた。そこで彼女はこっそりとカーナビを操作し、行き先を調べてみた。するとその行き先は――。

「長野県にある里沢温泉スキー場というわけです。しかもなぜか有料道路を使わないルートを選んでいたとか」

「Nシステムに引っ掛からないための用心だな。決まりだ。二人は逃走している。おそらく共犯関係にあるんだろう」

「なぜスキー場なんかに？」

「わからんが、身を寄せる当てでもあるんじゃないか。格安の宿とか」南原は勢いよく立ち上がった。

「どうしますか」

「課長に相談してくる。おまえはここにいろ」南原は部屋を出ると乱暴にドアを閉めた。

小杉は、ふうっと息を吐いた。

女子大生から貴重な情報を得た直後、南原に連絡した。話を聞いた係長は興奮した口調で、今すぐに署に戻ってこいと命じた。さらに、このことは絶対捜査一課には話すなと釘《くぎ》を刺してきた。どうやらネタを独占し、捜査一課を出し抜く気らしい。

花菱や中条たちを見返したい気持ちは小杉にもある。しかし自分たちにどれだけのことができるのかは疑問だった。悔しいが、事件解決のためには捜査一課に情報を渡すしかないのではないか、という冷静な考えが頭を占めている。

ドアが開き、南原が入ってきた。後ろに、なぜか白井も続いている。

「副署長や課長と話し合い、方針が決まった」南原が重々しくいった。「脇坂は、こちらがいただく」

「いただく、とは？」

「俺たちが身柄を確保するという意味だ。捜査一課には手出しさせない。情報を渡さない」

「そんなことができるんですか。花菱さんに気づかれますよ」

「もちろん、大人数を割いたりしたら、一発でばれるだろう。だから少数精鋭でいく。ほかの署員にも知らせない。このことを知っているのは俺たちと課長、そして副署長だけだ」

「署長には内緒ですか」

小杉の質問に南原は唇を歪《ゆが》めた。

「署長はキャリアのぼんぼんだ。いずれ本庁に戻るつもりなんだから、こんな話に乗ってくるわけがない」

「大丈夫ですか。情報を隠していたことについて、後で問題になったりしませんか」

「情報を隠していたこと自体、我々が明かさなければわからん。里沢温泉スキー場で脇坂を確保できた理由については、後から何とでも説明できる。捜査員の独自判断、とかな」そういって南原は小杉を指差した。

「待ってください。俺が行くんですか」小杉は身を乗り出した。「里沢温泉スキー場に」

「ほかに誰がいる？　このことを知っている人間は限られてるんだ。それに、おまえ一人で行けとはいってない。助手を一人、つけてやろう」南原は斜め右を指差した。そこに立っているのは白井だ。

「大抜擢だな」

小杉の言葉に白井は大きなため息をついた。「ありがたくて涙が出ます」

「おまえたち二人が捜査一課との連携から外れることについては、先方にうまく説明しておく。ただし、三日だ。三日以内に脇坂を発見し、確保すること。成功すれば大手柄だ。出世の道は約束されたようなものだ。しっかりがんばれよ。わかったな」

空《むな》しく聞こえる南原の激励に小杉は返事せず、額に手をやった。到底、できるとは思えなかった。

わかったな、と南原が重ねて確認してきた。

「いつ、出発しろと？」小杉は訊いたが、答えは予想がついた。

「今すぐだ」予想通りの言葉を南原は発した。「これから準備をして、里沢温泉スキー場に向けて出発しろ。ただし、絶対ほかの人間に気づかれるな。捜査一課だけでなく、署員にもだ」

「現地の警察にも協力してもらえないわけですか」無駄だと思いつつ、確認してみる。

「当たり前だ。協力など要請して、本庁に問い合わせられたらどうする？」

「でも脇坂を捜すには聞き込みをしなきゃいけません。よその管内でそんなことをするとなれば、地元の警察に挨拶しておかなきゃまずいんじゃないですか」

「だから刑事ってことは隠して捜すんだ。目立たないように注意しろ。連絡はこまめにするように。以上だ。納得したなら、行けっ」

　小杉は全く納得していなかったが、のろのろと立ち上がり、白井と顔を見合わせてから会議室を出た。転職、という言葉が頭に浮かんだ。

11

　ゴーグルを外し、ゴンドラの窓から外を眺めた。白銀の世界が眼下に広がっていた。

起伏に富んだ幅のあるコースを、カラフルなウェアに身を包んだスキーヤーやスノーボーダーたちが、それぞれのスタイルで滑走していく。雪に覆われたブナ林は幻想的で、遠くに見える稜線は美しくて雄大だ。

日本最大級という評判は本当だ、と竜実は思った。少し遠いというだけで今まで訪れなかったことを悔やんだ。もっと早くにここを知っていれば、大学時代のスノーボードライフは、さらに充実したものになっていただろう。

「何、うっとりした目をしてるんだよ」向かい側に座っている波川が不服そうにいった。このゴンドラに乗っているのは二人だけだ。

「いやあ、やっぱりすごいスキー場だなあと思って」

竜実の答えに、波川の肩が少し上下する。ゴーグルのせいで表情はわからないが、ため息をついたようだ。

「呑気なことをいってる場合かよ。一体、どうする気だ。このままだと永遠に『女神』を見つけられないぞ」

苛立った様子の波川の言葉に、竜実は反論できない。うーん、と腕を組んだ。

波川がいった『女神』というのは、無論、新月高原スキー場で竜実が出会った女性のことだ。殺人事件の容疑がかけられそうになっている竜実を救ってくれる唯一の存在だから、『救いの女神』というわけだ。

ここ里沢温泉スキー場に着いたのは、今朝の六時過ぎだった。さすがにまだ営業は始まっておらず、竜実たちは駐車場に駐めた車の中で仮眠を取ることにした。朝一番のパウダーを狙う時などはよくやることで慣れているはずだが、竜実は目が冴《さ》えて少しも眠れなかった。殺人事件の容疑者として追われているという事実は非現実的ではあったが、だからといって頭の外に追い出せるものでもなかったのだ。

結局、眠ったかどうかもわからぬまま、スキー場の営業開始時間を迎えることになった。車の中で着替え、スノーボードを抱えてスキー場に足を踏み入れたわけだが——。

ゲレンデマップを眺めて、頭が真っ白になった。里沢温泉スキー場は、とてつもなく広かった。ゴンドラは二基あり、ほかにリフトが十四基ある。当然、コースは複雑多岐だ。そんな中から、名前も知らない女性を捜し出すのは不可能に思えた。

とりあえずスキー場内を滑ってみることにした。だが手がかりがウェアの色だけではどうしようもなく、ただ焦りが増すばかりだった。そもそも、現在ここであの彼女が滑っているかどうかさえ不確かなのだ。

コースは、どこも素晴らしかった。何も考えることなく、ただ滑りを楽しめたなら、どれだけ幸福だろうと思った。しかし今は楽しんでいる場合ではない。早く見つけねばと焦る気持ちと、こんなことをしていても見つけられるわけがないという空しさを抱えたまま山麓《さんろく》まで滑り降り、またこうして何の当てもなくゴンドラに乗ったというわけだった。

「スノーボードが上手いという以外、手がかりが何もないというのが辛いよなあ。ウェアにしたって、全く同じものを着ているとはかぎらないし」波川が嘆息した。

「スタンスはレギュラーだった」

竜実の言葉に波川は椅子からずり落ちた。「スノーボーダーの大半はレギュラーだ。仮にグーフィーだとしても、大した手がかりじゃない」

「並のスノーボーダーではないと思うんだよなあ。だって、たった一人で新月高原のコース外を滑ってるんだぜ。かなり滑りに自信がないと無理だ」

「そうはいってもなあ……」波川は顎に手を当て、考えるしぐさをした後、グローブを付けた手でぽんと膝を叩いた。「ホームグラウンドだといったんだったな、その彼女は。里沢温泉スキー場がホームグラウンドだと」

「そうだ」

「もしかしたら、このスキー場でスタッフとして働いているのかもしれないぞ。山に籠もっているスキーヤーやスノーボーダーたちには、そういうのが多い」

「なるほど。スタッフといえば……」

「『女神』の滑りは素人離れしていたんだろ？　だったら、まず確認すべきところは決まっている」

波川が挙げた場所を聞き、竜実は大いに得心した。

ゴンドラが到着すると、二人は急いで滑走を始めた。雄大な景色を楽しんでいる暇も、素晴らしい雪質を楽しんでいる余裕もなかった。

ほぼノンストップで二人が目指したのは、スキー・スノーボード・スクールの事務所だった。『女神』はインストラクターではないか、というのが波川の推理だったのだ。事務所の前に到着した時には、さすがに足が疲れてへとへとだったが、休むこともなくガラス戸を開けて入っていった。

事務所の中には、スクールを申し込もうとしている人々が数名いた。カウンターがあり、男性従業員が申し込みを受け付けている。

脇坂、といって波川が竜実の肩を叩いた。「あれを見ろ」

波川が指した先を見て、竜実は目を見張った。このスクールに所属しているインストラクターたちの顔写真が並んでいたからだ。急いで近づき、目を凝らした。インストラクターは二十名以上いる。その半分がスノーボードの担当で、さらにその半分が女性だった。

どうだ、と波川が尋ねてきた。「どのインストラクターも、結構かわいいぞ。この中にいるんじゃないか？」

竜実は即答せず、一人一人の顔を凝視していった。波川がいうように、どの女性も容貌《ようぼう》は悪くない。しかし、首を横に振らざるをえなかった。

「いないか」波川が落胆の声を出した。「もっとよく見たらどうだ。似ている人とかいないのか」

「この中にはいない。根本的にタイプが違うんだ」

「だめか……」波川は肩を落とした。

あのう、と横から声が聞こえた。カウンターにいる男性従業員が不審げな目を向けていた。「うちのインストラクターが何か？」

「いや、じつは人を捜してるんです」竜実はいった。

「どういう人ですか」

「このスキー場をホームグラウンドにしている女性のスノーボーダーです。腕前は抜群で、おまけになかなかの美人なんです」

「ははあ……」男性従業員は当惑したように口を半開きにしている。

「心当たり、ありませんか」

「……ほかにヒントは？」

「それだけです」

男性従業員は呆れたように苦笑し、肩をすくめた。「このスキー場には、プロ並みのテクニックを持っている美人スノーボーダーはごまんといますから」お話にならないといった口調で、竜実たちから顔をそらした。

行こう、と波川がいった。「ここにいても無駄だ。何かほかに手がかりがないか、考えよう」

竜実は唇を嚙み、思考を巡らせた。新月高原で『女神』と出会った時のことを懸命に思い出そうとした。

そうだ、と手を叩いた。「彼女はパウダー好きだ。コース外を滑るのはいけないことだとわかっていても、やめられないといってた」

「コース外か……」波川は呟いた。「それなら、ある程度絞れるかもしれない。ルールを犯してコース外に出る連中となれば、たぶん限られるだろうからな」小声になっているのは、男性従業員に聞かれたくないからだろう。

「とはいえ、これだけでかいスキー場だからなあ。一口にコース外といっても、どこを捜していいのかわからない。地元に知り合いでもいれば、穴場のエリアなんかを教えてもらえるんだろうけど」

「ローカルは、よそ者にはなかなか教えてくれないと思うぜ。自分たちのパラダイスを荒らされたくはないだろう――」しゃべっていた波川が、不意に言葉を切った。

どうした、と竜実は訊いた。

波川が、にやりと笑って壁に貼られているポスターを指した。「餅は餅屋っていうじゃないか。やっぱり専門家に頼るのが一番じゃないか」

そのポスターは、バックカントリーツアーを紹介するものだった。圧雪などの整備が入っていない山の中を、地形や自然を熟知したスタッフに案内されながら滑る、という企画だ。ポスターには、『ゲレンデだけで楽しまないで、大自然の中に飛び込み、スキーやスノーボードの楽しみ方のレパートリーを増やしましょう!』とあった。

約三十分後、竜実と波川は雪山をスノーシューを履いて登っていた。先頭を行くのは青いウェアを着た若いガイドだ。そして竜実たちの後ろから、もう一人のガイドがついてくる。こちらは竜実たちよりもかなり年上に見えた。

予約客がいなかったらしく、ツアーを申し込むと、すぐに出発の準備が始められたのだった。竜実たちにはスノーシューのほか、伸縮自在のスキーポール、プローブ、ビーコン、シャベル、そしてそれを収められるバックパックなどが貸し与えられた。プローブやビーコン、シャベルは雪崩などで誰かが埋まった時に使用するものだ。出発前にそれらの使い方を教わるわけだが、竜実たちはサークル活動で何度か体験している。おかげで講習の時間は短くて済んだ。ガイドたちも突然のツアー客が経験者と知り、かなり安心したようだ。

バックカントリーは、さすがに雪が深かった。スノーシューのおかげで足が雪に埋まることはないが、両足の間隔を適度に空ける必要があるので歩きにくい。おまけに傾斜がきつく、ひょいひょいと軽い足取りで進んでいくガイドの跡を追っているうちに、汗が噴き出し始めた。

「さすがにお二人とも経験者だけに、山登りに慣れておられるみたいですね」そのガイドが竜実たちを振り返り、感心したようにいった。「ふつうのお客さんだと、なかなかここまでペースを上げられないんですけど」

「いや、できればもう少しゆっくりのほうが……」竜実は正直に泣きを入れた。

「そうですか。じゃあペースを落としましょう。でも大したものですよ」ガイドは褒めてくれた。お世辞と励ましを兼ねた言葉だろう。

顔からも汗が出てきたので、竜実は足を止めてゴーグルを上げた。その時、目の端の視界に何かが入った。斜面のかなり上部に人影のようなものが見えたのだ。緑色のウェアを着ているようだったが、すぐに見えなくなった。

無断侵入者だな、と竜実は察した。バックカントリーツアーに使用されているエリアを滑ろうという魂胆なのだろう。

ほかの三人は気づいていない様子だった。

「あと、どれぐらいですか」竜実は前を行くガイドの背中に尋ねた。

「もう間もなくです。十分程度だと思います」

まだそんなに登るのか、と少しげんなりした。

「どうしてこのあたりをツアーのコースに選んだんですか」竜実は訊いた。

「やっぱり雪が溜まりやすいところだからです。斜度もちょうどいいし、コースへの出入りも難しくないから、案内しやすいんですよ」

「でもそうすると、ツアーには入らず、勝手に滑ろうとする連中も多いんじゃないですか」

若きガイドは、うーん、と唸った。

「少なくはないですね。見つけたら注意しているんですけど」

「きちんとお金を払えって？」

「お金の問題じゃなくて、安全性です。ルートを間違えたら戻ってこられなくなるおそれがあるし、何より怖いのはやっぱり雪崩ですね。今日みたいに降雪があった後は特に用心が必要です。地元の人間はわかってるんですけど、たまにしか来ない人は、バックカントリーツアーに使われるぐらいだから安全なんだろうって軽い気持ちで入ってきちゃうんですよね」

ガイドの話を聞きながら、竜実は新月高原で出会った女性スノーボーダーのことを思い出していた。彼女はここをホームグラウンドだといっていた。今の話を聞いたかぎりでは、彼女がここを滑る可能性は少なそうだ。

「地元の人たちがコース外を滑るとしたら、どのあたりが多いですか」

竜実の質問に、少し驚いたようにガイドは足を止め、振り返った。

「コース外って、管理区域外エリアの中でという意味ですか」

「いや、滑走禁止エリアも含めて、ですけど」

管理区域外はスキー場の管理が及ばないエリアで、自己責任で滑走が可能だ。それに対して滑走禁止エリアは、関係者以外、侵入自体が許されない。

「そういう場所は全然ない、とはいいませんけど」ガイドは小さく首を振ってから、また歩き始めた。「お客さんにお教えするわけにはいきませんねえ」

「だめですか、やっぱり」

「そういう場所を滑りたいんですか」

「いや、そうじゃなくて人を捜してるんです」

「人?」

「女性のスノーボーダーです。友人が一目惚《ひとめぼ》れをしたらしいんですが、このスキー場にいるってことと、コース外を滑るのが好きだという以外に手がかりがないんです」

ガイドは歩きながら、振り返った。「もしかして、それが目的で、このツアーを申し込んだんですか」

「まあ、それも兼ねています」

ガイドは呆れたように肩をすくめた。「面白い人たちだなあ」

「何とか教えてもらえませんか。穴場を」

「うーん、困ったなあ」ガイドは迷っている様子だった。

間もなく目的地に着いたらしく、ガイドが足を止め、背負っていた荷物を下ろした。

もう一人のガイドと二人で、積もった雪を一辺三十センチほどの四角柱に掘り出し、シャベルを載せて手で叩いている。コンプレッションテストと呼ばれるもので、雪の弱い層がどこにあるかを確かめるのが狙いだ。表層雪崩の危険性などは、これで予想できる。

大丈夫だ、と年配のガイドが呟いているのを聞き、竜実は安堵《あんど》した。せっかく来たのだから、気持ちよく滑りたい。

その時だった。どこからか赤いウェアに身を包んだスキーヤーが現れた。すぐにこのスキー場のパトロールだとわかった。顔馴染みらしく、やあ、と年配のガイドが声をかけた。「何かあったのかね」

「無断でこの山に入ったきり、戻ってこない馬鹿がいるんです」長身のパトロールが吐き捨てるようにいった。「一緒にいた連中とはぐれたらしい。見かけませんでしたか」

「いやあ、気がつかなかったけどなあ」

あの、と竜実はパトロールに声をかけた。「その人、何色のウェアを着ていますか」

「グリーンだと聞いていますが、何か？」

「じゃあ、もしかするとあの人かもしれない」

「見たんですか」

「ここへ来る途中、上のほうにちらりと見えました。もう、とっくに滑り降りたかもしれないけど」

「どのあたりですか」

「だから、えーと」口で説明するのは難しかった。「まあいいや。ついてきてください」そういって竜実はスノーシューで歩き始めた。

「あっ、いいですよ。大体の位置を教えていただければ自分たちで捜します」

「いや、行っちゃったほうが早いから」

竜実は今来た道を単に戻るのではなく、方向はそのままで、少しずつ斜めに登っていった。後ろからパトロールもついてくる。スキー板で登るのは大変に違いなかったが、体力には自信があるのだろう。

やがて予め見当をつけていた場所に辿り着いたが、人影はなかった。竜実は周囲を見回し、首を捻った。「このあたりだと思ったんですけど……」

斜面の下を見たが、トラックはない。もし滑り降りたなら、痕跡が残るはずだ。あっとパトロールが声を上げ、少し先に移動した。それで竜実も気がついた。大きな木の陰に、誰かがうずくまっていた。

近づいていくと、緑色のウェアを着たスノーボーダーが、雪の中で体育座りをしていた。意識はあるようで、竜実たちのほうに顔を向けてきた。

パトロールが覗き込み、何やら話しかけていた。スノーボーダーは返事をするのも辛そうだ。

「どうしたんですか」竜実はパトロールに訊いた。

「木に激突して、動けなくなったようです」

「それは大変だ。何か手伝いましょうか」

「応援を呼びますから大丈夫です。あなたはツアーに戻ってください。御協力感謝します」

いいえ、といって竜実は先程の地点を目指して戻り始めた。今度は下りだから、かなり楽だ。しかしこんなことならスノーボードを担いでくればよかったと後悔した。

12

東京駅から新幹線で二時間弱、さらにタクシーに乗って二十分ほどで里沢温泉村に到着した。腕時計を見ると午後四時過ぎで、あたりは暗くなりかけている。『ようこそ里沢温泉スキー場へ』と書かれた看板の近くで小杉と白井は車から降りた。歩いていくと少し幅の狭くなった道が、複雑に枝分かれし始めた。その道を挟んで、大小様々な宿が建ち並んでいる。商店や食事処《どころ》も多い。行き交う人々の大半は、見たところ旅行客だった。

「シーズン中だけあって、なかなか賑《にぎ》わってますね」白井がのんびりとした口調でいう。

「温泉街に来たのなんて何年ぶりかな。これが仕事でないなら、どれだけ幸せか」

「しかし寒いですね。さすがは雪国だ」

向かい側から親子らしき三人組が歩いてきた。すれ違う時、真ん中の少年が不思議そうな顔で小杉たちを見た後、隣の女性に何かいった。女性が、お仕事中なのよ、と小声で答えるのが耳に入った。

小杉は足を止めた。白井の姿を見て、自分たちがとんでもない失敗を犯していることに気づいた。

「まずいぞ」

「何がです？」

「服装だ。周りを見てみろ。こんな格好で歩いているのは俺たちぐらいのものだ」

白井は虚を突かれたような顔をし、きょろきょろと見回した。スーツにネクタイ、そしてコートに旅行鞄《かばん》。おまけに革靴だ。東京駅では目立たなかったが、ここでは異彩を放っている。

「どうしましょう」

「どこかで衣装を調達しよう」

小杉は周囲に視線を配った。少し先にレンタルショップがあった。レンタルウェアという文字が看板に出ている。

あそこだといって小杉が歩きだそうとした瞬間、凍った路面で靴底がつるりと滑った。あっと思った時には遅かった。その場で派手に尻餅をつき、激痛が腰から頭の先に抜けていった。

「わっ、小杉さんっ、大丈夫ですか？」

白井の腕に摑まって立ち上がりながら、小杉は呻《うめ》き声を漏らした。なぜ自分たちがこんな目に遭わなきゃいけないのか。腹立たしい以上に、情けなくなった。

レンタルショップに入って、申込書に名前を書いていると、小杉に電話がかかってきた。南原からだった。

「はい」

「どんな感じだ？」いきなり南原は問うてきた。

「何がです」

「見つけられそうか」

「はあ？」小杉は大きく口を開いた。このおっさん、馬鹿か。「無理いわないでください。ついさっきスキー場に着いたばかりで、今は衣装替えの準備をしているところです」

「衣装替え？　何だ、それは？」

「係長の命令に従い、目立たないためです」

小杉は理由を簡単に説明した。

南原の舌打ちが聞こえた。

「ぐずぐずしている場合じゃないぞ。本庁の連中が動き始めたようだ」

「何かあったんですか」

「奴ら、波川の部屋に入ったんだ。そうして脇坂の指紋が付いた空き缶を発見したらしい」

「波川の部屋に？　容疑者でもないのに、よく裁判所が許可しましたね」

「許可したのは裁判所じゃない。波川の両親だ。息子さんが事件に巻き込まれている可能性があるから部屋を調べていいか、と実家に問い合わせたらしい。令状がなくても保証人が許可すれば、部屋に入ることは可能だ」

たしかにその通りだ。小杉は唸った。

「マンションの防犯カメラの映像からも、波川の関与が裏付けられたようだ。昨日の午後十一時頃、スノーボードなどを抱えた波川がマンションを出ている。一緒にいる男は、脇坂とみて、ほぼ間違いないそうだ」

「行き先については……」

「さすがにそこまでは摑めていないようだ。それどころか、二人の向かった先がスキー場かどうかについても意見が分かれている。防犯カメラに映像が残ることを見越して、わざとスノーボードなんかを持って出たが、じつは全く無関係の場所に逃走したんじゃないかという説が出ているらしい。さすがは捜査一課、いろいろと深読みをしてくれる」

「すると、今すぐにこっちに本庁の捜査員が来るということは……」

「それはないと思う。日本中のスキー場に刑事を送るわけにはいかんから、まずは絞り込もうとするはずだ。その間に、何としてでもおまえたちが脇坂を見つけるんだ」

「そういわれましても、思ったより広い村ですからね、一筋縄でいくかどうか……」

「そんな弱気でどうする。大丈夫、おまえたちならきっとやれる。自分を信じて、全力で事に当たってくれ。ではまた連絡する」いいたいことを一方的にいった後、小杉の返事も聞かずに南原は電話を切った。

小杉はスマートフォンを睨みつけた。何が、おまえたちならきっとやれる、だ。ふだんは役立たずだとか、機転がきかないとか口汚く罵《ののし》るくせに――。

「どうしたんですか」白井が近づいてきて尋ねた。すでにレンタルのスキーウェアに着替えていた。手袋や長靴も借りたようだ。あまり似合ってはいないが、風景に溶け込んではいる。これなら目立たないだろう。

小杉は南原とのやりとりを話した。

「花菱さんのところに、ここを嗅ぎつけられたらおしまいでしょうね」白井は他人事《ひとごと》のようにいう。

「総出で押しかけてくるだろうな」

「いっそのこと、本庁にネタを流しちゃいましょうか。話が早いですよ」

「その代わり、僻地《へきち》に飛ばされるぞ」

白井は眉を八の字にした。「それは困ります。子供がまだ小さいのに」

「転職先さえ決まれば、こんな苦労はしなくていいんだけどな」吐息を漏らし、小杉はレンタルカウンターに向かった。

着替えを済ませ、まずは予約してある宿に向かった。格安の小さな旅館だが、適度に古いところが味わいがあっていい。チェックインの手続きをした後、小杉は従業員の女性に脇坂の写真を見せた。

「こういう人は、ここに泊まってませんか」

三十過ぎと思われる仲居さんは、当惑した顔で首を傾げた。「お客様のお顔を全部覚えているわけではないので……。でも、お見かけはしていないと思います」

「そうですか」

仲居さんは二人を部屋に案内してくれようとしたが、のんびりしているわけにはいかなかった。荷物を部屋に運んでおいてくれるよう頼み、すぐに宿を出た。

旅館の隣は土産物屋《みやげものや》だった。入っていき、土産物には目もくれずにレジに近づいた。女性店員が、何でしょうか、と尋ねてきた。

小杉は、ここでも脇坂の写真を出した。「こういうお客さんが来ませんでしたか」

女性店員は写真に目を落とした後、いいえ、と首を振った。

その後も、旅館、商店、食堂などを回ったが、収穫はなかった。雪国の夜は早い。あたりはすっかり暗くなっている。

「小杉さん、こういう聞き込みで、奴らの居場所を見つけられますかねえ」温泉街を歩きながら白井が疑問を口にした。「的外れな気がするんですけど」

「どうして?」

「だって、奴らは逃亡者ですよ。そんな人間が堂々と旅館に泊まったり、顔をさらして商店や食堂に出入りしたりするでしょうか」

「あいつらは、自分たちの逃走先が警察にばれているとは思ってないはずだぞ」

「それはそうかもしれませんが、心理的に無理があるように思うんです」

小杉は眉根を寄せ、指先で頬を掻いた。白井のいうことは尤《もっと》もではある。

「だったら、どうやって捜したらいい?」

「それを考えているんですが、なかなか妙案が浮かばなくて。そもそも、なぜ脇坂はこんなところに逃げてきたんでしょう」

「それがわかれば苦労しないよ。ほかに案がないんだから、とりあえず聞き込みだ」

「わかりました」あまり納得していない様子ではあるが、白井は頷いた。

その後も脇坂竜実の写真を手に、片っ端から店舗を当たっていったが、有益な情報は得られなかった。夜になり、看板を下ろしてしまう店が多くなった。今日のところはここまでにしておくしかなさそうだ。

一旦宿に戻ってから出直すのも面倒なので、このままどこかで夕食を済ませようということになった。宿は素泊まりで予約してあった。

どの店がいいのかよくわからず、当てもなく歩いていると、前を行く体格のいい二人の男性が、慣れた様子で一軒の店に入るのが見えた。賑やかな声が中から聞こえてくる。

「あそこにするか」独り言のように小杉は呟き、店に向かった。

13

根津が長岡と共に店に入っていくと、「お帰りなさい」とカウンターの内側から女将《おかみ》さんが声をかけてきた。丸顔で体格もふっくらしているが、かつてはアルペンでならしたこともあったという。お帰りなさいというのは、昨夜もこの店で遅くまで飲んでいた根津をからかったつもりだろう。

こんばんは、と返した後、「席、ありますか」と根津は訊いた。

「もちろん。そこのテーブルね」女将さんがいった。今夜は予約を入れておいたのだ。いつもは根津一人だからカウンターでもいいが、長岡も一緒だし、この後、ほかに三人が合流することになっている。

すぐそばの六人掛けテーブルが空いていた。予約、と記された札が置いてあった。

根津たちが席につくと、がらりと入り口のドアが開き、二人の男性が入ってきた。どちらも四十歳前後だろうか。彼等を見て、根津は違和感を抱いた。この時間になって、まだスキーウェア姿だというのがまず引っ掛かった。ナイターをするつもりなら、こんな居酒屋には来ない。それに彼等のウェアは、根津がよく知っている店のレンタル品だった。ふつうなら、食事の前に自分の服に着替えるのではないか。

根津さん、と長岡に声を掛けられて我に返った。「飲み物、何にしますか」

顔見知りの若い女性店員が戸惑ったように待っていた。

「ああ、ごめん。生ビール。それから枝豆と野沢菜」

はい、と返事して店員は奥に下がっていった。

「どうしたんですか」長岡が訊いてきた。

「いや、何でもない」そう返しながら、根津は例の二人に目を向けていた。怪しげな二人組は、カウンター席に並んで座った。

「それにしても今日は参りましたね。あんなところで自損事故とは」

長岡の言葉に根津は顔をしかめ、頷いた。

「全くだ。行方不明になったと聞けば、滑走禁止エリアだからといって捜索しないわけにはいかない。しかもバックカントリーツアーで使っている場所だ。もしものことがあったら印象が悪くなって、今後の営業に関わってくるからなあ」

根津は昼間のことを思い出した。ゲレンデ内を見回っていたら、スノーボーダーのグループがばつが悪そうな様子で近寄ってきた。聞けば、仲間の一人がいつまで経っても戻ってこないらしい。どこを滑ったのかを聞き、かっと頭に血が上った。滑走禁止エリアだったからだ。バックカントリーツアーで使われているぐらいだから安全だろうと思ったというのだ。

リフト券没収などのペナルティは後回しだ。即座に隊員たちに連絡し、捜索を始めた。最も恐れたのは、小さな雪崩に巻き込まれたり、バランスを崩して深雪に突っ込んだりして、埋まってしまうことだ。下手をすれば窒息死してしまう。

だが幸い、そんな悲劇は起きていなかった。行方不明のスノーボーダーは、皆とはぐれて道に迷った挙げ句、慣れない深雪滑走でボードをコントロールし損なって木に激突、肋骨《ろっこつ》を折ってしまい、あまりの痛みに動けなくなっていたのだった。発見した根津は近くにいた長岡に応援を頼み、二人で救護室まで運んだというわけだった。

怪我をしたスノーボーダーはもちろんのこと、仲間たちにもたっぷりとお灸《きゅう》を据えてやった。もちろん連中にしてみれば、パトロールのお小言なんかより、自己責任で支払うことになった救護費用のほうが遥《はる》かに応えただろうが。

女性店員が、生ビールと枝豆、そして野沢菜を運んできてくれた。まずは、お疲れ様、と乾杯する。この一杯で一日の疲れが吹き飛ぶ。

根津が最初の一杯をぐいと飲んだ時、「どうだ？　見かけなかったかな」と、横から声が聞こえた。カウンター席についた先程の二人組の片方が、女将さんに何か見せている。写真のようだ。

女将さんは首を傾げながら写真を返した。「うちにはお見えになってないですねえ」

「そうか。でも一応、この顔を覚えといてよ。で、もしここに来たら知らせてもらえないかな。電話番号はこれ」男は一枚のメモを差し出した。

だが女将さんはメモを受け取ろうとしない。

「そういう面倒臭いことはお断りしてるんです」

「じゃあ、今度我々が来た時に教えてくれ。それでどうだい」

「はい、いいですよ」

よろしく、といって男は写真を受け取った。そこに写っている顔を見て、根津はどきりとした。見覚えがあったからだ。

「それ、指名手配の写真か何かですか」男の背後から訊いた。

えっ、と男は不意をつかれたように背筋を伸ばし、振り向いてきた。「おたくは？」

「このスキー場のパトロール隊長さんですよ」女将さんが答えた。「いわば、スキー場の警察ってところ」

「やめてください」根津は顔をしかめ、手を振った。

「それならちょうどいい」男は写真を根津のほうに向けた。「この若者を見かけませんでしたか。今日、こっちへ来たはずなんですがね」

根津は写真を凝視した。やはりそうだ、間違いない、と思った。

どうですか、と男が訊いてきた。

「いいえ」根津は首を振った。「見覚えはないですね」

「そうですか。それは残念」男は写真をしまった。

「どうしてその人を捜してるんですか。何かやったんですか、その人」

根津の問いに、男は隣にいる仲間と目を合わせた後、改めて顔を向けてきた。

「まあ、簡単にいえば家出したボンボンです。親御さんから、捜し出してくれと頼まれましてね。いろいろ調べて、こっちに来ていることを突き止めたというわけです。我々は調査会社の者です。所謂、探偵ってやつで」

「ああ、なるほど」

「パトロール隊長さんでしたね。もしこの若者を見つけたら、知らせていただけませんか」男はそういって、先程女将に渡そうとしていたメモを差し出してきた。

根津は少し迷ったが、メモを受け取った。「あなたのお名前は？」

「そこに書いてあります」

メモには『小杉』という名字が記されていた。

「隊長さんのお名前は？」小杉が訊いてきた。

「根津といいます」

漢字を説明すると、「東京に同じ名の神社があります」と小杉はいった。どうやら彼等は東京から来ているらしい。

用が済んだと思ったか、小杉は根津たちに背を向けた。隣の男と何やら話しているが、内容は聞こえない。

向かい側を見ると、長岡が怪訝そうな顔をしていた。今の根津の行動が腑《ふ》に落ちないのだろう。いつもは知らない客に自分から声をかけたりしない。

根津は黙って頷いた。事情は後で話す、という意味を込めたつもりだった。

入り口の引き戸ががらりと開き、昼間に会ったばかりの顔が入ってきた。瀬利千晶だ。お待たせ、といってマフラーを外し、マウンテンパーカーを脱ぎ始めた。

彼女の後ろから、こんばんは、とさらに二人の女性が入ってきた。成宮莉央と姉の葉月だ。莉央は昼間と同じピンクのダウンジャケット姿だ。葉月もダウンを着ているが、こちらは膝まであるロングコートタイプだった。

千晶が根津の横に来て、さらにその横に莉央が並んだ。当然のように葉月は長岡の隣に座る。この五人で飲む時は、大抵この配置だ。

カウンター席の小杉たちが、ちらちらと振り返っている。いきなり、なかなかの美女が三人も現れたからだろう。根津は何となく誇らしい気分になる。

「あの後、どうなった？　準備は着々と進んでるのか」飲み物と料理の注文を終えた後、根津は千晶と莉央に尋ねた。

「まあまあってところ。——ねっ」そういって莉央は千晶と目を合わせた。

「明日は、あたしが声をかけたスキーヤーやライダーたちが来る予定」千晶がいった。彼女はスノーボーダーのことを、しばしばライダーと呼ぶ。「パフォーマンスのリハーサルをしたいから、根津さん、よろしくね」

「時間厳守で頼むぜ。貸し切り時間は二時間。それを過ぎたらロープを撤去するからな」

「わかってる。ありがとう」

リハーサルのためにゲレンデの一部を貸し切りにするということは、すでにスキー場側とも話をつけてある。

　飲み物が運ばれてきた。改めて乾杯した。

「いよいよだな」根津は長岡と葉月の顔を交互に見た。

「何だか、ぴんと来なくて」長岡は首の後ろを擦《さす》った。「結婚というだけでもすごいことなのに、スキー場で式を挙げるなんて……。失敗しないか心配で心配で」

「だから明日、がんばってね。みっちり練習してもらうから」莉央が強い口調でいい、姉のほうにも目を向けた。「お姉ちゃんもね」

「明日はウェディングドレスで滑らなくてもいいの?」ウーロン茶のグラスを片手に、おっとりとした口調で葉月は訊く。

「当たり前じゃん。リハーサルからそんなことしてたら、目立って仕方ないよ。知らない人が見たら、本番だと思っちゃうでしょ」

「でもドレスなんか着て、本番でうまく滑れるかなあ。転んだらどうしよう」

「そんなわけないじゃん。お姉ちゃん、何年スキーをやってんの?　それにすごい滑りをしなくていいから。ボーゲンでいいから」

「へえ、葉月ちゃんのボーゲンか。それは見ものだ」根津はジョッキ片手に瞬きした。

葉月は高校時代、アルペンスキーの選手だった。

「あたしは勿体《もったい》ないと思うんだよねぇ」千晶がいった。「真っ白なドレスを着た花嫁が、エッジを利かせてハイスピードで滑り降りてきたら、絵になると思うんだけど」

「千晶、あんた、何回いわせんの。今度のイベントはお姉ちゃんたちの結婚式ではあるけれど、里沢温泉スキー場のウェディングプランのプロモーションでもあるわけ。そんな一般人離れした映像を撮ったら、ふつうの人からドン引きされるのがオチでしょ。そういう派手なパフォーマンスは専門家に任せようってことで、あんたに演出を頼んだんじゃない。そこんとこ、わかってんの？」

「いやまあ、それは重々承知しているわけだけど……」

「だったら文句いわないっ」

「はいはい、ごめんなさい。もういいません」千晶は首をすくめた。親友といえど、この件については莉央は鬼プロデューサーという立場を貫いているようだ。さすがの千晶もたじたじらしく、そんな様子が根津には新鮮に映った。

カウンター席の怪しげな男たちが立ち上がった。小杉は勘定を済ませると、根津を見て小さく会釈してから、もう一人の男と共に店を出ていった。

「知り合い？　見ない顔だけど」千晶が訊いてきた。

「ちょっとしたことがあってね」

根津は三人の女性たちに、先程のやりとりを話した。

「じつをいうと、写真の男性に見覚えがあったんだ」声をひそめていった。女将さんにも聞かれたくなかったからだ。

「やっぱりそうだったんですか。変だと思った」長岡がいった。「誰なんです?」

「名前は知らない。バックカントリーツアーに参加していたお客さんだ」

根津は、コース外で負傷したスノーボーダーを発見した経緯を詳しく説明した。

「そうだったんですか。根津さん、そんなことをいってましたよね。ツアーのお客さんが目撃していて、その場所まで案内してもらったって」

長岡の言葉に根津は頷いた。

「親切な人だと思ったよ。自分たちのツアーそっちのけで案内してくれたんだ。スノーシューで十分ぐらい登ったと思う。なかなかできることじゃない」

「金持ちのボンボンにも、根性のある人はいるってことだね」千晶が感心したようにいう。

「でも根津さん、どうして見覚えないっていったんですか」長岡が訊いた。

根津は、うーんと首を傾げた。

「直感みたいなものかな。何となく、彼の味方をしてやりたくなったんだ。悪い人ではないと思ったから、ここは黙ってたほうがいいんじゃないかって」

「何か嫌なことがあって、家出したんじゃないの？」莉央がいった。「お金持ちのお坊ちゃんには、それなりの悩みがあるんだよ、きっと」

「どうしてお金持ちってわかるの？」葉月が目を丸くした。

「親が私立探偵を雇って捜そうとしてるんだよ。お金がなきゃできることじゃないでしょ」

「ああ、そうかあ。莉央ちゃん、あったまいいね－」

「それぐらい、誰だってわかるよ」

その後、再び結婚の話題に戻った。長岡は婿養子として成宮家に入ることが決まっている。やがては『板山屋』を継ぐわけだが、当分の間は従業員の一人として働く予定らしい。

「将来は長岡が『板山屋』の主人で、葉月ちゃんが女将か。そいつはいい。楽しみだ」根津はいった。「で、莉央ちゃんも手伝うというわけか」

だが莉央はかぶりを振った。

「結婚式が無事に終わったら、私は出ていくつもり。もう用なしだから」

「えっ、そうなのか」

「莉央ちゃん、それ考え直さないか。俺たちのことなら気にしなくていいよ」

長岡の言葉に、「そうだよ、気にしないで」と葉月も同調した。

「どういうことだ？」根津は三人の顔を見回した。

「莉央ちゃんは俺たちのために、今自分が使っている部屋を空けてくれようとしているんです」長岡が説明した。「葉月の部屋だけじゃ狭いだろうからって。そんなの、何とでもなると思うんですけど」

「違うよ、慎太さん。そうじゃないから」莉央は眉間に皺《しわ》を寄せた。「これは私の問題。私が自分のためにそうしたい、家を出たいと思ってるの。だからほっといて」

予想外に強い口調に、長岡と葉月は気圧《けお》されたように黙り込んだ。重たい空気が一瞬、この場を包んだ。

「三十路《みそじ》過ぎるといろいろあるんだよ」千晶が明るい口調でいい、ねっ、と莉央の肩を叩いた。「飲もうぜ」ハイボールの入ったジョッキを、莉央のグラスにかちんと合わせる。

莉央の口元に笑みが戻るのを見て、根津はほっとした。

それからしばらくして莉央と葉月は引き揚げることになった。長岡も彼女らを送っていくという。また明日、と挨拶を交わし、根津は彼等を見送った。

「あれ、どういう意味なんだろうな」根津は熱燗《あつかん》の酒を千晶の猪口《ちょこ》に注《つ》いだ。「莉央ちゃんのいったこと」

「自分のために家を出たいってこと？」

「ああ」

千晶は猪口の酒を少し飲み、吐息を漏らした。

「若い頃から好きなことをいろいろとやって、でも結局何ひとつものにならなくて、年だけ取っていく。気がついたら周りは結婚して家庭を持って、自分だけがひとりぼっち。そんな自分を故郷の家族が受け入れてくれて、とりあえず居心地《いごこち》のいい毎日を送っている。考えることといえば、いい結婚相手を見つけることだけ。せっせと婚活に精を出して、安定した将来を約束してくれそうな男がいたら、必死になってアピール。そういう生き方に疑問を持ったって不思議じゃない」

「莉央ちゃんがそうだというのか」

「彼女だけじゃない。地方出身の女子は、大なり小なり似たような悩みを抱えてる。都会に出ていって夢を叶《かな》えられる者なんて一握り。殆《ほとん》どは挫折して故郷に戻って、たくさんの妥協を強いられる。もちろん、そこから幸せを摑んでいく道だってあるし、事実多くの人がそうしてる。莉央だって、それはわかってるはず。でもたぶん、まだ諦めきれないんだよ。自分には何かができるんじゃないかと思ってる。だから葉月さんの結婚を、そのきっかけにしようとしている」千晶は徳利《とっくり》を摑み、手酌で酒を注いだ。「……と、あたしは思ってるんだけどね」

「よくわかるんだな。おまえは地方出身者じゃないのに」

千晶の実家は東京だ。

「自分の居場所を探しているっていう点では同じだから」千晶はさらりといった。

「それに莉央とは付き合いが長いしね。ただ、ああはいったけど、やっぱり葉月さんたちに気遣っている部分もあると思うよ。婿養子を迎えようってのに、実の妹が居座ってたんじゃ申し訳ないと思ったんじゃないかな」

「それはわかるような気がするな」

小姑《こじゅうと》は鬼千匹、という言葉を根津は思い出していた。

「ああ見えて、莉央は繊細だからね。知ってる？　あの子、今シーズンはまだ一度も滑ってないんだよ」

「えっ、そうなのか。どうして？」

「とにかく今は葉月さんの結婚式を成功させることに集中したいらしいの。気分転換で滑るぐらいいいじゃないのっていってるんだけど、もし怪我でもしたら大変だからって」

根津は小さく頭を振った。「三度の飯よりも滑るのが好きっていうくらいのスノーボードフリークなのにな。姉思いなんだな」

「全く、そう。あんなに仲のいい姉妹は見たことないよ」

「ところでおまえはどうなんだ。自分の居場所、見つけられそうなのか」

根津の質問に、千晶は小さく肩をすくめた。

「どうなんだろうね。何とかなるんじゃないの」彼女は店員を呼びつけ、熱燗のおかわりを注文した。

14

(……そうして次の日です。トイレで頑張った後、便器の中を見てびっくり。なんと、ウンチが緑色だったのです。これは大変、とんでもない病気にかかったと思い、焦りました。でも、いくら何でもおかしいと思い直しました。あまりにも色が奇麗だったからです。鮮やかなグリーンです。まるで絵の具のようだと思った瞬間、はっとしました。夜中、お酒を飲みながら姪《めい》の絵の具をいじっていたことを思い出したのです。しまった、酔っ払って緑色の絵の具を食べてしまったんじゃないかと思い、確かめました。すると緑色の絵の具は新品のままでした。ほっとした次の瞬間、気づきました。何と、黄色と青色の絵の具チューブだけがぺしゃんこになっていたからです。そうです。僕は酔った勢いで、なぜか黄色と青色の絵の具を食べてしまったのです。そしてそれがおなかの中で混ざり合い、鮮やかな緑色のウンチとなったわけでした。……ははは、東京都にお住まいのホテルマンのMさん。それは大変でしたねえ。『青天の霹靂《へきれき》』というテーマにぴったりのエピソードありがとうございます。そうですか。おなかの中で、そんなに見事に混ざるものなんですね。でもこれからは気をつけてくださいねー）

ラジオから聞こえてくる女性DJの話を聞きながら、世の中には馬鹿なやつがいるものだなあ、と竜実は思った。よくそれで社会人が務まっているものだ。

DJの曲紹介があり、スピーカーから洋楽が流れてきた。竜実が全く知らない曲だったので、スイッチを切った。あくびを一つする。両腕を思いきり伸ばすと、車の天井に拳が当たった。シートを倒していても運転席でじっとしているのは楽ではない。おまけに退屈で仕方なく、スマートフォンのありがたみが改めて身に沁《し》みた。

今日は、とうとう例の彼女――竜実たちが『女神』と呼ぶ女性を見つけられなかった。バックカントリーツアーの後、自分たちで適当にコース外に出てみたのだが、滑りにくい場所ばかりで、雪の中で何度もバインディングを外す羽目になった。やはり土地鑑なしでコース外に出るのは無謀だと改めて思った。

リフトやゴンドラの営業終了と共に駐車場に引き揚げてきて、服を着替えた後、気分転換に外湯に浸《つ》かりに行った。少々熱めの温泉の中で手足を伸ばすと、この上もない開放感に包まれた。だがそんな幸福な気分も、この車に戻ってきた途端、一気に消失した。殺人事件の容疑者？　この俺が？――未《いま》だにぴんと来ないのだが、安宿にさえも泊まれないという事実が、これが夢でも冗談でもないということを教えてくれた。指名手配されるかもしれないから、なるべく顔を晒《さら》さないほうがいいと波川はいうのだった。

不意に助手席のドアが開けられ、その波川が乗り込んできた。コンビニの袋を提げている。

「遅かったな」竜実はいった。

「思ったよりも話が長引いたんだ。公衆電話を使ったのなんて、何年ぶりだろう」

コンビニで食料を調達してくるついでに、松下に連絡を取ってみると波川はいったのだ。

「何か進展はあったか」

「進展というのは、良い展開があった時に使う言葉だ」波川はコンビニの袋からサンドウィッチを出してきた。「この場合は、逼迫《ひっぱく》しつつある、というのが適切かもしれない」

「どういうこと？」

「松下によれば、何人かの学生が刑事に声をかけられたらしい。経済学部の脇坂君を知らないかってな。どうやら、本格的に容疑者扱いされ始めているようだ。おまえの部屋、今日改めて捜索されたみたいだぞ。昨日の倍の警官が出入りしてたってさ」

竜実は頭を抱えた。「何だよ、それ。人の部屋を勝手に……。参ったな」

「捜索されたのは、おまえの部屋だけじゃない」サンドウィッチを頬張ってから、波川はいった。「藤岡にも連絡を取ってみた。予想通り、刑事たちは『マウンテン・モンキーズ』にも当たったようだ。当然、おまえと親しい俺からも話を聞こうとしたが、スマホの電源は切れている。これは怪しいってわけで、俺のマンションまで押しかけたらしい。藤岡が案内させられたってさ」

「それで？」

「俺は留守だ。さて、刑事たちはどうしたか」

「どうしたんだ？」

「それを確かめるため、仙台の実家に電話してみた。親父《おやじ》と話したんだけど、結果は予想通りだ。警視庁から連絡があって、おたくの息子さんの行方が摑めないが何か心当たりはないかと訊かれたようだ。何もないと答えたら、犯罪に巻き込まれたおそれがあるので息子さんの部屋を調べさせてほしい、といわれたらしい。もちろん、うちの親は了承した。どういう事件かは教えてもらってないみたいだが、俺が殺されたんじゃないかと根拠もなく想像して、お袋なんかは泣いていたそうだ」

「だったら、おまえの声を聞いて安心したんじゃないか」

波川は口を曲げて、首を振った。

「質問攻めだよ。何をやったのか、何があったのか、どこにいるのかってね。心配いらない、悪いことなんかしてないって繰り返したけど、わあわあ騒ぐばっかりだ。説明が面倒だし、うるさいから途中で切った」

「それは大変だったな」

竜実がいうと、波川はしげしげと彼の顔を見返した。

「何を他人事みたいにいってるんだ。俺でさえ、実家にまで警察の手が伸びてるんだ。

おまえの実家にだって、問い合わせがいってるはずだぞ」

いわれてみると、その通りだった。「どうしよう……」

「後で電話しておけ。何もやってないから心配するなといっておいたほうがいい」

「ああ、くそ。何でこんなことになるんだよ」

「おまえが無断で他人の家に入って、おかしな鍵に触ったり、勝手に犬の紐を持ち帰ったりするからだ。そんなことさえしなきゃ疑われずに済んだ」

それをいわれると返す言葉がなく、竜実は頭を掻きむしった。

「というわけで、俺の部屋も調べられたはずだ。今頃は、いろいろとばれてると思う。おまえが来てたこととか」

「ここに来てることもばれてるかな」

「それはわからないが、ひとつ大事なことを思い出した」

「何？」

「マンションの防犯カメラ。俺たちが出ていった時の様子も写ってると思う。余計な荷物を持ってきちまった」波川は背後を親指で示した。「スノーボード。だから、どこかのスキー場に向かったということはばれている可能性が高い。失敗したよ。レンタルでもよかったのに」

「でもスキー場なんて、いっぱいあるから……」

波川は頷いた。

「すぐに警察がここに押しかけてくるってことはないと思う。でも、のんびりしている余裕はない。俺たちの『女神』が、いつまでここにいるかわからないからな。一刻も早く見つけださないと」

竜実はハンドルを叩いた。「どうすりゃいいんだ」

「こんな広いスキー場で、闇雲に捜し回ったって見つけられるわけがない。『女神』が現れそうな場所で待ち伏せするのが正解だと思う」

「そう思って、わざわざバックカントリーツアーを申し込んでまでコース外の穴場を教えてもらおうとしたけど、結局だめだったじゃないか」

波川は、ちっちっと舌を鳴らした。「彼女が現れそうな場所は、ほかにもあるだろ」

「そんな場所、あるかな」

波川は人差し指で自分のこめかみを突いた。

「少しは頭を働かせろよ。その女性はパウダーランが好きなんだろ？ 予報によれば、今夜から朝にかけて二十センチほどの降雪があるらしい。となれば明日の朝、おまえならどうする？」

竜実は考えを巡らせた。間もなく、友人のいいたいことがわかった。ぱちんと指を鳴らした。「朝一番のゴンドラに乗るっ」

「そういうことだ。ゴンドラは二つあるが、上質のパウダーを狙うなら、山頂近くまで行くほうのゴンドラに乗るはずだ。営業開始は午前八時半」

よし、と竜実は声に気合いを込めた。「八時半にゴンドラ乗り場に行こうっ」

波川は、げんなりしたように眉尻を下げた。

「ゴンドラが動きだしてからじゃ遅いよ。先頭グループを確認できない。営業時間前に行って、並んでいる連中をチェックするんだ。もし彼女がここに来ているなら、その中にいる可能性は高い」

「わかった。午前八時にゴンドラ乗り場に行けばいいんだな」竜実はコンビニの袋の中を覗き込み、明太子入りのおにぎりを摑んだ。

粗末な夕食を終えた後、竜実は車から外に出た。実家に電話をかけるためだ。波川が買ったというテレホンカードを受け取り、公衆電話のあるコンビニに向かった。

電話の前に立ち、少し戸惑った。テレホンカードの使い方を失念していたからだ。最後に使ったのがいつだったか、思い出せなかった。小学生で、まだ携帯電話を持たせてもらえなかった頃、何度か公衆電話を使用した覚えがある。

受話器を取り、慣れない手つきでカードを差し込み、実家の番号を押した。深呼吸を何度かする。問題は公衆電話の使い方などではないのだ。何を話すか、だ。

呼び出し音が鳴りだしたと思ったら、すぐに繋がった。はい脇坂ですが、と名乗るのは母の癖だ。声が少し強張っているのは、ディスプレイの表示で公衆電話からだとわかっているからか。

「もしもし、俺だけど」

息を呑む気配があり、たつみっ、と上擦った声が聞こえた。「あんた、何やっとるの？」

「何って、ええと……」うまく言葉が出てこない。

「急に警察の人が来て、息子さん、帰っとられますかって。帰っとらんですよといったら、連絡はないですかとか、どこへ行っとるのかわかりませんかとか、そらもうえらい剣幕で訊かれたがね。あんた、一体何やったの？」

「何もやっとらんわ。ただ、誤解されて、警察に追われとる」

「追われとる？　それ、どういうこと？」

ちょっと貸せ、という父の声が聞こえた。「おい、竜実。何やっとる」

同じ質問かよ、とげんなりする。「何もやっとらんというとるやろ。無実だわ」

「無実？　どういうことだ？」

「警察からどんなふうにいわれとる？」

「それが、何も教えてくれんのだ。おい竜実、無実ってどういうことだ」

「無実っちゅうたら、無実だわ。悪いことは何もやっとらんという意味だ」

「だったらおまえ、こそこそしとらんで警察に行かんか」

「それがそういうわけにはいかんのだって。それができれば苦労しとらんわ」

「なんでだ？　どういうことだ？」

「説明すると長くなる。とにかく心配せんでええから」

「そんなわけにいくか。おい竜実、おまえ今どこにおる？　どっから電話しとる？」

「そんなこと、答えられるわけないだろ。電話切るからな」

おいこら待て、という父の声を無視して受話器を置いた。大きくて長いため息が口から出た。ふだんでも親との会話は疲れるが、今夜ほどくたびれたのは初めてだ。

その場を去ろうとした時、電話機からテレホンカードが出ていることに気づいた。

15

大浴場から戻って部屋のドアを開けた途端、襖《ふすま》の向こうから聞こえていたテレビの音がぷつんと消えた。続いて聞こえたカタンという物音は、たぶんあわててリモコンをテーブルに置いたことによるものだろう。

襖を開けると、たった今まで胡座をかいてテレビを観《み》ていたに違いない白井が、テーブルを前に正座していた。テーブルの上にはテレビのリモコンとスマートフォンが並んでいた。

「いい湯だったぞ。入ってこいよ」

「はい。あの、ついさっき係長から電話が……」

「何だって？」

「進捗状況を訊かれました」

しつこいおっさんだな、と小杉は思わず呟いた。こんな短時間で状況が激変するとでも思っているのか。

「何と答えた」

「ありのままに」白井は何も映っていないテレビ画面のほうを向いたまま いった。

「可能なかぎり広い範囲で聞き込みを行いましたが、手がかりは得られておりません、と」

まるで役人の答弁だが、そんなふうに答えるしかないだろう。

「で、係長の反応は？」

「芳《かんば》しくありません。小杉が戻ってきたら電話するようにいえ、といわれました」

ふん、と鼻を鳴らし、小杉はそばの冷蔵庫を開けた。コンビニで買ってきた缶ビールを取り出すと、白井の向かい側に腰を下ろした。プルタブを引き上げ、ビールを一口飲んでから、テレビ台の横で充電中だった自分のスマートフォンを手にした。

電話をかけると、南原だ、とぶっきらぼうな声が聞こえてきた。

「お疲れ様です。小杉です」

「どこへ行ってた？」

「もちろん、聞き込みです」

ちっと舌打ちする音が聞こえた。

「本当か？　温泉でひと汗流して、湯上がりのビールでも飲んでるところじゃないのか」

透視能力の持ち主かこいつは——小杉のこめかみを汗が流れる。「誤解です」

「まあいい。それより、まだ見つからないそうだな。小さな村で若造一人を捜すのに、何を手間取ってるんだ」

「連中だって、今日ここへ来たばかりのはずですから、そうそう動き回ってはいないと思います。それにこっちの身分を明かせないのが辛いです。警察だといえば、もう少し協力を得られると思うんですが」

「だからそれはだめだといってるだろ。何とか工夫するんだ。大丈夫、おまえたちならできる」

またそれかよ、と小杉は口元を歪める。「はあ……」

「それから新事実が出てきた。脇坂と一緒に行動していると思われる波川だが、強盗殺人の共犯者である疑いが濃くなった」

「えっ、そうなんですか。どうしてわかったんですか」

「一課の連中、とうとう脇坂のスマホに手をつけたんだ。花菱係長の指示で、GPS位置情報を取得した。現在、脇坂はスマホに電源を入れていないが、過去の記録を調べることは可能だ。その結果、事件当日、新潟に行っていることが判明した」

「新潟？」

「正確にいえば、新月高原スキー場だ。朝早くに東京を出て、夜七時過ぎに帰京している。じつはNシステムの記録で、脇坂の車の動きも判明しているんだが、それとも完全に一致しているそうだ」

「待ってください。それなら脇坂にはアリバイがあるってことになる。犯行は不可能じゃないですか」

「ところがそうじゃない。記録に残っているのはあくまでもスマホや車の動きであって、脇坂の動きとはかぎらない」

南原のいいたいことが小杉にもわかった。

「別人が脇坂のスマホを持って、脇坂の車を運転して移動したと？」

「あり得ることだろ」

「それが波川だと？」

「記録に残っている脇坂のスマホの最終位置は、ずばり波川の部屋だ。凶器のリードは脇坂の部屋で見つかっているから、実行犯が脇坂であることはまず間違いない。おそらく波川はアリバイ工作係だ。ただし当初の計画では、こんな大事件になるとは二人とも考えていなかった。脇坂が福丸家に忍び込んで、金目のものをちょいと盗む程度の企《たくら》みだったんだろう。ところが思いがけず、脇坂が爺さんを殺してしまった。これではちゃちなアリバイぐらいではごまかせないと考え、二人で逃走を図ったというわけだ」

なるほど、と答えつつ、小杉は違和感を覚えていた。筋は通っているが、しっくりこない部分がある。

　というわけで、と南原は続けた。

「花菱さんたちは、ますます目の色を変えて脇坂と波川の行方を追っている。手柄を立てたい気持ちが強いせいか、こちらの動きには無関心だ。今のところ、里沢温泉村という地名は全く挙がっていない。とはいえ、何がきっかけで摑むかはわからん。その前に何としてでも見つけるんだ」

「それはわかっていますが、手がかりが少なすぎます」

「どうしてだ。顔写真があるじゃないか」

「それです。こっちに来て痛感したんですがね、スキー場ほど犯人が潜伏しやすい場所はないかもしれません」

「なぜだ」

「顔を隠した状態で行動できるからです。ゴーグルやサングラスをつけたまま歩いていても、誰もおかしいとは思いません。フェイスマスクなんてものもある。髪型は帽子やヘルメットで隠せるし、スノーボードウェアやスキーウェアは体形だってごまかせます。顔写真なんて何の役にも立たないのではないか、というのが現時点での実感です」

南原が電話の向こうで唸った。反論が思いつかないのだろう、と思っていたら、とんでもない台詞が返ってきた。「そこを何とかするのがプロだろうが」

がくっと身体から力が抜けそうになる。それこそ、プロの言葉とは思えない。

「係長、頼みがあります」

「応援なら、出せんぞ」

「わかっています。それは期待していません。そのかわり、情報をください。脇坂と波川に関する情報です」

「何が知りたいんだ」

「ウェアの色です」

「ウェア？」

「今もいいましたように、スキーヤーやスノーボーダーの中に溶け込まれたら見つけだすのは至難の業、というより殆ど不可能なんです。識別する唯一の方法は、ウェアや帽子の色とか柄です。脇坂や波川がスキー場でどんな服装をしているか、調べて教えてほしいんです。連中が所属しているサークルの仲間に訊けばわかると思うんですが」

「わかった。誰かに調べさせよう」

「できれば写真がほしいです。色とか柄を言葉で聞いただけではイメージを摑めないので」

南原がまた舌を鳴らした。「贅沢《ぜいたく》だな」

あんたが無理をいってるんだろうが、といい返したいところだが堪《こら》えた。「すみません」

「写真が入手できたらメールで送る。少し待て」

「わかりました」

電話を切り、スマートフォンを座布団《ざぶとん》の上に放り出した。

「改めてハッパをかけられたみたいですね」諦めたような口調で白井がいった。

「変な意地を張らずに、花菱さんのところと協調してくれるといいんだけどな。まあ、意地を張ってるのはあのオッサンではなくて下駄課長なんだろうが」

小杉は白井に、花菱たちが脇坂のＧＰＳ情報を入手したことを話した。

「それで波川を本格的に共犯者扱いし始めたそうだが、どうも腑に落ちない」

「どうしてですか」

「脇坂が空き巣狙いを企てた、波川はアリバイ作りに協力してやった――ここまではいい。たかが窃盗だからな。だけど実際には殺人事件に発展した。それでもまだ波川が協力しているというのが解せない。波川としては潔く出頭したほうが得策だと考えるんじゃないか。冗談半分でアリバイ作りごっこに付き合っただけだと主張すれば、罪に問われない可能性も高い。奴は法学部の学生だ。そこに気づかないわけがない」

「でも実際に逃げているわけですから」白井がいう。「何もやってないなら、逃げる必要はないんじゃないですか」

「そうなんだよな」小杉は缶ビールを口にした。

「で、明日からどうするんですか。電話で先輩がいってたように、顔写真頼みで聞き込みを続けたって、脇坂たちを見つけられそうにないと思うんですけど」

「だからウェアの色と柄を調べてくれと係長に頼んだ」

「それだけの手がかりで捜せますか？　何人の客がここに来てると思います？」

いい返す言葉が思いつかず、小杉は鼻の上に皺を寄せて立ち上がった。窓に近づき、カーテンを開ける。建物の明かりが、ずっと遠くまで続いている。南原は小さな村といったが、調べたところ、大小の宿を合わせると二百軒以上あるのだった。明日はそれをすべてを回らねばならないと思うと気が滅入《めい》った。しかも脇坂たちがふつうの宿に泊まっているとはかぎらない。こんなところへ逃げてきたのは、身を潜める場所があるからではないのか。もし彼等をかくまう人間がいるのなら、見つけだすのは一層難しくなる。

道路を一台の車がゆっくりと走っているのが目に留まった。この村の道は複雑な上、どこも幅が狭い。しかも、ところどころ雪道だ。自分なら車庫入れに苦労しそうだな、と運転があまり得意でない小杉は思った。

座布団の上に放り出してあったスマートフォンが振動した。手に取ってみると、またしても南原からだった。

「小杉です。脇坂たちの服装がわかりましたか」

「それはまだだ。今、問い合わせているところだ。それより、さっき大事なことを確認するのを忘れた。おまえたち、車は調べているだろうな」

「車？　何のことですか」

「脇坂の車だ。奴らが車で移動しているのなら、その村のどこかにあるはずだ。調べてないのか」

小杉は唾を飲み込んでから口を開いた。「村中の車を調べろと？　たった二人だけで？」

「よそから来た者が車を駐められる場所といったら、かぎられているだろう。何だ、調べてないのか」

「明日、調べます」

小杉、と南原は低い声を出した。「わかってるのか。時間はないんだぞ」

「よくわかっています」

「だったら、そんな呑気なことはいってられないはずだ。明日の朝、もう一度同じことを訊くから、それまでに答えられるようにしておけ。いいな、わかったな」例によって南原は一方的にいい放ち、電話を切った。

小杉はスマートフォンを見つめた。もはや怒る気力も湧いてこない。

そばに白井が立っていた。浴衣《ゆかた》姿でタオルも手にしている。大浴場に行く気なのだろう。

「気の毒だが、湯冷めしたくないなら風呂は後回しだ」小杉は脱ぎ捨てられたスキーウェアを指した。「出かける用意をしろ。懐中電灯も忘れるな」

16

うおんうおんと獣が咆哮《ほうこう》をあげていた。ここはどこだ、ジャングルか、と頭がぼんやりしたまま竜実は瞼を開けた。

まず視界に入ったのは、灰色の壁だった。すぐ目の前にある。手を伸ばせば届きそうだ。

よく見るとそれは壁ではなく、車の天井だった。ただし、見覚えがない。つまりこれは自分の車ではない。

ゆっくりと上体を起こした。マウンテンパーカーを羽織ったまま、車の後部シートで寝ていたのだと気づいた。下半身には、毛布代わりにスノーボードウェアやパンツを乱雑に被せてある。どういうことなのか即座に思い出せず、ぼんやりとそれらを眺めた。

再び、唸るような音がすぐそばから聞こえてきた。しかし今度は、それが獣の咆哮でないことに気づいた。車のエンジン音だ。窓から外を見ると、グレーのランドクルーザーがこの車の隣に駐まろうとしていた。

パーカーのポケットを探り、スマートフォンを取り出した。時刻を確認しようとしたのだが、電源が切れている。なぜ切れてるんだろうと首を傾げ、電源を入れようと指を近づけたところで動きを止めた。

そうだった、電源を入れたらアウトなのだった——。

記憶が次第に戻ってきた。一昨日からの出来事が蘇《よみがえ》ってくる。悪い夢としか思えないような事態だが、この車に乗っているということは、やはり現実なのだ。

竜実は、ふうっと息を吐き、スマートフォンをポケットに戻した。

助手席に目をやると、波川がダウンジャケットを羽織り、シートをいっぱいに倒して眠っていた。フードを頭からすっぽりと被っている。彼もまた自分のスノーボードウェアで下半身を包んでいた。

波川、と竜実は呼びかけた。返事がないので、腕を伸ばして身体を揺すった。「おい、波川、起きろよ」

もぞもぞと動きだし、波川はフードを外した。顔を擦った後、竜実のほうを振り向いた。右目に目やにが付いている。「おはようさん」テンションの低い声でいった。

「今、何時だ?」

「わからない。スマホの電源を切ってるから」

そうだったな、と波川は呟き、大きなあくびをした。

「カーナビをつけたら、時刻もわかるはずだ」

「ああ、そうだな」波川は鈍重な動作で腕を伸ばし、車のスイッチを入れた。

「何時だ?」竜実は訊いた。

「えーと、八時十五分だ」

「ふうん」

もう一眠りするか、と竜実は再び身体を倒したが、次の瞬間、はっと息を呑んだ。ほぼ同時に、「やばいっ」と波川が声をあげた。彼も大事なことを思い出したようだ。「ゴンドラが動いちまうぞっ」竜実はあわてて起き上がった。

ドアを開け、勢いよく外に出ようとし、頭を思いきりドア枠にぶつけた。車が違うので、ドアの高さも違うのだ。

外には女性の目もあったが、気にしてはいられない。急いで着替え、ボードを抱えて駆け足でゴンドラ乗り場に向かった。

到着したのは間もなく八時三十分になろうかという頃だった。幸い営業はまだ始まっておらず、乗り場の入り口は閉ざされたままだった。予想通り、朝一番の新雪を狙ったスキーヤーやスノーボーダーたちが列を成している。竜実と波川はボードを脇に置き、列の一番前まで進んだ。

「どうだ？　あそこに黒いヘルメットを被った女の子がいるけど、いきなり当たりじゃないか」

波川が指した女性スノーボーダーを見て、竜実は首を振った。「あんな色のウェアじゃない。それにもう少し小柄だった」

竜実は並んでいる人々に視線を走らせた。日本人だけでなく、欧米人も多い。この地の雪質が北海道に劣らないほど素晴らしいことは、国際的にも知れ渡っているのだ。

スキーヤーたちが手にしているスキー板は、どれも幅が広くて長かった。スノーボーダーたちの中にも、パウダーラン用の板を抱えた者がちらほらいる。皆、誰も滑っていないエリアへの一番乗りを目指してやる気満々らしい。

竜実は、新月高原で会った彼女の服装を改めて思い出していた。ヘルメットは黒だった。ウェアはたしか赤と白のツートンだ。どんな柄だったかは思い出せない。ではパンツの色は？　ブルーだったように思うが、記憶違いか。

波川と共に列に沿って移動しながら、竜実は『女神』を捜した。急がないとゴンドラが動きだしてしまう。

「おい、あの子はどうだ？　ウェアの色の組み合わせが、おまえがいってた通りだぞ」

波川が指した方向を見て、竜実も、おやっと思った。ヘルメットは黒で、ウェアは赤と白のチェック柄だ。そしてパンツの色は薄いブルーだった。体格も似ている。しかも、見たところ連れはいないようだ。一人だと気楽でいい、と彼女がいっていたのを思い出した。

すみませんすみません、といいながら竜実は列の中に入っていった。周りの人々の表情はゴーグルやサングラスのせいでわからないが、冷たい視線が向けられていることは痛いほど感じる。しかし今は臆している場合ではなかった。

赤と白のチェック柄ウェアの女性の前まで進んだ。彼女は警戒するように少し後ずさりした。ゴーグルの下では、さぞかし怪訝な表情をしていることだろう。

あの、と竜実は思いきって切りだした。「顔を見せていただけませんか」

彼女の顔が横に傾いた。何いってるのあんた、とでも訊きたいところだろう。

「一昨日、新月高原スキー場にいませんでしたか。いましたよね？　お願いします。顔を確認させてください。この通りです」竜実は頭を下げた。

彼女は黙ったままだったが、やがて右手が動いた。ゴーグルをヘルメットの上にずらし、さらにフェイスマスクを外した。「これでいい？」

あっ、と竜実は声を漏らした。咄嗟に言葉が出なかった。

相手の声は想像以上に太かった。そしてその声が発せられた口の上には髭《ひげ》が生えていた。

すみません、と竜実は再度頭を下げ、回れ右をした。周りから不審げな視線を浴びつつ、波川のところに戻った。

「違ったか？」

「違うなんてものじゃない」

竜実の話を聞き、波川は唸った。「性別を間違えるなんて論外だな」

「あの子はどうだといったのは、おまえじゃないか」

「おまえだって、向こうの顔を見るまでは気づかなかったんだろ。スキー場でウェアだけを頼りに人を見つけるのは、それぐらい困難だってことだ」

「そんなことといったって、ほかに手はないんだから」

「赤と白のツートンといったけど、もう少し具体的に思い出せないのか」

「そこなんだけど、思い出せそうで思い出せない。もやもやと記憶に霧がかかっている感じなんだ」

その時、ゴンドラの係員が現れてゲートを開けた。それに合わせて、並んでいた人々が動きだした。

竜実と波川は列のそばに立ち、通り過ぎていくスノーボーダーの一人一人をチェックした。黒いヘルメットに赤と白のツートン・ウェア、ブルーのパンツという組み合わせが完全に一致する者はなかなかいなかった。それでも少しでも似たようなファッションの人物を見つけた場合は、とりあえず声をかけ、顔を確認させてもらった。気味悪がられているのは明らかだったが、気にしている余裕はない。

　ゴンドラの営業が始まってから三十分ほどが経つと、列も短くなってきた。しかし『女神』は現れない。

「朝一番のパウダーを狙うなら、この時間にはもうゴンドラに乗っているはずだ」波川が焦りを含んだ声でいった。「当てが外れたかな……」

　竜実は広々としたゲレンデを見渡した。スキーヤーやスノーボーダーたちが、次々に滑り降りてくる。彼等の全身からは、新雪を楽しんだ充実感が溢れ出ているようだった。この後またゴンドラに乗り、二本目を楽しむ気なのだろう。竜実は彼等を羨ましがる気持ちを抑えられなかった。もちろん、そんな場合ではないことはわかっているのだが。

　そんなことを考えながら立ち尽くしていると、あのう、と横から声をかけられた。青いスキーウェアを着た若者が、近づいてくるところだった。サングラスをかけている。

　誰だろう、この体格はどこかで見たことがある、と思った次の瞬間気がついた。バックカントリーツアーで竜実たちを案内してくれた若きガイドだ。名字はたしか高野《たかの》といった。

やあ、と竜実は笑いかけた。「昨日はどうもありがとうございました」

お疲れ様でした、と高野も応じてきた。「こちらこそ、ありがとうございました。おかげで助かりました」

「何がですか」

「不法侵入したスノーボーダーのところまでパトロール隊員を案内してくださったじゃないですか。わざわざスノーシューで登って。後で聞いたんですけど、あの人、肋骨を折っていたそうです。しかも三本も」

うひゃあ、と竜実は顔をしかめた。「それはかわいそうに」

「かわいそうなのは自業自得だからいいんです。でも、あのまま見つけられなかったら大変でした。自力では全く動けなかったそうで、下手をしたら夜になっていたかもしれません。当然、捜索は不可能です。軽装だったし、最悪、凍死しちゃうおそれもありました。そんなことになっていたら、あのバックカントリーツアーのコースは使用禁止になっていただろうし、何よりもスキー場のイメージも悪くなってしまうところでした。ほんと、危なかったんです」

そのように聞くと、際どいところだったのだなと竜実も認識する。そして雪山のルールに厳しいのはパトロール隊員だけではないのだと改めて思った。スキー場の運営に関わっている一人一人が、事故が起きないことを心の底から祈っているのだ。

「我々も気をつけます」竜実はいった。

「そうしてください。ところで――」高野は竜実と波川を交互に見た。「お二人はここで何をしているんですか。じつはさっきから事務所で見ていたんですけど、時々ゴンドラに向かう人に声をかけておられるみたいですね」

ああ、と曖昧に頷きながら竜実は事務所に目を向けた。事務所はゴンドラ乗り場のすぐそばにあるのだ。

「もしかして……ナンパですか」高野は口元に笑みを浮かべた。

「違います。そんなんじゃないです」竜実は顔の前で手を振った。「昨日、話したじゃないですか。友人が一目惚れした女性を捜してるって。引き続き、それをやってるわけです」

高野は得心したように首を縦に振った。

「やっぱりそうでしたか。そうじゃないかと思ったんですけど」

「それが何か？」

するとと高野は事務所のほうにちらりと目をやってから、一歩竜実たちに近づいてきた。

「昨日の話では、その女性はコース外のパウダーランが好きだってことでしたよね。だからこのスキー場の穴場が知りたいって」

「そうですけど……もしかして、教えてもらえるんですか」竜実は声のトーンを上げた。

高野は再び事務所のほうに目をやってから、竜実たちに視線を戻した。

「僕から聞いたってことは、誰にもいわないでくださいよ」

「約束しますっ」竜実よりも先に、波川が力強く答えた。

17

建物の間に挟まれた駐車場を覗き、小杉はげんなりした。十数台が駐められているが、その中にワンボックスワゴンが何台か目についたからだ。雪に覆われているせいで、車種はおろか、車体の色も判別しにくい。もちろんナンバープレートなど、到底確認できない。

レンタルしたスキーウェアに、同じくレンタルした長靴という出で立ちで、小杉は駐車場に踏み入った。昨夜のうちにまた降雪があったらしく、歩くたびに足が雪に沈む。

一番奥にあったワゴンに近づいた。色も車種もまるで違うと思ったが、一応、長靴を履いた足でナンバープレートの雪を落とした。現れたのは千葉ナンバーだ。どうせ外れだと思っていたから、特にがっかりすることはない。

二つ隣に、やはりワゴンが駐められていた。こちらは車種が同じだし、色も近い。もしやと期待してナンバーを確認したが、残念ながら愛媛ナンバーだった。わざわざ四国からこんなところまで車で来るんじゃねえよ、と八つ当たりでタイヤを蹴っ飛ばした。

いうまでもなく、脇坂竜実の車を探しているのだった。昨夜、南原に命じられて外に出たが、少し道をそれるとどこもかしこも真っ暗闇で、自分たちがどこにいるのかわからなくなった。白井が、「このままじゃ、俺たち遭難しちゃいます」と泣きそうな声でいったが、冗談には聞こえなかった。おまけに恐ろしく寒い。これはだめだ、明日の朝早くに起きて探そうということになり、がたがたと震えながら宿に戻ったのだった。

今朝になり、二人で手分けして村に駐められている車を調べることにした。マップによれば、大小様々な駐車場が村中に点在している。村を東側と西側に分け、ジャンケンで勝った小杉は西側を選んだ。白い息を吐きながら、二人で宿を出たのは一時間ほど前だ。

脇坂竜実の車は4WDのワゴンで色はシルバーらしい。歩き回ってみてわかったことだが、スキー場においてこれほど見つけにくい車はなかった。一口にワゴンといってもいろいろあり、車種によって微妙に形が違うはずだが、雪景色の中では殆ど見分けがつかないのだ。シルバーという色も厄介だ。雪に覆われていたら、どの車もシルバーに見える。おまけに南原からの指示には、「購入時とは色を塗り替えている可能性もあるから、そのことも考慮せよ」とある。結局、背の高い四角い車を見つけたら、片っ端からナンバーを確認するしかなかった。

次のワゴンのところまで移動しているとスマートフォンに電話がかかってきた。南原だと面倒だなと思っていたら、幸い白井だった。

「見つかったか？」電話に出るなり、小杉は訊いた。

「見つかりません」後輩の答えは、あっさりしている。

だろうな、と小杉は思った。そう簡単に事が運ぶわけがない。

「どんな感じだ？」

「村の東側の半分ほどは終わりました」

「早いな。こっちはまだ三分の一だ」

「風向きのせいか、車にあまり雪が積もってないんです。だから遠くからでもすぐに車種とかが確認できまして」

そういうことか。せっかくジャンケンに勝ったのに、と小杉は悔しくなった。

「どうします？　まだ続けますか」白井は、やめたがっているようだ。

「続けなきゃ馬面係長にぼやかれるだけだぞ」

南原のことだ。

「そうですよねえ。わかりました。続けます」白井は答えた。雪道にぽつんと立っている姿が目に浮かんだ。

小杉は次のワゴンを見て、顔をしかめた。二重に駐車した奥にあるので、ナンバーは無論のこと、車種もよく判別できないのだった。しかし見逃すわけにはいかない。色はシルバーだった。面倒だが、近づいて確認するしかない。

元々狭い間隔で駐められている上に、雪が積もっているせいで車の間は一層歩きにくくなっていた。小杉は身体を横にし、カニのように移動した。どうにかこうにか目的の車の横まで行き、ナンバーを調べようとしたが、前の車との間隔が狭すぎてプレートが見えない。

舌打ちし、カニ歩きでさらに進んだ。車の後部のプレートを見ようとしたのだ。ところがこちらも塀のぎりぎりまで近づけてあって、見られそうにない。しかも、車が脇坂の車と同型だと気づいた。これは何としてでも確認しておかないとまずい。ナンバーを見られないとなれば、車内の様子を確かめるしかない。

小杉は車の窓ガラスに付いた雪を落とし、中を覗きこんだ。暗くてよく見えないので、顔を近づけて目を凝らした。丸めた毛布のようなものがある。さらにコンビニの袋がいくつか。野宿をする用意に見えなくもない——そう思った直後だった。

「ちょっとあんた」どこからか声が聞こえた。

小杉が自分に向けられたものだとは思わずに尚《なお》も車中を覗いていると、「あんただよ、あんたっ。聞こえないのかい」と声が大きく、尖ったものになった。

小杉は身体を起こし、きょろきょろした。駐車場の真ん中に防寒コートを着た女性が立っていて、彼のほうを睨んでいた。

俺のこと、と訊くように小杉は自分の鼻先を指した。

「そうだよ。あんただよ。そんなところで何してんの？　うちのお客さんの車だよ、それ」

どうやらこの駐車場の管理者らしい。

「いや、何してるって、ええと……」まずいことになったなと思いながら、小杉は再びカニのように横歩きで車から離れた。

言い訳を考えながら、おずおずと女性の前まで歩み出た。下手に逃げたりしたら通報されかねない。

すると女性のほうが、あれぇ、と奇妙な声を発した。「おたく、昨日のお客さんじゃないの？」

えっ、と小杉は顔を上げた。相手の女性と目が合った。髪をひっつめにしていて、丸い顔に化粧気はまるでない。歳《とし》は三十代後半といったところか。防寒コートが体格の良さを強調している。

小杉のほうには見覚えがなかった。誰だろうと考えていると、女性は大きく頷いた。

「やっぱりそうだ。昨日の変なお客さんだ。どこかのボンボンを捜してるとかいってたじゃない」

そういわれて小杉はようやく気がついた。改めて相手の女性の顔を見つめた。まるで知らない顔だと思っていたが、輪郭や目鼻の配置が、昨夜会った人物と合致していた。

ああー、と声を出した。「居酒屋の女将さんっ」

そうそう、と彼女は笑顔で頷いた。店では和服姿だったせいか、今のほうが若く見えた。化粧をしていないせいかもしれない。

「昨日はどうもごちそうさまでした」小杉はいった。

「こちらこそありがとうございました。またいつでもどうぞ」そういって女将は一旦頭を下げたが、「……といいたいところだけど」と小杉を睨みつけながら顔を上げた。「それとこれとは別。うちの大事なお客さんの車に悪さされてるのを、黙って見逃すわけにはいかないね」

「悪さだなんてそんな……。ここ、おたくの駐車場なのか？　あの店からはずいぶんと離れてるようだけど」

「うちはあの店のほかに旅館を経営してるの」

そこよ、と女将は顎で向かい側の建物を示した。和風のこぢんまりとした旅館で、『きなし』と記された看板が出ている。そういえば昨夜小杉たちが入った居酒屋は『お食事処　きなし』だった。

「で、ここで何をしてたの？」どすの利いた声で詰問してきた。

「いや、別に何もしてない」

「そんなわけないでしょう。お客さんの車の中を覗き込んでたのをこの目で見たんだからね。正直にいわないなら警察に通報するよ」

「わっ、それは待ってくれ」小杉は広げた右手を出した。「わかった、話すよ。昨日話した、ボンボンの件だ。乗ってる車がわかってるから、もしやどこかに駐まってないかと思って、見て回っているんだ。さっきはナンバーを確認しようとしていた」

女将は疑わしそうな目をじろりと小杉に向けてきた。明らかに信用していない。

「嘘じゃない。本当なんだ。信用してくれ」

彼女は疑いの目つきを変えずに腕組みをした。「どこのナンバー？」

「えっ、どこって？」

「あんたが捜してるボンボンの車だよ。長野ナンバー？　それとも東京のナンバー？」

「いや、どちらでもない。豊橋ナンバーだ」

とよはし、と女将の口が動いた。その顔は怪しんでいるというより、彼女なりに何かを思案しているようだった。

「どうかしたのか？」小杉は訊いた。

女将は何かを探るように、細めた目を彼に向けてきた。「あんた、何者？」

ストレートな問いかけに小杉は狼狽《ろうばい》した。「えっ、何者って……」

「その豊橋ナンバーの数字ってさ、こうじゃなかった？」そういってから女将は四桁の数字を口にした。

小杉は思わず息を止め、彼女の顔を見返した。それは脇坂竜実の車のナンバーにほかならなかった。

「やっぱりそうなんだね」彼の表情を見て、女将はいった。「あんた、どこかのボンボンを捜してるなんて嘘でしょ」

「どうして、女将さんがそのナンバーを知ってるんだ？」

「訊いてるのはこっちだよ。さあ、答えて。あんたは何者なの？」

小杉が黙り込んでいると彼女は防寒コートのポケットからスマートフォンを取りだした。

「答えないなら通報する。それが一番話が早いから」

小杉は、はあっと白い息を吐き出した。観念するしかなかった。

「わかった。正直に話そう。スマホはしまってくれ。俺はこういう者だ」そういって小杉は警視庁のバッジを示した。

女将は眉をひそめたが、意外そうな顔はしなかった。それどころか何度か頷き、

「やっぱりね。警察の人間だろうと思いましたよ」といった。早くも丁寧な言葉遣い

に戻っている。

「やっぱり……というと？」

「昨夜遅くに、村の旅館組合からファクスが届いたんです。さっきいった車のナンバーはそこに記されてました」

「旅館組合から？　どういうことだ」

「それはこっちが聞きたいですよ。とにかく、よくわからなくて」

「ファクスって何だ？　どんなファクスだ」

「どんなって……。説明が面倒だから、一緒に来てください。見てもらったほうが話が早い」くるりと踵を返し、歩きだした。

小杉は女将の後について、旅館の玄関から中に入った。彼女は無人のカウンターの向こう側に回ると、これ、といって一枚のファクス用紙を差し出した。

小杉は受け取って内容を確かめた。ファクスの宛先は『里沢温泉村旅館組合関係者各位』となっており、タイトルは『長野県警から車両の問い合わせ』とあった。車両番号が記されており、当該の車を発見したら連絡してほしいと長野県警から旅館組合に要請があった、という内容だった。その番号は、無論脇坂の車のものだ。

なるほどな、と呟きながら小杉はファクス用紙を女将に返した。「そういうことか」

「どういうことです？　ファクスを受け取った直後に、組合の事務局長さんに電話で尋ねたんだけど、向こうも詳しい事情はわからないらしくて埒《らち》があきません。とにかく県警から指示されたことをファクスしただけだっていうんです。小杉さん……でしたっけ。事情を御存じなら、説明していただけます？」

「説明するよ。でもその前に相棒を呼ばせてくれ」小杉は自分のスマートフォンを出した。

18

ペアリフトを降りた後、竜実はきょろきょろと周りを見回した。隣では波川も四方八方に顔を巡らせている。

ふつうに滑るのならば、ここからの選択肢は二つしかない。今乗ってきたリフトの両側にあるコースを降りるか、スカイハイウェイと呼ばれるロングコースに向かうかだ。スカイハイウェイは、里沢温泉スキー場の名物コースの一つでもある。

だが竜実たちの目的は、ふつうに滑ることではない。

「どこだろう？」竜実は呟いた。

「リフトを降りて、右に進むという話だった」波川が高野から聞いたことを口にしながら、その方向を指差した。「とりあえず、行ってみよう」

初めて訪れたスキー場内を移動するのは、どんなに滑り慣れた人間にとっても落ち着かないものだ。ましてや、コース外に出ようというのだから、わくわくする気持ちよりも不安のほうが大きい。果たしてこの方向で合っているのだろうかと疑心暗鬼になりながら、竜実は波川と共にスケーティングで移動した。

間もなく前方に上り坂が現れた。当然、ボードは滑らなくなる。バインディングを外し、ボードを抱えて歩きだした。足元を見ると、足跡がいくつかある。

坂の勾配が徐々にきつくなっていった。だが、どうやら道を間違えてはいないらしいと確信した。足跡だけでなく、スキーヤーたちが板を履いたままで登った跡もあるからだ。

坂の途中に、行く手を阻むようにロープが張られていた。しかし足跡は途切れておらず、その先へと続いている。

竜実と波川はボードを抱えたまま、ロープの下をくぐった。上り勾配のある細い道が、さらに続く。もちろん正当な道ではない。ルール違反を犯した不届き者たちが作った、いわば獣道だ。

そのまましばらく進むと、不意に視界が開けた。足場は平らで、複数の人間たちによって踏み固められた形跡があった。スノーボーダーたちは、ここでボードを装着しているらしい。先に目をやると足跡はなく、代わりにスキーヤーやスノーボーダーたちによるトラックが木々の間を縫うように走っていた。

竜実はため息をついた。「こんな場所、教えてもらわなきゃ絶対に来ないな」

全くだ、と波川も応えた。「山のことは地元の人間に訊くのが一番だ」

このスキー場をホームグラウンドにしている者がパウダーを求めるとしたらこの場所だ、と高野が教えてくれたのだった。

竜実は自分のボードを雪上に置いた。さらにバインディングを装着するため、腰を下ろした。

「何やってるんだ」波川が尋ねてきた。

「何って……ボードを付けようとしてるんだけど」

波川はボードを雪面に突き刺し、ずっこけるしぐさをした。「あほか、おまえは」

「はあ？」

「ボードを付けて、どうする気だ？　ここからツリーランを楽しむつもりか。そんなことをして、『女神』を見つけられると思うのか」

「楽しむわけではないけど、滑っちゃいけないか？」

やれやれ、とばかりに波川は両手を軽く広げた。

「なぜ滑る？　下手に動き回ったら、会える確率が下がるだけだ。見てわかるように、この場所はスタート地点だ。つまり、この下のコース外を滑る連中は、必ずここを通るってことだ」

波川のいいたいことが竜実にもわかった。「ここで待ち伏せしようと？」

「ようやく意味がわかったみたいだな」波川はボードを裏返しにして雪上に置き、その横に座り込んだ。

たしかに波川のいっていることは尤もだった。仲間とはぐれた時には無駄に動かないほうがいい、というのはスキー場でのセオリーなのだ。竜実もボードを裏返しに置き、腰を下ろした。

程なくして三人組のスノーボーダーが現れた。だが赤白のツートン・ウェアの人物はおらず、おまけに体格から察すると全員男性のようだった。彼等は竜実たちを見て、少し怪訝そうな素振りを示したが、すぐに自分たちには無関係の存在だと結論づけたらしく、さっさとボードを装着して林の中に入っていった。ローカルなのか、地形を熟知していることを感じさせる馴れた滑りっぷりだ。舞い上がる雪煙がスピード感に華を添えていた。

あーあ、と竜実は思わず声を漏らした。「気持ちよさそうだなあ。俺も滑りたいなあ」

「おまえが泣き言をいうな。付き合わされている俺の身にもなってみろ」波川が吐き捨てた。「御馳走《ごちそう》を目の前にしてお預けをくっている犬の気分……いや、それでは表現が甘いな。全裸の美女がベッドの上から手招きしてくれているのに、指一本触れられない状況……うん、それぐらいの辛さだ」

「それは……かなり辛そうだな」

「地獄の苦しみだ。この一件が片付いたら、奢《おご》ってもらうからな」

「約束するよ。豚玉モダンでも大盛り焼きそばでも、何でも奢る」

「そんな安っぽいもので済むか。スペシャル豚キムチもんじゃも追加するからな」

「いいだろう。ベビースターラーメンもトッピングしよう」

「おお、いいねえ」

「何だか、腹が減ってきた」

「俺もだ。この話題はここまでにしよう」

そんなことを話しながら待っていると、その後も何人かのスノーボーダーやスキーヤーが現れては、竜実たちの羨望の眼差《まなざ》しを受けながら、パウダーたっぷりの林間へと消えていった。彼等の中には感激の叫声をあげる者も少なくなかった。そんな時、竜実は耳を塞ぎたくなった。

結局一時間近くその場所にいたが、あの彼女は現れなかった。

「釣り場を変えよう」波川が腰を浮かせた。「高野さんに頼んで、ほかの場所を教えてもらうんだ。たぶん、まだまだ穴場はあるはずだ」

「教えてくれるかな」

「難しいかもしれないけど、頼み込むしかない」

ボードを装着すると、二人で木の間に入っていった。すでに何十人もが滑った後だけに、トラックが入っていない場所など殆どない。それでもどこかに手つかずのパウダーが残っているのではないかと探してしまうのは、スノーボーダーの性《さが》だ。下山ルートから外れたら危険だとわかりつつ、つい寄り道したくなる。そういう冒険が徒労に終わることなどざらだが、ごくまれに盲点のように忘れ去られたパウダーゾーンを見つけたりするから、やめられない。

そんなふうにいつものように調子に乗って滑っているうち、やたらと木が密集したエリアに入り込んでいることに竜実は気づいた。木が多すぎて、どこへ滑っていくのも困難そうなのだ。周囲を見渡しながらスピードを緩め、やがて停止した。前方にいたはずの波川の姿が見えなくなっていた。

竜実は四方に顔を巡らせてみたが、やはり波川はどこにもいない。ここがどのあたりなのか、位置関係もよくわからなくなっていた。

まずい、と焦った。大体の方向は把握していたつもりだったが、下山ルートを見失ったのかもしれない。

なみかわっ、と大声で呼んでみた。だがその声が反響しただけで、どこからも返事は聞こえてこなかった。

参ったな、とフェイスマスクの下で口元を歪め、息を吐いた。何しろここは滑走禁止区域で、侵入したのも初めてだ。この先がどこにどう繋がっているのか、まるでわからない。無闇に滑り降りたら、沢や崖に転落するおそれだって十分にある。雪崩も怖い。

こういう場合にどうすべきかは決まっていた。元の場所に戻るのが、最も安全なのだ。どんなに面倒でも、それしかない。

竜実は後ろを振り返り、斜面を見上げた。鬱蒼《うっそう》と木が茂っており、自分がどこから来たのか、皆目わからなかった。迷わずに戻るには、滑ってきたトラックに沿って歩くのがベストだ。

諦めてバインディングを外そうと、竜実が腰を屈《かが》めかけた時だった。木々の間から赤いものがちらりと見えた。それは彼の予測を上回る速度で移動し、忽《たちま》ち、すぐ上まで近づいてきた。もちろんその頃には、それがスノーボーダーであることに気づいていた。同時に、すごいなと驚嘆していた。かなりの斜度があり、おまけに木が密集しているにも拘《かか》わらず、全く速度を緩めようとしないのだ。

そのスノーボーダーは、竜実がいる場所の数メートル上で、雪を巻き上げて方向転換した。そのまま迷いのない様子で滑走していく。このエリアの地形を熟知しているようだ。

その後ろ姿を見て、竜実は身体に電気が走ったような感覚を受けた。大胆かつ攻撃的なフォーム、正確で俊敏なボードコントロールテクニック——あの彼女、竜実を窮地から救ってくれるはずの『女神』に間違いないと思った。何より、ウェアがそれを確信させた。赤と白のツートンだ。正確にいえば、白地に赤の大きな水玉模様だった。そうだった、と竜実は記憶を蘇らせた。新月高原で出会った彼女が着ていたのは、まさしくこの柄だった。たった今まで思い出せなかったのが不思議なくらい印象的だ。

そしてヘルメットは黒、パンツはライトブルーだ。

ぼやぼやしている場合ではなかった。竜実はスタートした。彼女を追い、木々の間を抜けていく。何としてでも見失ってはならない。

ところが彼女のスピードとテクニックは尋常ではなかった。木をよけようとほんの少しでも減速しようものなら、大きく引き離されてしまいそうだ。竜実は木に激突しそうになる恐怖と戦いながら、懸命に追走した。全身から冷や汗が噴き出した。

何とか追いつかないと——そう思って、無理に狭い木の間を抜けようとした時だった。何かが足に引っ掛かる感覚があった。しまった、と思った時には遅かった。まるで柔道の足払いを掛けられたように、身体が前方に飛び、雪上で一回転していた。大急ぎで上体を起こしたが、ゴーグルに雪が着いて何も見えない。帽子ごとはぎ取り、素早く視線を先に向けた。

例の彼女の姿は、はるか彼方《かなた》にあった。華麗に雪を舞い上がらせたかと思うと、その次には姿を消していた。どうやら尾根の向こうに行ったようだ。

竜実は、そのまま動けなかった。呆然《ぼうぜん》としていた。懸命に捜していた相手が突然現れたことに驚くと同時に、逃がしてしまったという事実が信じられなかった。こんなことってあるだろうか——。

おーい、と声が聞こえた。聞き覚えのある声だ。竜実は顔を巡らせた。おーい、と同じ声。かなり上方から聞こえてくる。

斜面を見上げると、波川が木の間を慎重に降りてくるところだった。

19

ファクスに目を通した後、白井は丸く開いた目を小杉に向けてきた。

「これ、どういうことですか。なんで長野県警が脇坂の車を捜してるんですか」

「どうしてだと思う?」

「警視庁からの要請……ですか」

小杉は、ゆっくりと首を上下させた。「それしか考えられない」

「待ってください。じゃあ、あれですか。捜査本部の連中は、脇坂たちがここに逃げ込んでいるってことを突き止めたってことですか」

「それはないと思う。そんなことになっていたら、あの馬面係長が何かいってきているはずだ」

「じゃあ、どうして長野県警がこんなものを?」

「わからないか?」

小杉が問うと、白井は少し考える顔をしただけで、すぐに首を振った。「わかりません」

そうか、と小杉は後輩の手からファクス用紙を取り、改めて眺めてからテーブルに置いた。彼としては考えられることは一つしかなかった。

女将がトレイに二つの湯飲み茶碗《ちゃわん》を載せて戻ってきた。丁寧な手つきでテーブルの上に置く。これはどうも、と小杉は礼をいった。

旅館『きなし』のロビーにいた。スキーウェアを脱ぎ、ソファに二人並んで腰を下ろしている。

湯飲み茶碗からは、そば茶の香ばしい匂いが漂ってきた。一口啜《すす》ると、身体の芯から温まりそうだった。はあーっと思わず長い息を漏らした。

「ありがたいっすねえ」白井の言葉には実感がこもっている。外を歩き回っていたせいで、彼も身体が冷えきっていたのだろう。

「お連れさんが現れたところで、話の続きをお願いできますか」女将が小杉を見上げていった。彼女はテーブルの脇で床に膝をついている。先程出してきた名刺には、川《かわ》端《ばた》由希子《ゆきこ》という名前が印刷されていた。

小杉は顔をしかめた。

「俺たちだけが座ってるんじゃ、話しにくくて仕方がない。どうか女将さんも腰掛けてください」

だが彼女はかぶりを振った。

「女将がソファに座るわけにはいきません。いつ、お客さんに見られるかわかりませんからね。ここで結構です。それより話の続きを」

「どこまで話したんですか」白井が訊いてきた。

「ほんのさわりだけだ」

「さわりって？」

「これが殺しの捜査だってことだ」

女将はテーブルのファクス用紙をぽんと叩いた。

「私がここに嫁いできてから十五年になりますけど、こういうファクスが旅館組合から送られてきたことなんて、おそらく初めてですよ。少なくとも私の記憶にはありません。一体何だろうと思っていたんですけど、まさか殺人犯の車を捜しているとはねえ」

「殺人犯と決まったわけじゃない。あくまでも容疑者だ」小杉は釘を刺した。

「私たちにとっては同じことですよ。怖い話です。どっちにしろ、とっとと捕まえてもらわないと」

「わかっている。そのために俺たちがここへ来ている」

「でも、お二人だけなんでしょ。どうしてそんなに少ないんですか。いくら田舎の村だからって、あまりにも馬鹿にしちゃあいませんか」女将の口調が少し尖った。

「いや、これにはいろいろと事情があるんだ」

「どんな事情です？　殺人犯を捕まえるのに人手を惜しむって、それはちょっとおかしいんじゃないですか。長野県警も長野県警ですよ。いくら東京の事件だからって、人殺しが村に逃げ込んだとわかってるのに、車のナンバーを旅館組合に知らせるだけってのは、怠慢すぎませんか」興奮してきたのか、女将の声が大きくなっていた。

「声がでかいよ」小杉は両手を出し、玄関のほうに目をやった。宿泊客と思われる三人の親子連れが、スキーの支度をして出ていくところだった。

いってらっしゃいませー、と女将はにこやかに声をかけてから、小杉のほうをきっと睨みつけてきた。「説明してください」

「今から説明する。長野県警は少しも悪くない。警視庁からは、おそらくこんなふうに要請を受けたんだ。長野県内にあるすべてのスキー場近辺で、これこれこういう車が目撃されていないかどうかを確認してほしい――。すべてのスキー場近辺だ。どこのスキー場かは特定していない」

　女将は不可解そうに首を傾げた。「どうして？」

「特定できないからだ。それどころじゃない。警視庁が要請したのは、たぶん長野県警だけではないと思う。新潟、群馬、福島といった、管内にスキー場があるすべての県警本部に、同じ内容の要請を行っているはずだ」

「なんでそんなことを……」

「捜査本部が摑んでいるのは、容疑者がどこかのスキー場に逃走したということだけで、具体的な場所はわかっていないからだ。その状況で見つけだそうと思ったら、そんなふうに片っ端から要請するしかなくなる」

　そういうことかっ、と白井が右の拳で左手を叩いた。「ここのスキー場だと突き止めたわけではないんですね」

「それしか考えられないだろ？」

　たしかに、と白井は何度も頷いた。

　小杉はファクスを手に取った。

「警視庁から長野県警に入ってきた情報は、車の特徴とナンバーだけだろう。そんな少ない情報でどうにかしろってほうが無理な話で、県警だって困ったはずだ。スキー場近辺の所轄に対応させるにしても、人員の面で限界がある。仕方なく、スキー場の観光協会や旅館組合に連絡し、情報を募ることにしたんだろう。それがこのファクスだ」

「じゃあ、この里沢温泉村に犯人が逃げ込んだと決まったわけではないんですね。スキー場なんていっぱいあるんだから、むしろいない可能性のほうがずっと高い。そういうことですね」

念を押すように尋ねてくる女将の顔から小杉は目をそらした。その通りだ、とはいえなかった。

でも、と彼女は眉間に皺を寄せ、首を傾げた。

「それだとおかしいですよね。だったら、どうして小杉さんたちはここに来ているんですか。それとも、全国のスキー場に二人ぐらいずつ刑事さんが送り込まれて、その人たちはそれぞれ小杉さんたちみたいに聞き込みをしたり、車を捜したりしているんですか。私、警察のことはよく知りませんけど、そんなことはあるわけないと思うんですがね」

「いやいやいや、それはですね。これまたいろいろと事情がありまして」白井があわてた様子でいった。「もちろん全部のスキー場に捜査員を送り込むなんてことはしません。それは無理です、はい。でも、日本を代表するような大きなスキー場だけは、念のため押さえておいたほうがいいんじゃないかというわけで、捜査員が何人か送り込まれているんです。で、この里沢温泉スキー場には僕と小杉さんが。――そうですよね、小杉さん」

懸命に取り繕おうとしている後輩の呼びかけに、小杉は応じなかった。小杉さん、と白井は泣きそうな声を出した。

「どうなんですか、小杉さん？」女将が冷めた顔で訊いてきた。「この方がおっしゃってる通りなんですか？」

どう答えるべきか小杉が迷っていると、傍らに置いたスキーウェアからスマートフォンの着信音が聞こえてきた。ちょっと失礼、といってポケットから取り出した。予想した通り、南原からの電話だった。

立ち上がり、女将たちから少し離れてから電話を繋いだ。おはようございます、と抑揚のない声で挨拶する。

「何がおはようございますだ。少しも早くないぞ。一体、何をしてるんだ」南原は朝っぱらから息巻いている。

「係長の指示通り、里沢温泉村にある車をチェックして回ってるところです」

「それでどうなんだ。見つかったのか」

「見つかっていたら、とっくに連絡しています」

一瞬の沈黙の後、がたんっ、と音が聞こえた。大方、椅子でも蹴っ飛ばしたのだろう。

「なんだ、その言い方はっ」

「それより係長、こちらで妙な話を聞いたんですが」

「妙な話？　どんなことだ」

小杉は、例のファクスのことを手短に話した。

南原は、うーんと呻き、「もうそういうのが出回ってるのか」と苦しげにいった。

「本庁が要請した先は長野県警だけじゃないでしょ？　管内にスキー場がある県警本部すべてに、脇坂の車を捜してくれるよう依頼した。そうでしょ？」

「……まあ、そういうことだ」

「さすがは花菱さんだ。やることのスケールがでかいや」

「だから先を越されないよう、おまえたちに車を捜せと命じたんだ」

「でもこういう通達が回っている以上、もし脇坂の車がこの村にあるのなら、俺たちが発見するよりも先に誰かに見つかってしまいますよ」

「そこを何とかするのが、おまえたちの仕事じゃないか」

どうやって何とかするんだと訊きたいところだったが、やりとりするのも無駄なので話題を変えることにした。

「ところで、脇坂たちのウェアの色や柄はわかりましたか」

「おう、そのことだ。それについては収穫がある。奴らが入ってるサークルから写真を入手した。一番最近撮った集合写真に写っているのが、おそらく今のウェアだろうということだ。後でメールで送ってやる」

「よろしくお願いします。それで係長、花菱さんたちは、まだ里沢温泉には目をつけてないわけですね」

「当たり前だ。だから各県警に片っ端から車の捜索を依頼してるんじゃないか」

係長、と小杉はスマートフォンを握る手に力を込めた。

「さっきもいいましたが、もし脇坂の車がここにあるのなら、先に見つけられてしまう可能性のほうが高いです。たとえそうはならなくても、花菱さんのことですから、ほかにもっと大胆な手を打ってくるかもしれない。それによって脇坂たちがこのスキー場にいることを嗅ぎつけたら、そこで万事休すです。花菱さんは総動員をかけてでも脇坂たちを確保しようとするでしょう。当然、手柄は全部捜査一課のものです。そんなことになるぐらいなら、脇坂がこの里沢温泉村にいるっていう情報をさっさと花菱さんのところに流したほうが、後々、うちとしても顔が立つんじゃないかと――」

おい、と南原は小杉の言葉を遮った。「おまえ、真面目《まじめ》にいってるのか」

「大真面目です。署のことを考えていってるんです」

「署のことはどうでもいい。おまえ、同じことを課長にいえるか」

「大和田刑事課長にですか」

「そうだ。花菱さんが手柄をあげられるよう情報を提供しろといえるのか」

小杉は深呼吸をしてから口を開いた。「いえますよ。何なら、このまま電話を課長に回していただいても――」

ぷつんっ、と電話が切れた。小杉はスマートフォンを耳に当てたまま立ち尽くした後、ゆらゆらと頭を振りながら席に戻った。

「係長は何て？」白井が窺うような目を向けてきた。

小杉は片方の頬を上げ、肩をすくめた。「しっかりやれってさ。激励されたよ」

「会話が少し聞こえてきましたけど、とてもそんなふうには……」

「激励されたんだ。そう受け止めることにした」

はあ、と白井が曖昧な表情で首を小さく縦に動かした時、今度は彼のスマートフォンが音を発した。

「あっ、メールが届いてます。画像が添付されています」白井はスマートフォンを操作してから画面を小杉のほうに向けた。

そこに表示されているのは、雪景色を背景に撮った集合写真だった。色とりどりのウェアを着た男女が、様々なポーズを取っている。多くの者がゴーグルを付けたままなので年齢はわかりにくいが、雰囲気は明らかに若者のものだった。

脇坂たちが所属しているサークルの写真らしい、と小杉は白井に説明した。

「そのようですね。で、この右から三番目と五番目が、脇坂と波川だそうです」白井は再びスマートフォンを操作してから小杉に見せた。

脇坂はおどけたように二本指を立てている。それを見て、今の若い奴でもピースサインをするんだな、と小杉は思った。脇坂のウェアは上がグレーで、下が鮮やかなピンクだ。帽子もピンク。波川はブルーの上着に黄色のパンツ、茶色の帽子という組み合わせだ。

「数少ない手がかりというわけだな」小杉は力のない苦笑を漏らした。

黙って二人のやりとりを聞いていた女将が、じっと小杉の顔を見つめてきた。

「俺の顔に何かついてるか？」

「お顔には何もついてませんけどね、今しがたの電話で、小杉さんのお口からはいろいろと引っ掛かる言葉が出てきました。ワキサカ、というのは犯人の名前じゃありませんか。その人がこの村にいる、という意味のことを何度かおっしゃってたようですけど」

「いや、それはそういうことではなくて」白井が間に入ってきた。「可能性の話です。いろいろと分析した結果、この里沢温泉村あたりに潜伏している可能性が高い……その程度の話です。あくまでも推測の域を出ておらず――」

「無駄だよ」小杉は後輩刑事の肩を叩き、女将のほうを見た。「そんな話を真に受けるほど、この人は鈍くないよ」

でも、と白井は口籠もる。

「それでもまだ俺たちがとぼけようものなら、今度はこんなふうに訊いてくるんじゃないか。じゃあ、どうして刑事だってことを隠してたんですか？　なぜ金持ちのボンボンを追いかけてる調査会社の人間だなんて嘘をついたんですかってね。――なあ、そうだろ？」

女将はにやりと口元を緩めた。「どうやら、わけありのようですね」

「じつにくだらないわけありだ。本社と支店の勢力争い……っていうのなら、まだ付き合う価値がないでもないが、話はもっとちんけだ」

「小杉さん、小杉さん」白井が眉尻を下げる。「まずいっすよ」

「構うもんか。もう、こんな邪魔臭いことに付き合わされるのは懲《こ》り懲《ご》りなんだよ。俺が勝手にしゃべるだけだ。おまえは知らなかったことにしてやるから、外に出てろ」

しかし白井は腰を上げようとはせず、「そんなわけにはいかないっすよ……」と俯いた。

「出ていかないのか。同罪になるぞ」

「いいです。卑怯者になりたくないですから」

「ふん、じゃあ勝手にしろ」

小杉は女将のほうを向くと、自分たち二人だけがこの村に送り込まれた理由――直属の上司が上役の機嫌をとりたいがばかりに、とんでもなく面倒なことを押しつけられた経緯を、できるだけ手短に説明した。

話を聞き、女将は合点がいったように頷いた。

「要するに、小杉さんたちのお偉いさんが、警視庁から来たエリートに一泡吹かせてやろうとしてるわけですね。それで犯人がこの村に逃げたってことを隠している」

小杉は口元を曲げ、右肩をひょいと上げた。「ガキっぽい話だろ」

「たしかにね。でも、男ってのは、大抵そうなんじゃないですか」女将は、さらりといった。「いつまでも子供。つまらないことに意地を張ったり、負けん気を出したりする。本人はそれでいいかもしれないけど、付き合わされるほうは大変。ところがそういうところが、その人の良いところだったりするから話がややこしいわけで……」

彼女の言葉に、おや、と小杉は思った。もっと怒るかと思ったが、どちらかというと理解を示している。

とはいえ、と女将は続けた。

「事が殺人事件となれば話は別です。犯人が村に逃げ込んできたっていうのに、男の意地のせいで刑事さんを二人しか寄越してもらってないと聞けば、やっぱり黙っちゃいられません。警官を総動員、とまではいかなくても、精鋭部隊を送り込んで、ちゃちゃっと片付けるというのが、警察としてやるべきことじゃありませんかね」

「女将さんのいう通りだ」

「同意してくださる、ということは」女将は真剣な眼差しを小杉に向けてきた。「私の好きにしていいってことですかね」

「どうする気だ」

「私もこういう稼業ですからね、地元の警察には知り合いがたくさんおります。中には偉い方も。そうした方々にお願いして、今の話が東京に伝わるように取り計らっていただこうかと思います。そうすれば捜査本部……でしたっけ。そこにいる人たちが動いてくださるんじゃないですか」

小杉は頷いた。「それがいい」

「いや、それはまずいっすよー」白井が腰を浮かせた。「俺たち、クビになっちゃいます」

「俺が勝手にしゃべったんだ。やっぱり、おまえはいなかったことにしてやる。大丈夫だから安心しろ」

そんなあ、と白井は情けない顔を作った。

「本当にいいんですね」女将が念押ししてきた。

「ああ、いいよ」

「上役さんを男にしてやろうという発想はないわけだ」

小杉はふんと鼻を鳴らした。

「課長から直接頭を下げて頼まれたんなら話は別だ。でもそうじゃない。課長の機嫌を取りたい係長から命令されただけだ。関係ないよ」

女将は頷き、そういうことなら、と脱ぎ捨ててあった防寒コートからスマートフォンを取りだした。それを見て白井が頭を抱えた。

その時だった。玄関の戸ががらりと開き、こんにちは、と一人の若者が入ってきた。

スマートフォンを操作しかけていた女将が、そちらを見て意外そうな顔をした。

「あら、どうしたの？」

若者は女将に近づいてくると、これを、といってパンフレットのようなものを差し出した。「明日のゲレンデ・ウェディングの資料です」

「あ……あれ、もう明日か」

「よろしくお願いいたします」若者が頭を下げた。「是非、御出席を」

「もちろん出席させてもらうわよ。葉月ちゃんにいっておいて。一番目立つ席で、一番目立つ格好で祝ってあげるから、あんたたちも思いきり弾《はじ》けなさいよって」

若者は笑顔で頭を下げ、伝えておきます、といって出ていった。

彼を見送った後、女将はパンフレットに目を落とし、深刻そうな息を吐いた。「そうか、これがあったか……」

「明日、何かあるのか」小杉は訊いた。

「結婚式」

「ほう、めでたいな」

「ただし、ふつうの結婚式じゃありませんよ」女将はパンフレットを小杉のほうに差し出した。「ゲレンデを使った結婚式です。このスキー場で、そんなことをするのは初めてでしてね。いってみれば、一大イベントです」

小杉はパンフレットを見た。『里沢温泉スキー場の新たな魅力を演出！』というタイトルが大きく印刷されている。内容を読むと、今回の結婚式はいわば予行演習で、この経験を生かして、問題点や改善点を洗い出し、さらに魅力的なイベントに発展させていこうということらしい。

「何だ、結婚式といっても、正式なものではないのか」

小杉がいうと、そんなことありません、と女将は彼の手からパンフレットを奪い返した。

「正真正銘の結婚式で、れっきとした新郎新婦がいます。この村に住んでる子たちです。特に花嫁のほうは同業者の娘さんで、私も高校生の頃からよく知っているんです」

「なるほど、それで一番目立つ席で……ってわけか」

女将はパンフレットをひらひらさせながら、その場をゆっくりと歩き回った。何かを逡巡《しゅんじゅん》している様子だった。

「何を考えこんでるんだ。それより先にすべきことがあるだろ。警察の偉いさんに電話をする話はどうなった？」

するると彼の声が何かのスイッチを入れたように、女将の足がぴたりと止まった。彼女はゆっくりと彼を見た。「一日だけお待ちしますよ、小杉さん」

「えっ？　待つって、何を？」

「犯人がこの村に来ていることを警察に知らせるのを、ですよ。知らせるのは、明日にします。明日、結婚式がすべて終わるのを見届けてから電話します」

「どうして？」

「そんなの決まってるじゃないですか。結婚式を成功させたいからですよ。明日の結婚式にはね、若い二人の将来だけじゃない、このスキー場の未来だって懸かっているんです。それなのに東京から警察官が大挙して乗り込んできたりしたら、何もかも台無しになってしまいます」

「それは……たしかにそうだろうな」

「でしょう？　だから一日だけ待ちます。それまではお二人の正体を誰にもしゃべりませんから、お好きなように動いてくださって結構です」

「お好きなように……か」小杉は鼻の横を掻き、白井と顔を見合わせてから苦笑し、肩を揺すった。

「乗り気じゃなさそうですね。明日になったら私が警察に連絡すると聞いて、もう犯人を捜す気はなくなっちゃいましたか」

「そうじゃないんだが、やりようがないんだ。たった二人じゃ、できることはたかが知れている。警察のバッジを使えなきゃ俺たちはただの能無しなんだって、痛いほどよくわかったよ」

「おやおや、すっかり自信をなくしておられる御様子ですね。何なら、私がお手伝いいたしましょうか」

さらりといった女将の言葉に、小杉は眉をぴくりと動かした。「手伝う？　俺たちの捜査に協力してくれるというのか」

「お役に立てるのであれば、ですよ。私だって、一刻も早く犯人が捕まってほしいですからね。もちろん、邪魔だというのならお節介はいたしません」

小杉は再び白井と顔を見合わせた。後輩の刑事は意表をつかれた様子だ。自分も同じような表情をしているに違いないと思った。

女将に目を戻した。本気でいっているのだろうか、と思った。彼女は、すました表情で彼の答えを待っている。冗談でいったわけではなさそうだ。

小杉はふっと口元を緩めた。「面白いな、あんた」

「そうですか。真面目に話しているつもりですけどね。でも面白くない女だといわれるよりはずっといいですから、ありがとうございます、といっておきましょうか。で、どうなんですか。お手伝いは不要ですか」

「いや、是非お願いしたいな。今もいったように、俺たちに武器は何ひとつない。応援はいない、土地鑑はない、警察のバッジは使えない。正直、たった二人でこの先どうしようかと途方に暮れていたところだったんだ」

「小さいようで、案外この村は広いですからね。しかも今の時期は、観光客の数が半端じゃない。さて、では何をお手伝いすればいいですかね」

「手伝いというより、むしろ女将さんを主にしたほうがいいかもしれない。で、俺たちに教えてもらいたいわけだ」

「教える？　何をですか」

「そんなことは決まってるだろ」小杉は立ち上がって窓に近づくと、遠くに見えるゴンドラを指差した。「日本最大級のスキー場で、鬼ごっこに勝つ方法だ」

20

『女神』と出会ったという竜実の話を、波川は俄《にわか》には信用できない様子だった。雪の中で行き先に迷って混乱し、たまたま通りかかったスノーボーダーをそのように見間違えたのではないか、と疑った。

「絶対にそんなことはない」竜実は断言した。「テクニックが同じくらいすごかったとか、ファッションが同じだったとか、そういうことだけじゃないんだ。何といったらいいのかな、もっと直感的なもので、雰囲気というか、全体的なムードというか……」うまく表現できず、もどかしかった。

「オーラとか？」

半信半疑の様子で波川が漏らした一言に、「それだっ」と竜実は食いついた。

「オーラだよ、オーラ。芸能人やプロのスポーツ選手って、独特のオーラがあるだろ？　街中をふつうに歩いているだけなのに何となく目立っていて、身体の周りが光って見えるとかさ。そういうのが新月高原にいた彼女にはあったんだ。で、さっき滑っていったスノーボーダーにもそれがあった。全く同じ種類のオーラだった。一昨日の彼女に間違いない」

よし、と波川は頷いた。

「おまえがそこまでいうなら信じよう。で、どこから現れたんだ？」

「それがよくわからない。俺たちが来たところとはルートが違うのはたしかだ。全く別の斜面の上からだ。一体どこから来たんだろう」

「ローカルにしかわからない、秘密の入り口があるんだ、きっと。何しろ、これだけでかいスキー場だからな。コース外は無限の迷路だ」

波川の言葉に、全くその通りだと竜実は同意する。ただでさえ雪山の地形は人の感覚を狂わせる。どこまで行っても同じような景色が続いているように見えたり、よく知っているはずの場所なのに、まるで違うところだと錯覚することが珍しくないのだ。

「問題は、どこへ降りていったかだな」波川がいった。「それがわかれば、もしかすると下で見つけられるかもしれない。どっちへ滑っていった？」

「あっちのほうなんだけど」竜実は彼女が消えた先を指差した。「その先はよくわからない。何しろ、転んじゃったからなあ」

「とりあえず行ってみるしかないか」

彼女が滑っていったと思われる跡を二人で辿ってみた。相変わらず木は密集しており、『女神』のように軽快に滑走するのは困難だった。改めて、彼女の滑走技術の高さを思い知った。

それでも不意に少し開けた場所が現れたりして、そういうところでは竜実たちの技量でも十分にパウダーランを楽しめた。何本もスキーやスノーボードが滑った筋——トラックが入っているから、知っている人間にとっては定番ルートなのかもしれない。あたちの悪いことに、それらのトラックは、途中でばらばらに枝分かれしていた。あるトラックは別の尾根を越えていき、あるトラックはさらに密なる林の中へと消えていっている。『女神』がどの道を行ったか、もちろんわからない。波川がいったように、まさに迷路だった。

何の当てもなく二人が適当に滑り降りていくと、やがて平坦《へいたん》な道に出た。その先は沢だった。したがって手前の沢沿いを滑っていくしかない。ここまで来れば、ほぼ一本道だった。

前方にロープが見えてきた。正規のコースに戻ったわけだ。その先に赤いウェアを着たスキーヤーが立っていて、なぜか竜実たちのほうを向いている。

はっとした。そのウェアには見覚えがあった。昨日のバックカントリーツアーの際、山中で出会ったパトロール隊員の制服だ。そばを滑っている波川も気づいたらしく、まずいな、と呟くのが聞こえた。

この局面で逃げるのは不可能だった。竜実は観念し、そのまま頭を下げてロープの下をくぐり抜けた。

パトロール隊員が近づいてきた。叱責されることを覚悟し、竜実は肩をすぼめた。

「あれっ、君たち……」ところが長身のパトロール隊員が発した言葉は、予想外のものだった。「昨日の人じゃないか」

えっ、と竜実は顔を上げた。

「昨日、バックカントリーツアーに参加していたよね」

そういわれて竜実は気がついた。このパトロール隊員は、行方不明になったスノーボーダーのところまで案内してやった人物だ。ああ、と竜実は思わず声を漏らした。

「やっぱりそうだったか」パトロール隊員の口元が綻《ほころ》んだ。ネームプレートには『根津』とあった。「昨日はありがとう。おかげで助かった」

「いえ……さっきガイドの高野さんから聞いたんですけど、あのスノーボーダー、肋骨を折ってたそうですね」

「そうなんだ。だから発見が遅れなくて本当によかった。改めてお礼をいうよ」根津は丁寧に頭を下げてきた。

「いえいえ、そんな。雪山を楽しむ人間として当然のことをしたまでです」

「それはじつに感心な言葉だね」根津は顔を上げ、竜実と波川を交互に見た。「でも、今ここから見ていたかぎりでは、あまり感心できないこと……いやいや、かなり感心できないことをしていたみたいだね」二人が滑ってきたところを指差した。

すみません、と竜実は謝った。「ふつうのコースを滑っていたつもりだったんですけど、どこでどう道を間違えたか、いつの間にかコースから外れてしまっていたみたいで……」

根津は竜実のほうに顔を向けていたが、しばらく黙っていた。ゴーグルのせいで目元は見えないが、睨まれているのを竜実は感じた。

「見え透いた嘘はよくないな」冷めた口調でパトロール隊員はいった。「嘘をつくということは反省していないわけだから、ますます見逃せなくなる」

「ああ、ごめんなさい。嘘でした」

「一体、どこからコース外に出たんだ？　俺は時々ここで見張ってるんだけど、ローカルでもない人が、こんなところから出てくるなんてことはめったにない」

竜実はスカイハイウェイの反対側から上り、ロープ下をくぐったことを白状した。

「あそこか」根津は頷きつつも、でも、と釈然としない様子で続けた。「かなりの常連さんでも、あの場所は知らないはずなんだけどなあ。よく知ってたね」

「ええ、それはまあ、何となく」竜実は首をすくめた。

「もしかして、誰かから教わった？」

「いや、えーと」

あっ、と根津が何かに気づいたように口を開けた。

「さっきガイドの高野君と話したといったね。彼から聞いたのか」

「あっ、いえ、違います。自分たちで見つけたんです。高野さんは関係ないです」声が上擦ってしまった。

「ごまかしてもだめだ。誰かから教わらないかぎり、あんな場所に入っていくはずがない。高野君だな？　正直に答えて」

観念したほうがよさそうだった。じつはそうです、と竜実は小声で認めた。

根津は、やれやれと頭を振った。「注意しなきゃいけない立場の人間が、一体何をやってるんだ」

「彼を責めないでください。俺たちが頼んだんです。人を捜しているので、穴場のパウダーゾーンを教えてほしいって」

根津は首を傾げた。「人を捜してるって……」

竜実は、昨日高野に聞かせた話をここでも繰り返した。友人が謎の女性スノーボーダーに一目惚れした、その女性を見つけたいが、わかっているのはこのスキー場に来ているということと、穴場のパウダーゾーンにいる可能性が高いことだけ、という内容だ。

「それでですね、その女性らしきスノーボーダーを、ついさっき目撃したんです」

「へえ、どこで？」

「それがよくわからないんですけど、やっぱりコース外で、です。俺たちとは全然違うところから現れて、あっという間にどこかへ消えてしまったんです」

「ふうん。俺は十分ぐらい前からここにいるけど、誰も見なかった」

「そうですか。どこへ行っちゃったんだろう」

「事情はわかったけど、いかなる理由があろうと滑走禁止エリアへの侵入を認めるわけにはいかない。今後見つけた場合には、リフト券を没収し、スキー場から出ていってもらう。昨日のこともあるし、君たちにはそんな対応をしたくないので、どうかよろしく頼むよ」

根津の口調は決して高圧的ではなく、むしろ懇願しているようにさえ聞こえた。パトロール隊員をしているぐらいだから、スキーやスノーボードの経験は豊富だろうし、未圧雪ゾーン、とりわけ人の滑っていないコース外を滑る楽しさも知っているはずだ。その上で、危険性を軽視できない使命感から、厳しい態度を取っているに違いなかった。こういう人たちがいるから自分たちは安心してスキー場に来られるのだ、と竜実は改めて思った。

わかりました、と竜実は頭を下げていた。「以後、気をつけます」

お願いします、と根津はいい、くるりと踵を返して歩きだした。その逞《たくま》しい背中を眺めながら、ではこれからどうしたらいいだろう、と竜実は考えた。コース外に出なければ、『女神』を見つけられないのではないか。

根津の足が止まった。竜実たちのほうを振り返ると、少し迷った顔をしてから再び近づいてきた。

「これは話すべきかどうかわからないんだけど」躊躇いを示した後、一つ大きく呼吸してから口を開いた。「君たちを捜している人がいる」

根津の言葉は、全く予想していないものだった。竜実は当惑した。

「どういう人ですかっ」尋ねたのは、今まで黙っていた波川だ。声に切迫感が籠もっている。

「俺には調査会社の人間だといった。探偵だって」

たんてい、と波川は訝《いぶか》しげな顔で呟いた。

「昨夜、村の居酒屋にいたんだ。二人組だった。女将さんに君の写真を見せて、店に来なかったかどうかを確かめていた。気になったので事情を尋ねてみたら、家出した若者を捜しているという話だった。両親に雇われたといってたな」

竜実は波川と顔を見合わせた。両親が探偵を雇った？——そんなことがあるはずがなかった。

「それで、あなたはどうしたんですか？」波川は根津に訊いた。「昼間、バックカントリーツアーに参加していた客だって話したんですか」

根津はゴーグルの位置を直した後、竜実に顔を向けてきた。「話したほうがよかったのかな」

えっ、と竜実は思わず背筋を伸ばした。

「君たちにも事情があるだろうと思ったし、あの胡散臭《うさんくさ》い自称探偵に協力する義理はなかったから、知らない、見たことないと答えておいた。もし、それではまずい、正直に答えたほうがよかったということなら、今度彼等に会った時には訂正しておくけど」

いえいえそれは、とあわてて手を振ったのは波川だ。

「それでよかったんです。助かりました。詳しいことは話せないんですけど、そいつらは探偵とかじゃないです。彼の両親に頼まれたという話もでたらめです」

根津は頷くことも首を振ることもなく、じっと立っている。どちらの言い分を信じればいいのか、と吟味しているように見えた。

やがて長身のパトロール隊員は、わかった、といった。

「俺としては、このスキー場で揉《も》め事《ごと》を起こすのでなければ、どうであっても構わないんだ。それだけは約束してくれるね」

もちろん、といって波川は竜実のほうを見た。

約束します、と竜実はきっぱりと答えた。

根津は大きく頷き、再び身体の向きを変えようとした。だが途中でその動きを止め、ほんの少し首を傾げた。

「君たちが捜している女性スノーボーダーは、君たちとは全く違うところから現れたといったね」

はい、と竜実は答えた。「俺たちがロープをくぐったところより、もっと左でした」

なるほどな、と根津は得心したように口元を緩めた。

「どうかしたんですか」

竜実が訊くと、根津は奇妙な沈黙を示した。返答に困っているというより、答えるかどうかを迷っているように見えた。

「スカイハイウェイは滑った？」やがて根津が訊いてきた。

「滑ってないです。その手前で、逆方向に進んだから……」

そして坂を上り、ロープをくぐったのだ。

じつは、と根津はいった。「スカイハイウェイに入ってすぐのところに、ローカルの悪ガキ共が侵入するポイントがある」

「えっ、そうなんですか」

「スカイハイウェイは尾根沿いに造られたコースだから、その気になればどこからでも降りられる。木の密度が少ないところもあるから、うまくルートを選べば、かなり長いパウダーランを楽しめる。ただし下には沢があるし、雪崩の危険性が高いポイントがいくつもあるから、当然滑走は許可できない。コース脇には高く雪を盛って、ふつうに滑っているぶんには見えないようにしてあるんだけど、当たり前のことながら知っている人間には効果がない。このスキー場を熟知している者なら、今日のようなコンディションで、あそこを滑らないということはないかもしれないな。我々パトロールとしては困った話だけど」

竜実はそこまで聞いたところで、はっとした。根津は、『女神』が滑った場所を推測してくれたのだ。

「ありがとうございます。参考にします」竜実は両手を身体の脇にぴったりとつけ、頭を下げた。

「礼はいいよ。そのかわり、絶対に君たちはあそこからコース外に出ないでくれよ」

「はい、誓います」

竜実が力強く答えると、根津は片手を上げ、背中を向けて歩きだした。

波川が近寄ってきた。「どうする気だ？」

竜実は両手を広げた。

「今の話を聞いてなかったのか。スカイハイウェイに行ってみよう。待ち伏せしていれば、例の彼女が現れるかもしれない」

「それはいい。俺も同感だ。でもその前に確かめなきゃいけないことがあるだろ」波川は竜実の鼻先を指差した。「どこの誰がおまえを捜しているのかってことだ」

公衆電話をかけるには、結局昨夜のコンビニまで歩かねばならなかった。最近の子供は公衆電話の使い方を知らない、という記事を最近目にしたのを竜実は思い出した。

波川が電話した先は、例によって藤岡のスマートフォンだ。

「波川だ。その後、何か動きはあるか？……警察の動きに決まってるだろ。新たに何か訊かれたりしなかったか。……うん、ああ、やっぱりそうか」波川は受話器を耳に当てたまま、竜実のほうに顔を向けた。「今朝早くに警察から連絡があって、サークルで行ったことのあるスキー場や宿泊施設を全部教えろといわれたらしい」

竜実は吐息を漏らし、頷いた。波川のマンションを出た時の様子が防犯カメラに写っていただろうから、スキー場に向かったことがばれているのは覚悟している。

「それでどうした？　合宿の記録なんかを渡したのか」波川が藤岡に確かめた。「……うん、ああそれでいい。隠す必要はない。全部見せても平気だ。何しろ俺たちがいるのは、サークルでは一度も行ってない場所だからな。俺も初めてだし、脇坂もそうらしい。……それはいえないよ。……いや、おまえを信用しないわけじゃないけど、万一ってことがある。……ヒント？　雪質は最高だってことかな。だけど、それを楽しんでる余裕なんかない。遊びに来てるわけじゃないからな。……だからそれを説明すると長くなるんだって。全部、片が付いたら話すよ。じゃあ、とりあえず電話を切るからな。……えっ、何だって？　ウェア？」波川の顔に、険しい気配がよぎった。「……うん、それでどうしたんだ。……ああ、あの時の写真か。……そうか、わかった」

波川は受話器を戻し、首を傾げながらテレホンカードを抜き取った。

「何だって?」竜実は訊いた。

「おまえと俺のウェアを尋ねてきた刑事がいるらしい」

「ウェアって……これのことか?」竜実は自分の着ているウェアを指した。

そうだ、と波川は答えた。

「スキー場ではどんな格好をしているか、できるだけ正確に教えてほしいといわれたってさ。上下のウェアの色と柄、それから帽子と手袋。写真を見たいってことだったから、去年の合宿で撮った集合写真を渡したそうだ」

その写真なら竜実も持っている。グレーのウェアにピンクのパンツ、ビーニーもピンクだ。つまり、今の格好と全く同じだった。ブルーのウェアに黄色のパンツという波川の着こなしも、その時と変わっていない。

「整理しよう」波川はいった。「俺たちがどこかのスキー場に向かったことは警察にばれている。だけど具体的にどこかはわかっていない。だからサークルで行ったことのある場所なんかを藤岡に訊いたんだと思う。ここまでで異論は?」

ない、と竜実は答えた。

「一方で警察は、俺たちの服装を詳しく調べている。このことはどう考えたらいいだろうか。服装という手がかりだけで、日本中のスキー場に手配でもする気か」

「まさか……」

「それはないと俺も思う。だけどもしかしたら、何らかの根拠でスキー場を絞れているのかもしれない」

「どういう根拠で？ 俺たちがここへ来たことを知る方法なんてないはずだぞ」

「その通りだ。だけどここで気になるのが、あの根津というパトロールの人の話だ。自称探偵という人物が、おまえを捜し回っているということだった」

「それは……その人物は……刑事、かな」

「そうだとするとさっきの話と矛盾する。警察は、どこのスキー場かは突き止めてはいないはずだ。それに警察の人間なら、身分を隠したりしないんじゃないだろうか」

「じゃあ、何者なんだ」

「わからない。もしかすると警察とは別に、事件を追っている人間かもしれない。警察を出し抜こうとしているのかも」

「警察を出し抜く……週刊誌の記者とか？」

「たとえばそうだが」波川は竜実を見て、首を傾げた。

「何だ？」

「いやあ、おまえが有名人ならともかく、ただの二流大学生だもんな。警察を出し抜いたところで、大したネタじゃないよなあと思って」

二流大学生というのは少し引っ掛かったが、竜実は反論できなかった。「たしかに」

「やっぱり警察か。それしか考えられないよなあ。でもなぜ調査会社の人間だなんて嘘を……。うーむ、わからん」

「そもそも、どうして俺たちがこの村にいることを知ってるんだ」

「またその疑問だ」波川は腕を組んだ。「堂々巡りだな」

竜実は、その場で足踏みした。「どうすりゃいいんだ」

「とにかく、ひとつだけ今すぐにやらなきゃいけないことがある」

「何だ？」

波川はビーニーを脱いだ。「服を着替えるんだ」

21

テーブルの上で、女将は二枚の地図を広げた。一枚は里沢温泉村のタウンマップで、様々な施設や商店が細かく記されている。もう一枚はスキー場のゲレンデマップだ。

「さて、では作戦会議といきましょうかね。まずお尋ねしたいんですけど、その犯人は、どうしてこの里沢温泉にやってきたんでしょうかね」

「しつこいようだが、犯人とは決まってない。容疑者だ」

小杉の指摘に女将は顔をしかめる。

「この際、小難しいことはいいっこなしにしましょう。何しろ時間がありませんからね。それより、どうなんですか？　犯人がこの村に来た理由ってのは、わかってるんですか」女将は刑事たちの顔を交互に見ながら訊いた後、最後は白井に視線を留めた。

白井は黙ったまま下唇を突き出し、お手上げのポーズを取った。

「さっぱりわからない」小杉が答えた。「はっきりしているのは、乗っていた車のカーナビが、ここのスキー場に向かうようセットされていたということと、連中がスノボーを持って出かけたということだけだ」

すると女将は目を何度か瞬《しばた》かせ、再び不思議そうに二人の刑事を順番に眺めた。

何だ、と小杉は訊いた。

「何だじゃないですよ。どうしてそれを早くいわないんですか」

「それって？」

「スノーボードを持って出かけたということですよ。それなら犯人の目的は明らかじゃありませんか」

「おいおい、まさか、スノーボードをするためにここに来た、とかいうつもりじゃないだろうな」

「そんなはずはないっていうんですか」

「当たり前だろう。殺人の容疑者で、スマホの電源を切っているぐらいだから、明らかに逃走の意思を持っている。そんな人間が、呑気にスノボーを楽しむわけがない」

「じゃあお尋ねしますがね、逃げることに躍起《やっき》になってるはずの人間が、わざわざスノーボードを持ち出す理由がほかにありますか？　あるんなら教えてくださいな」

女将の指摘は妥当だった。じつは小杉自身がずっと引っ掛かっていることでもあるのだ。

「捜査本部では、捜査を攪乱《かくらん》させるためじゃないか、逃走先をスキー場だと思わせるためじゃないか、という意見があったらしいが……」

女将は声を出さずに笑い、首を振った。

「それならウェアを羽織って出れば済む話です。刑事さんたちはスノーボードのケースを担いだことがありますか。結構重いし、車に積むにしても、かなり嵩張りますよ。

滑らないのなら、邪魔にしかなりません」

「しかし、殺人の容疑がかかっているというのに、逃走中にスノボーをするなんて……」

「そうですよ。あり得ません」白井も加勢してくれた。

女将は意味ありげな笑みを、二人に配ってきた。

「お二人もそうだけど、東京の捜査本部の方々も、思い違いをしておられるんじゃないですかね。私は最初から気になっているんですけど」

「思い違い？　どんなふうに？」小杉は訊く。

「逃走の途中でスノーボードをするなんて、私だってあり得ないと思いますよ。本気で逃げ続ける気なら、先々のことを考えます。どこに潜伏するか、これからの逃走資金をどうするか、とかね。でもそうじゃなくて、スノーボードをするために逃げたってことなら、わかるような気がします」

「スノーボードをするために？」

女将の言葉の意味が小杉にはうまく理解できなかった。白井を見ると、彼も首を捻っている。

「犯人はスノーボードが好きなんでしょ？」女将が確認してきた。

「そうらしい。大学でも、その手のサークルに入っているそうだ」

女将の眉が上がった。「何だ、犯人ってのは学生ですか？」

「そうだ。いわなかったかな」

「初めて聞きましたよ。ついでにお尋ねしますけど、その殺人事件というのは計画的なものなんですか。それとも何かの弾みで殺してしまった感じですか。どっちでしょうか」

「今のところ、衝動的なものとみられている。盗み目的で他人の家に忍び込んだが、家人に見つかって、思わず殺してしまったというわけだ」

「なるほどね。それならますます筋が通ります」女将は合点した顔を上下させた。

「どういうことだ。俺たちにもわかるように説明してくれ」

「難しい話じゃありません。いわば、最後の晩餐《ばんさん》ですよ」

「最後の晩餐？　なんだそりゃあ。ますますわからなくなったぞ」

「その学生は、捕まることは覚悟しているんだと思いますよ。でもそうなる前に、もう一度だけ、極上のパウダースノーを滑っておきたかった。滑って滑って滑りまくって、思い残すことがないと納得できたら警察に自首する——そういうつもりなんじゃないですか。だから最後の晩餐。スノーボーダーにとって極上のパウダースノーは、まさに御馳走ですからね」

はっ、と小杉は息を吐き、椅子の背もたれに身体を預けた。「理解しがたい話だな」

「小杉さん、スノーボードの御経験は？」

「全くない。スキーなら若い頃に少々やったことはあるが」

「スキーで深雪を滑ったことは？」

「それはない。圧雪された斜面だけだ」

「だったらわからないかもしれませんね。じゃあ、こういうたとえ話ならどうですか。あなたには心から惚れた女がいる。逮捕されたら、もう会えなくなるかもしれない。だったらどうします？　最後に一目会って、抱きたいと思うんじゃありませんか」

「脇坂にとって、ここでスノーボードをするのがそれだと？」小杉は、つい容疑者の名前を口に出していた。

「その人にとって何が一番大事かは、それぞれですよ。行方をくらましたからといって、逃走したと決めつけるのは早計じゃありませんかね。それとも、犯人がスノーボードを抱えてこんなところに来た理由について、ほかに説明がつきますか」

反論が思いつかずに小杉が黙り込むと、白井が片手を上げた。

「女将に一票。俺は激しく同意しちゃいました。脇坂には逃げ続ける気はないんですよ。ここでスノボーを楽しんだら、潔く出頭する気じゃないですか。一緒にいる波川も、そのことを知っているから、付き合ってやることにした——そう考えれば筋が通ります」

小杉は唇を結んだ。低く唸り声を漏らしてから口を開き、「まあ……一理あるな」ようやくそれだけいった。

「お二人さんにはそこのところを納得していただけたとして、さて、どうしますかね」女将が小杉の顔を覗き込んできた。

「何をだ?」

「犯人たちに逃走を続ける気はないんですよ。いくら最後の晩餐だからって、何日もここで滑ってるってことはないでしょう。いずれは自首するんだろうから、あわてて捜す必要もないんじゃないですか。自首したってことになれば罪も軽くなるだろうから、本人たちのためにもいいと思うんですけど」

「逃げ続ける気はないだろうというのは、あくまでも女将さんの単なる憶測だ。たとえ今はそうだったとしても、気が変わるおそれは十分にある。いずれ名乗り出るだろうなんていう楽観的な見通しを立てるわけにはいかない。それに勘違いしているようだが、今の段階で警察に出頭しても自首したことにはならない。自首と認められるのは、犯罪自体が発覚していなかったり、犯人の目星が全く摑めていない場合にかぎられる」

「そうなんですか。つまり、やっぱり捜すと?」

当然だ、と小杉は答えた。「それが仕事だからな」

ふうっと女将は肩の力を抜いた。

「わかりました。私も、お手伝いするといったかぎりは、最後までお付き合いします。しつこいようですけど、犯人がここへやってきた理由はスノーボードをするためだった、という話には納得していただけたわけですね」

「それは……まあな」小杉は鼻の下を擦った。

だったら、と女将はテーブルに広げた地図に目を落とした。

「こんなところにいたって時間の無駄です。捜すべきところは村の中なんかじゃありませんよ。旅館や商店巡りをしたって、見つけられっこありません」

「どこへ行けばいい?」

女将は立ち上がり、にやりと笑って窓の外を指差した。

「さっき、小杉さんがおっしゃったじゃないですか。鬼ごっこの舞台は天下の里沢温泉スキー場です。若い頃にはスキーをしたとおっしゃいましたよね。その腕前、じっくりと見せていただこうじゃないですか。さあ、出かけましょうっ」

22

波川の話を聞き、高野は何度か瞬きした。「ウェア……ですか」

「そう。はっきりいって、どんなものでもいいんです。古くても、ボロくても。何なら、スノーボードウェアでなくてもいいです。スキーウェアでも」波川は、話しながら時折周りに目をやる。誰かに見られていないかを確認しているのだろう。その思いは竜実も同じで、そばで二人のやりとりを聞きながらも、入り口が開くたびに反応してしまう。

バックカントリーツアーを申し込んだ時に訪れた、スキー・スノーボード・スクールの事務所にいた。高野を呼び出し、隅で立ち話をしている。内容は、大至急スノーボードウェアを二人分貸してもらえないか、という頼み事だ。高野が目を白黒させても不思議ではない。だが今の竜実たちにとって、頼れるのは彼しかいなかった。

「ウェアなら、地元の仲間にいえばいくらでも集められますけど、誰が着るんですか。レンタルじゃだめなんですか」高野が当然の疑問を口にした。

波川は竜実のほうを見た。竜実は頷いた。高野にどう説明するかは、すでに打ち合わせてあった。

じつは、と波川は口を開いた。「俺たち、追われてるんです」

高野は、ぎょっとしたように身を引いた。

「でも安心してください。別に物騒な話じゃありません。じつは彼は愛知県でも指折りの財閥の御曹司《おんぞうし》で」波川は親指の先を竜実に向けた。「どこへ行くにもボディガード、というか見張り役とかお目付役がゾロゾロとついてまして、行動が自由にならないんです。そんな息の詰まるような毎日の中、唯一息を抜けるのがスノーボードです。見張り役もお目付役も、彼が滑っている間だけはつきまとったりしませんからね。で、先日そんなふうに自由に滑っている時、一人の女性スノーボーダーと出会ったわけです。彼は、その女性に一目惚れしてしまいました」

えっ、と高野は小さくのけぞった。「あの話って、友達のことじゃあ……」

すみません、竜実は謝った。「照れ臭かったので、嘘をついたんです」

「そうだったんだ」

「嘘をついたことは許してやってください」波川は真面目くさった顔でいった。「何しろ、まともに恋愛したことがないほどのボンボンですから。でもそれだけに今回の思いは熱くて深刻で、何とかしてもう一度彼女に会いたい、会えなければ死ぬとかいいだす始末なんです」

それは、といって高野は見開いた目を竜実に向けた。珍獣を見る目だった。「それは大変ですね」

「そこで友人である俺が協力することにしたわけですが、困ったことに、その彼女の連絡先はおろか、名前すら聞いてないというんです。唯一の手がかりが、里沢温泉スキー場をホームグラウンドにしていてスノーボードがものすごく上手く、ツリーラン好きということだけ。それでまあこうして捜しにやってきたわけですが、今もいいましたように彼にはいろいろと取り巻きがついていて、自由な行動は許されません。女の子捜しのスノーボード旅行なんてもってのほかです。何しろ彼には、親の決めた婚約者がいますからね」

興が乗ってきたのか、波川の話は大きく飛躍し始めた。打ち合わせにない設定に、横で聞いていた竜実でさえびっくりし、えっと思わず友人の横顔を見た。

「いなかったか？」波川が訊いてくる。

「いや、えーと、婚約者ってほどではないけど……」もごもごと口籠もる。

「そうか。正式な婚約者ではなかったか。でも、似たようなものだろ？」

うん、と竜実は仕方なく頷く。

へええ、と高野はしげしげと顔を見つめてきた。「今時、そんな話があるんですねえ」

幸い、信じてくれたようだ。純朴な青年なのだろう。

というわけで、と波川は話を継いだ。

「このスキー場へは、見張りの目をかいくぐってやってきたわけなんです。ところがどこで情報が漏れたか、ここにいることが両親にばれちゃったらしく、連れ戻しを命じられた連中が、すでにやってきているみたいなんです」

ははあ、と高野は戸惑いの表情を浮かべたままだ。こんな話を聞かされて、どう反応していいのかわからないのだろう。

「しかし、追っ手が来たからといって、彼としてはここから逃げるわけにはいかないんです」波川は竜実の肩を叩いた。「何しろ、あこがれの彼女を見つけだせる最初で最後のチャンスですからね。俺としても、何とか親友の願いを叶えてやりたいと思っているんです。とはいえ、スキー場という限られた空間内で、敵の目を欺きつつ行動するのは簡単ではありません。特に問題なのがウェアです。追っ手は我々の服装を把握しています。必ず、目印にするでしょう。こちらとしては服を着替えるしかないわけですが、レンタルは使えない。敵がレンタルショップを張っている可能性がありますからね」

そこで、と波川は声のトーンを上げ、次に高野に顔を寄せた。

「悩んだ末、高野さんに頼るしかないと考えた次第です。バックカントリーツアーで会っただけの仲なのに何と厚かましい、と責められることは百も承知です。でもほかに選択肢がありません。お願いです。どうか、我々二人分のスノーボードウェア、何とか調達していただけないでしょうか。親友のためなんです。頼みます。お願いします」

波川が深々と頭を下げたので、竜実も隣であわてて真似《まね》をした。腰を折りながら、友人の弁舌に改めて驚嘆していた。かなり強引ではあるが、とりあえず筋の通った話をでっち上げてしまった。この男ならば、さぞかし優秀な弁護士になるだろうと思った。黒を白といいくるめることなど何でもないのではないか。

「やめてください。こんなところで……困ります」

「では、お願いを聞いていただけますか」

「とにかく顔を上げてください。事務所の連中が変に思います」

隣で波川が頭を上げたようなので、竜実も身体を起こした。高野はカウンターのほうをちらりと見てから、「外に出ましょう」といった。カウンターでは男性従業員が怪訝そうな目を竜実たちに向けていた。

事務所の外に出ると、高野は下を向き、考え込むように黙り込んだ。波川も口を閉じたまま、じっと彼を見つめている。

やがて高野は顔を上げた。「わかりました。一着分のウェア、何とかします」

「本当ですか。ありがとうございますっ」波川が再び頭を下げる。

竜実も倣《なら》おうとすると、高野は顔をしかめて手を振った。

「そういうのはやめてください。目立ってしまいます。日向《ひなた》ゴンドラはわかりますか？」

「短いほうのゴンドラですね」波川が確認した。

「そうです。あのゴンドラ終点から滑り降りると、右側にいくつか建物が並んでいます。その中に『カッコウ』というレストランがあります。うちの親が経営している店です。そこで待っていてください。ウェアを持っていきます」

「『カッコウ』ですね。わかりましたっ」

「じゃあ、後ほど」そういうと高野は事務所に入っていった。

波川が、ふうーっと太いため息をついた。「うまくいった」

「たぶん無理だろうと思ったけど、頼んでみるもんだなあ」

「何事も諦めちゃだめだってことだ。さあ、行こうぜ」

二人は建物のそばに立てかけてあったボードを手にし、日向ゴンドラを目指して歩き始めた。竜実は足を動かしながらも、誰かに見られているのではないかと気が気でなかった。パトロール隊員の根津によれば、すでに竜実たちを追い、この地に来ている者がいるのだ。

どう考えてもそれは警察だとしか思えなかったが、なぜか正体を隠しているようだ。その理由は不明だが、竜実たちにとっては好都合だった。追っているのが警察だとなれば、あの根津にしても、あんなふうに好意的には接してくれなかっただろう。高野にも、今回のようなことを頼めなかったかもしれない。

日向ゴンドラは六人乗りだった。ふつうは前後の窓を背に、三人ずつ並んで向き合って座るが、ここのゴンドラは違う。真ん中に仕切りがあり、それを背に三人ずつ窓のほうを向いて座るのだ。より外の景色を楽しめるようにという配慮だろう。

竜実と波川がゴンドラの前部に乗り込むと、見知らぬ男女が後部に乗ってきた。間に仕切りはあるが、声を遮断するような代物《しろもの》ではない。乗っている間、作戦会議はできないなと竜実は諦めた。

「やっぱりこのスキー場は雪がいいよなあ」後方の男性がいった。「軽さが違うよ」

「今週は、特にいいみたいだよ。今夜も少し降って、明日は晴れるそうだから、最高のコンディションになるんじゃない？」女性が応じる。

「だったらいいよなあ。天気が一番心配だって、チアキさんはいってたぞ。いつもは雪が降ってほしいけど、明日だけはほどほどがいいって。まさかこの時期に雨はないだろうけど、大雪ってことは十分にあり得るからな」

「吹雪《ふぶき》の中をウェディングドレス姿で滑るって、かなりきついよねえ」

「参加者だって大変だ。じっと立って、新郎新婦が滑り降りてくるのを待つんだろ？どうでもいいから早く済ませてくれって気になるだろうな。でも天気が悪くて一番辛いのは撮影班だろ。大雪じゃ、何も写らないもんな」

「でも、この分だと大丈夫そう。ロマンチックなゲレンデ・ウェディングになるんじゃない？」

「ああ、俺たちもがんばって、いいパフォーマンスを見せないとな」

二人のやりとりを聞きながら、一体何の話だろうと竜実はぼんやりと考えた。ウェディングドレス姿で滑るとか、ゲレンデ・ウェディングとかっていっているから、雪上結婚式のようなものが行われるのかもしれない。世の中には変わったことを思いつく人がいるものだ。それが明日行われるという。その規模はどのようなものだろう。それによって自分たちの行動に影響が出たりしないか、そのことが気になった。

ゴンドラが終点に到着した。波川に続いて、竜実も降り立った。

「明日、ここで結婚式があるみたいだな」歩きながら波川が小声で話しかけてきた。当然、彼も聞いていたのだろう。

「うん、どこで行われるんだろう？」

「後で調べておこう。たぶん見物は自由のはずだからな」

「見たいのか、そんなものが」

竜実がいうと波川は立ち止まり、顔を向けてきた。ゴーグルのせいで表情はわからない。

「見たくないとはいわない。どんなものか興味はある。でも、そんなものを見物している暇が俺たちにあるか？」

「だったらどうして……」

「俺たちには見物している暇はないが、彼女——『女神』がそうだとはかぎらない。女ってのは他人の結婚式、特にウェディングドレスに興味があるらしいからな。ふだんはコース外ばかり滑っている彼女も、花嫁の姿を一目見たくて、見物に現れるってことは十分に考えられる」

竜実はグローブを嵌めた手で、自分の太股《ふともも》を叩いた。「なるほどっ。見物客の中に彼女がいるかもしれないわけだ」

「あらゆる可能性を探らないとな。何しろ、時間がないんだから」

行くぞ、といって波川は再び歩きだした。

ゲレンデに出て、スノーボードを装着し、滑り始めた。少し行くと高野がいっていたように、右側にちらほらと建物が見えてきた。近づいていくと、『カッコウ』の看板があった。ログハウス風で、側面は大きなガラス張りになっている。

店に入ると、二人は窓際のテーブル席に腰を落ち着けた。上着を脱いでいると若い男性店員が注文を取りに来た。背は高いが華奢《きゃしゃ》な体格で、まだ高校生ぐらいに見えた。

「勢いをつけようぜ」

波川がいいだし、生ビールを頼むことにした。メニューによればフランクフルトがお勧めらしいので、それも追加した。

店内は半分ほどの席が埋まっていた。日本人よりも欧米人のほうが目につく。

壁にはパネル写真が何枚か飾られていた。アルペンスキーヤーが見事な滑りを見せている写真だった。何かの大会で撮影されたものらしい。表彰台に乗っている写真もあった。それを見て、はっとした。真ん中に立っているのは、高野にほかならなかった。フルネームは、高野誠也《せいや》というらしい。

「高野さん、ただのガイドじゃないんだな」波川も写真に気づいたようだ。「なかなかのトップスキーヤーらしい」

竜実は厨房《ちゅうぼう》に目を向けた。顔はよくわからないが、年配の男女の姿が見えた。高野の両親だろうか。写真を店に飾るほど、自慢の息子なのかもしれない。

生ビールが運ばれてきた。乾杯をする理由など何ひとつなかったが、空中でジョッキを合わせてから、白い泡がたっぷりと載ったビールを飲んだ。ずっと動き回っていたので喉が渇いている。砂漠に水を撒《ま》くように身体に吸収されていく感覚があった。

続いてフランクフルトが運ばれてきた。ケチャップとマスタードがたっぷりとかかっている。

「こいつはうまそうだ」

波川がフランクフルトに手を伸ばしかけた時だ。あのう、と若い店員が口を開いた。

「波川さんと脇坂さん……ですよね」

「そうだけど……」波川が答えた。

「兄貴から、ウェアを渡してほしいっていわれてるんですけど」

えっ、と波川は声を発した。「君は高野さんの……」

「弟です」

ああ、と竜実は声を発していた。「そうなんだ」

そういわれれば、目元が似ているように思われた。

弟は高野裕紀《ゆうき》と名乗った。

「兄貴は仕事でこっちに来れないみたいで、僕から渡してくれっていわれたんですけど、今ここに持ってきていいですか」

もちろん、と波川が頷いた。

「じゃあ、取ってきます」若者は頭を一つ下げ、立ち去った。

その後ろ姿を見送りながら竜実は、「このスキー場のイメージが悪くなるのを避けたい」と高野がいっていたのを思い出した。自らはガイドを務め、両親はゲレンデ内のレストランを経営し、弟もそこで働いている。彼等の生活は、このスキー場と共にあるのだ。

高野の弟――裕紀が戻ってきた。なぜかもう一人、同年代と思える若者が一緒だった。二人はそれぞれ一つずつ紙袋を提げていた。

「僕のウェアと友達のウェアを用意しました」高野裕紀がいい、隣の友人を紹介した。

小学校からの幼なじみで川端健太《けんた》というらしい。どこかひょうきんな雰囲気のある若者だ。

二人が差し出した紙袋の一方には茶色の、もう一方には迷彩柄のウェアが入っていた。これなら今竜実たちが着ているウェアとは似ても似つかない。

「ありがとう、助かるよ」波川が礼をいった。

「トイレは階段を下りたところにあるので、そこで着替えてください」高野裕紀がいった。

「わかった。それから、これはお兄さんから聞いているかもしれないけど」波川は声を落とした。「いろいろと事情があって、このスキー場で俺たちを捜している連中がいるんだ。もしかすると君たちも、彼等と出会うかもしれない。その時には――」

わかっています、と高野裕紀は首を縦に動かした。「お二人のことは絶対にしゃべりません。任せてください」自信たっぷりにいいきった。

「そういってもらえると安心するよ。――なあ」波川は竜実に同意を求めてきた。

よろしく、と竜実も頭を下げた。

あの、と川端健太という若者が口を開いた。「追ってる連中って、どんな人なんですか。外見ってわかります?」

竜実は波川と顔を見合わせてから、「二人組だと聞いているけど……」

「二人……そうですか」

「それがどうかした？」

「いえ、何でもないです」川端健太は小さく手を振った。だが若者の目に強い好奇の光が宿っているのが、竜実は少し気になった。

23

数メートル先を歩いていた女将が足を止めた。後ろから足音がついてきていないことに気づいたのだろう。振り向いて小杉を見ると、全身で大きくため息をつくしぐさをした。

「何をもたもたしてるんですか」

スキー板を下ろし、ぜいぜいと肩で息をしていた小杉は、呼吸を整えてから口を開いた。

「もう少し、ゆっくり進んでくれないか。この靴だと、どうにも歩きにくくて。しかもスキー板は重たいし」

「スキー靴は歩きにくいものと相場が決まってるんです。それともスノーボードのブーツにしますか。あっちなら歩きやすいですよ」

「いや、スノボーなんてやったことない」

「だったら文句いわず、それでしっかり歩いてください。ぐずぐずしていたら、日が暮れちゃいますよ。まだスキー場に足を踏み入れてさえいないんですからね」

「あとどれぐらいある？」

「急げば五、六分です。さあ、がんばって」女将はくるりと前を向き、歩き始めた。

まだそんなにあるのかよ、とげんなりしながら小杉はスキー板を肩に担ぎ、慣れないスキー靴で一歩を踏み出した。

前を行く女将の足取りは力強い。スキーウェアに着替えた彼女の後ろ姿は、完全にアスリートのオーラに包まれている。

旅館の『きなし』を出た後、小杉たちが連れていかれた先は、レンタルショップだった。そこでスキーの道具を借りろ、と女将はいった。

「スキー場での鬼ごっこに、長靴で参加するわけにはいきませんからね」彼女の口調には、この状況を楽しんでいる響きがあった。

小杉がスキーをしたのは二十年近くも前だ。そのことをいっても、「そんなもの、すぐに慣れます」と彼女は取り合わなかった。

その時、おずおずと手を上げたのは白井だ。スキーなどやったこともない、というのだった。「何しろ、南国育ちでして」

いくら何でも初心者を同行させたら足手まといになるのは目に見えている。小杉は女将と相談し、白井にはレンタルショップを回らせることにした。脇坂たちが変装のため、レンタルウェアを借りる可能性があるからだった。

こうして小杉だけが女将と共にスキー場に向かうことになったわけだが、久しぶりに履くスキー靴は硬くて重かった。しかも雪道だと底が滑りやすく、歩くだけで緊張を強いられた。無駄に力が入るせいか、少し動いただけで顔から汗が噴き出た。

スキー板にも違和感を覚えていた。小杉の記憶にあるものより、ずいぶんと短いのだ。それはいいのだが、形状もずいぶん違うような気がする。カービングスキーというそうだが、果たしてうまく滑れるだろうか。それについても女将は、「慣れれば何とかなる」というばかりだった。

ようやく前方に建物が見えてきた。ゴンドラの駅舎らしい。長峰《ながみね》ゴンドラと記された看板が出ている。女将によるとこのスキー場にはゴンドラが二本あり、こちらのほうが一気に山頂近くまで行けるそうだ。所要時間は十五分ほどで、途中に降りられる駅もあるというから、かなり距離は長い。

女将が用意してくれたリフト券を手に、乗り場に向かった。ちらほらと客が並んでいるが、相乗りしなければならないほどではない。

係員は三十代ぐらいの日に焼けた男性だった。彼は事務的な様子で客をゴンドラ内に誘導していたが、女将を見て、ぱっと顔を輝かせた。「やあ、どうも」

どうやら女将の知り合いらしい。彼女はゴーグルを帽子の上に載せているので、顔が見えるのだ。

ごめんなさい、と女将は彼に声をかけた。「折り入って頼み事があるんだけど、ちょっといい？」

係の男性は戸惑ったように瞬きした。「えっ、今？」

「そうなの。ごめんなさい」

「ふうん、まあいいけど……じゃあ、ちょっと待って」

男性は小杉のほうをちらりと見てから、少し離れたところにいた別の若い係員を呼び、持ち場を交替してもらった。

三人でゴンドラ乗り場から少し離れると、「小杉さん、例の学生の写真を見せてあげて」と女将がいった。

小杉はスマートフォンを操作した。脇坂と波川がスノーボードウェア姿で写っている画像を表示させ、男性のほうに向けた。

「こういうウェアを着た二人組を見なかった？　このグレーのウェアとブルーのウェアの二人なんだけど」

女将の問いに男性は首を傾げた。

「どうかなあ、似たような連中なら何人か見たような気はするけど……悪い、覚えてない」

無理もない、と小杉は思った。次々に客がやってくるのだ。彼等の服装を、いちいち見ているわけがない。

「じゃあ、たった今から気をつけておいて。こういう二人組を見かけたら、私に連絡してほしいの。ここにケータイの番号を書いてあるから」そういって女将はポケットから名刺を出した。

男性は名刺を受け取ると、改めてスマートフォンの画面を見た。

「一体何なんだ、この二人？　何か悪いことでもしたのか」

「それは今は秘密。うまく見つけてくれたら、今度、飲み代をサービスする」

男性は目を細めた。「それは悪くない話だな。わかった。気をつけておくよ」

よろしくね、といって女将は小杉に目配せし、ゴンドラの列に並び直した。

間もなくやってきたゴンドラに、二人で乗り込んだ。十二人まで乗れるそうで、たしかに広々としている。

「女将さんに協力してもらえて助かった」小杉はいった。本心だった。「ゴンドラの係員にあんなふうに頼むなんてこと、警察のバッジでも出さないかぎり、俺たちには到底できなかった」

女将は笑みを浮かべて頷いた。「まあ、そうでしょうね」

「顔の広さにも感心した。居酒屋や旅館を経営しているだけのことはある」

すると彼女は、ふふん、と鼻を鳴らした。「それは少し違います」

「へえ、どんなふうに違うんだ？」

「私はこの村の出身ですから、知り合いはたくさんいるんですよ。それにね、こういってはなんですけど、このあたりではちょっとした有名人だったこともあるんです。もちろん、『きなし』の女将になる前の話です」

意味がわからずに小杉が首を傾げると、これですよ、と彼女は持っていたスキー板を揺すった。

「こう見えても若い頃は、アルペンスキーで鳴らしたんですよ。一口にアルペンといっても技術系と高速系があって、日本人が世界で通用するのは技術系だけだといわれてますけど、私が得意だったのは高速系。しかもダウンヒル。若い頃は信州の弾丸娘なんていわれたもんです。もっとも、体重は今より十キロ以上も少なかったですけどね」

へえ、と小杉は彼女の全身を眺める。道理でアスリートの雰囲気があるはずだ。

「というわけで、そこそこ大きな大会にも出ましたから、村をあげて応援してくれていた時代もあったんです」

「なるほど。それならたしかに有名人だ」小杉は納得して頷いた。「そんな村のスーパースターが、今では居酒屋と旅館の名物女将というわけだ」

「おかげさまで、何とかやらせていただいております」

「たしかさっき、十何年か前に嫁いできた、とかいってたな」

女将は顎を引いた。

「よく御記憶で。十五年前です」

「御主人の家が、今の旅館を？」

「祖父の代からやっている宿です。うちの人もスキーの選手で、現役時代は一応会社員ということになっていたんですけど、引退した後はこの村に戻ってきて、旅館を継いだんです。私と結婚したのは、経営者になって五年ほど経った頃です」

「すると今年で旅館経営二十年か。居酒屋でも旅館でも、それらしき男性は見かけなかったけど、どこかにお出かけだったのかな」

小杉が独り言のように呟いた言葉を聞き、女将は目を細め、口角を上げた。寂しそうな笑顔に見えた。

「お出かけといえば、お出かけです。もう帰っちゃきませんけど」

「えっ」

「あっちに行っちゃいました」そういって彼女は右手で上を指差した。「もう八年になります。肝臓癌《がん》でした」

あっ、と小杉は声を漏らした。「そうだったのか……」

「病気がわかったのが居酒屋を開店した直後でしたから、本当にもう大変でしたよ。今このタイミングでそれはないだろうって、本人に文句をいいたかったです。かわいそうだから、いいませんでしたけどね」

「それ以後、女将さんが一人で居酒屋と旅館の切り盛りを？」

はい、と彼女は答えた。

「でも大変だなんて思ったことはありませんよ。いろいろな人が助けてくれますからね。だから私も、何らかの形で恩返しをしなきゃいけないんです。村にもスキー場にも」

「殺人犯が逃げ込んでいるなら、見つけるのに一肌脱ぐのも厭《いと》わない、と？」

「まあそういうことです」女将は笑顔を見せてからゴーグルを装着し直した。ゴンドラが終点に着こうとしていた。

ゴンドラを降り、建物の外に出た後も、女将はスキーを履こうとはしなかった。板を担ぎ、雪の上を歩きだした。小杉は後を追いながら理由を訊いた。

「このスキー場はね、ゴンドラ一本でいきなり山頂まで行けるような、そんなスケールの小さい山じゃないんですよ。いいからついてきてください」彼女は足を止めず、息を乱すこともなく答えた。

しばらく上ったところで女将がスキー板を下ろした。次のリフト乗り場まで滑るのだという。それを聞き、小杉は緊張した。何しろ二十年ぶりのスキーだ。若い頃はそれなりに滑れたが、今はどうかわからない。

気がつくと女将の姿が消えていた。もう行ってしまったらしい。小杉は急いでスキー板を履いた。

おそるおそるスタートしてみたが、思った以上にスピードが出ることに驚いた。腰が引けているのを自覚するが、まるで修正できない。あわてて板をハの字に開き、必死の思いで減速させる。格好良く滑るなんてとても無理で、ボーゲンがやっとだった。

冷や汗をかきながらゆっくりと滑り降りていくと、少し先で女将が待っていてくれた。

「久しぶりのわりには案外やれるじゃないですか。見直しました」

小杉は首を横に振った。「全然だめだ。へっぴり腰なのが自分でもわかる」喘《あえ》ぎ声になった。

「自分でわかってるなら大したものです。慣れれば大丈夫。さあ、どんどん行きましょう」

女将はさっと身を翻し、軽快に滑り始めた。

小杉が悪戦苦闘しながらついていくと、たしかにその先にリフトがあった。四人乗りで、さらに上へ行けるわけだ。女将はここでも係員に声をかけると、小杉にスマートフォンを出させ、似たような二人組を見かけたら連絡をくれるように頼んだ。

そのリフトで上がってもまだ山頂ではなく、さらにもう一本リフトがあった。ここでも当然のように女将は係員に話しかけ、同様の頼み事をした。小杉は、彼女の顔の広さに感心するのは、もうやめることにした。

リフトを降りると、そこはいよいよ山頂だった。三百六十度、眩《まぶ》しいほどの雪景色が様々な形で広がっており、遥か彼方の稜線もくっきりと眺められた。小杉は思わず感嘆の息を吐いた。「ようやくここまで来たか」

「何、満足そうな顔をしているんです。まだ仕事は半分も終わっちゃいませんよ。ほかの主要なリフトやゴンドラの係員にも声をかけておかないと」

「今度はどこへ行くんだ」

「このスキー場には二本のゴンドラがあるといったでしょ。犯人たちがどこをどう滑るつもりかは知りませんが、どちらかのゴンドラには乗るはずです。とりあえず、もう一本のゴンドラ乗り場を目指しましょう」そういうなり女将はスタートした。

「うわっ、ちょっと待ってくれ」小杉はあわてて後を追った。

後ろから見る女将のフォームは、素人目にも見事なものだとわかった。彼に合わせて速度を落としてくれているせいもあるだろうが、力みというものがまるで感じられない。そのくせ板の切れ味は、ほかのスキーヤーと比べものにならなかった。無駄がなく、ここぞという瞬間には的確な動きができるからだろう。

そんな彼女の後を懸命に追っているうちに、小杉は少しずつ自分のスキーの勘が戻ってくるのを感じ始めていた。スピードにも、カービングスキーという新しい道具の感覚にも慣れてきたようだ。元々、運動神経は悪いほうではない。徐々に滑りが大胆になっているのが自分でもわかった。恐怖心や不安感が消失しさえすれば、次にやってくるのは爽快感だけだ。風を切り、雪上を疾走するのが、だんだんと楽しくなってきた。

「ずいぶんと調子が出てきたじゃないですか」小休止をとったところで、女将が声をかけてきた。「最初と滑りが全く違います」

「少し要領がわかってきた」

「だったら、もう少し飛ばしましょうか」

いやほどほどに、と小杉はいったが、その声を無視して女将は滑り始めた。本当にスピードを上げている。小杉は急いで追った。参ったなと呟きつつ、久しぶりに胸が躍るのを自覚していた。

それにしても――。

このスキー場は広かった。日本最大級という謳《うた》い文句は嘘ではない。行けども行けども、滑れども滑れども、次なる斜面、幅も形も異なるコースが待ち受けている。ようやくゴンドラ乗り場が見えてきた頃には青息吐息だった。

「あと少しだからがんばってー」

　女将からはっぱをかけられ、くたくたになった身体に鞭打《むちう》って小杉は滑り続けた。乗り場の入り口には、『日向ゴンドラ』と書かれた看板が出ていた。少し休みたかったが、女将がどんどん前に進むのでついていくしかない。

　係員は若い男性だった。幸い、客は途切れている。例によって女将は彼に近づいていき、話しかけた。小杉はスマートフォンをポケットから取りだし、脇坂たちの画像を表示させてから二人のところへ歩み寄った。

　係の男性は、画面を見るなり口を開けた。「あっ、この人たちだったら――」

「見たの？」

　女将の問いかけに、彼は頷いた。「乗せた。一時間ぐらい前じゃないかな」

「そんなに前？　間違いない？」

「たぶん」彼はスマートフォンの画面を指差した。「このグレーのウェアを着てる人が持ってるボード、俺と同じなんだ。それで印象に残ってる。このボードは限定モデルで、めったに持っている人がいないから」

　女将が小杉のほうを向いた。彼は頷き返した。どうやら間違いないようだ。

「その後は見てない？」

「このゴンドラには乗ってないと思う」

「わかった。ありがとう。もし見かけたら連絡してちょうだい」女将は自分の名刺を彼に渡した。

24

斜面の上部から現れたのはスキーヤーの集団だった。隊列を作り、ゲレンデに流れる音楽に合わせ、華麗な曲線を描きながら滑り降りてくる。彼等がポールに縛りつけているのは、ピンク色の長い布だった。軽い素材らしく、彼等の動きに合わせてひらひらと空中に舞っている。

ほおお、と根津は感嘆の声を漏らした。「なかなか奇麗じゃないか」

しかし隣にいる千晶や莉央からの返事はない。見ると、二人とも真剣な顔つきで前を向いたままだ。スポーツサングラスのせいでよくわからないが、どちらも目が鋭くなっているに違いなかった。

スキーヤーたちの後からは、スノーボーダーのグループが登場した。両手に花束を持っているようだ。等間隔を保ちつつ、彼等はグランドトリックを披露し始めた。しかもめいめいに好き勝手な技を決めるのではなく、どのタイミングで何をするのか、予め決めてあるようだ。

「動きが合ってない」千晶が不満そうにいった。

「右側の組が遅れがちだね」莉央が同意する。

「音楽が聞こえにくいのかもしれない。後で確認しておかないと」

「明日までに間に合わせられる？」

「絶対に間に合わせる。心配しないで」

里沢温泉スキー場初のゲレンデ・ウェディングを明日に控え、プロデューサーと敏腕の助手は、どちらも妥協を許さない口ぶりだった。適当なお世辞は口にしないほうがよさそうだな、と根津は了解した。

その後も何組かのスキーヤーやスノーボーダーのグループが現れ、オリジナリティのあるパフォーマンスを披露していった。最後の一組が滑り終えたのを見届けると、千晶と莉央は何やら細かい打ち合わせを始めた。ぼそぼそと小声で話しているので、根津の耳に内容は聞こえない。

腕時計を見て、時刻を確認した。明日のリハーサルのため、コースの一部を貸し切りにしている。あまり長くなると、ほかの客の迷惑になる。

「じゃあ、私はカメラマンさんと打ち合わせしてくるから」莉央がいった。

「うん、よろしく」千晶は持っていたタブレットを操作し始めた。

「主役の姿が見えないな」根津はいった。「新郎と新婦は、今日のリハーサルには登場しないのか」

「長岡君には個別に特訓してもらってる。本当は葉月さんにも滑ってほしいんだけど、ウェディングドレスの寸法で手違いがあったとかで、長野まで出かけちゃってる。莉央は別に問題ないっていうんだけどね。新婦はボーゲンで滑って降りるだけだから」

「ウェディングドレス姿で、だろ？　それだけでも十分に映えそうだ」

「だといいんだけど。ほかに何か気づいたことはある？」

「俺は素人だぞ」

「だから意見を聞きたいの。何でも思いついたことをいってみて」

そうだな、と少し考えてから。「強いていえば、ウェアかな」と根津はいった。

「ウェア？」

「スキーヤーやスノーボーダーたちのウェアがばらばらなのが気になる。せっかく滑りが華やかなのにもったいない」

「そのことね」千晶は大きく頷いた。「それなら大丈夫。ちゃんと考えてあるから」

「へえ、そうなのか」

「明日の本番で驚かせるから」

「楽しみにしておくよ。で、それはいいとして……」根津は腕時計に目を落とした。

「そろそろ時間だぞ」

千晶は顔の前で右手を立てた。「ごめんなさい。あと十五分だけ延長させて」

「この後、上のコースを貸し切りにして撮影したいんだろ？　時間がなくなるぞ」

「そっちのほうは何とかなると思う。ここ、一番肝心なところだから。お願いっ」千晶はタブレットを腋《わき》に挟み、両手を合わせてきた。

根津はため息をついた。「本当に十五分だけだぞ」

「約束する。ありがとう。助かった」千晶はスキーヤーやスノーボーダーたちが集まっているところへ足早に歩きだした。

根津はトランシーバーを手にした。コースを貸し切りにするため、各所に見張り役として立っているパトロール隊員たちに、十五分の延長を伝えた。

千晶は身振り手振りでパフォーマーたちに何やら話している。滑るスピードや動きのタイミングについて指示をしているようだ。その様子を根津は少し離れた場所から眺めた。

「じゃあ、もう一回トライ。がんばってね」千晶が手を叩いた。

スキーヤーやスノーボーダーたちが、リフト乗り場に向かって移動を始めた。それを見て、根津は千晶に近づいていった。

「あれだけの人数、よく揃えたものだな」

「十代からこの世界にいるからね、顔だけは広くなった」

「その人脈を生かせば、どんなことでもできるんじゃないか」

「どんなことでも？」千晶は意外そうな顔を根津に向けてきた。「たとえば？」

「それは……すぐには思いつかないけど、いろいろあると思うけどな。商売とか」

「ふうん。そう思うんだ」千晶はゆっくりと頷く。その目は、彼女にしては冷めていた。

「何だ？　いいたいことでもあるのか」

千晶は考える表情になった後、口を軽く開いた。だがその直後、何かに気づいた様子でポケットからスマートフォンを取りだした。電話がかかってきたらしい。浮かない顔つきで小さく舌打ちした。

「もしもし、あたし。……どこって、里沢温泉だよ。……いったでしょ、友達の結婚式があるんだって。……わかってる、来週には帰るから。……わかってる。スーツでしょ。ちゃんと用意してあるよ。……わかってる。ちゃんとやるから。……ちょっともういい？　あたし、忙しいんだけど。……遊んでなんかいないよ。もう切るからね。……はいはい、じゃあ来週ね」電話を切って頭を振り、めんどくせーな、と吐き捨てた。

根津は苦笑した。「誰と話してたんだ？　やけに無愛想な対応だったけど」

千晶は顔をしかめ、スマートフォンをポケットに戻した。「親。母親」

へえ、と根津は彼女の顔を見返した。「千晶の口から親の話が出るなんて珍しいな」

「まあ、あまり話さないからね」

「スーツがどうとかいってたな。何だ、お見合いでもするのか」

無論、冗談でいったのだが、千晶はにこりともしなかった。

「そうだね。ある意味、お見合いみたいなもんかな」

「……何があるんだ？」

千晶は肩をすくめ、片頰を曲げた。「家業を継げっていわれてる。もう何年も前から。人を雇ってるから、そういう人たちと顔合わせをしておく必要があるんだ」

「家業って？」

「保育園。そんなに大きくはないけどね」

根津は一瞬言葉を失い、千晶の顔をみつめた。この女性スノーボーダーと出会ったのは何年も前だ。彼はスノーボードクロスから身を引いて間もなくで、彼女は現役選手だった。お互いのことを知った途端、忽ち意気投合した。それ以来、冬になれば密に連絡を取り合い、時には一緒に滑ったりもしている。だがそれぞれのプライベートな話をしたことはなかった。彼女の実家が保育園を経営しているというのも初耳だった。

「父親が理事長で、母親が園長。父親は七十三歳で母親も六十代半ば。そろそろ将来のことが心配になってきても不思議じゃないよね」

「きょうだいは？」

「いない。一人っ子」千晶は首を振った。「だから継ぐとしたら、あたししかいない」

「世襲制なのか」

「そういう保育園は多いみたい。何かとメリットが多いらしいよ」そういってから千晶は、ふふんと自嘲気味に笑った。「らしい、とかいってちゃだめだよね。これから経営者になろうって人間が」

「前から決まってたことなのか」

「ぼんやりとね。だからあたし、こう見えても保育士の資格だって持ってる。でも、若いうちだけは好きなことをやらせてほしいって頼んだの。自分がどこまでできるか、可能性に挑戦してみたいって」

「それがスノーボードクロス」

「そういうこと。自分でいうのも何だけど、わりとやったほうだと思うよ。オリンピックには出られなかったけど、悔いはない。だから、そろそろ次のステージに移らなきゃいけないってことも頭ではわかってる。若いうちっていう時期は、とっくに過ぎちゃってるわけだし」

だから、と千晶は続けた。

「家業を継ぐことが決まったら、もうこっちの世界には戻ってこない。二度とボードには乗らない」

根津は驚いて目を見張った。「冗談だろ?」

「本気だよ。それぐらいの覚悟が必要だと思ってる。あっちもこっちも適当にうまくやって、なんていう甘い考えは、たぶん通用しない。趣味で滑ったらいいじゃないかっていう人もいるかもしれないけど、そういう中途半端なことはあたしには合わない」

千晶が真っ直《ま》ぐ《す》に向けてきた勝ち気そうな目を見て、本気なんだろうな、と根津は確信した。自分に厳しく、頑固な性格だということはよく知っている。

「じゃあ、明日のイベントが終わったら……」

うん、と千晶はしっかり頷いた。

「白い雪の世界とはお別れ。だからパフォーマーたちが描いてくれるバージンロードは、あたしの花道でもあるんだよね」

「そうなのか」根津は声を落とした。自分のほうが意気消沈していることに気づいた。

「根津さんも家の仕事を継いでるんだよね？」

「ああ。新潟の小さい建築事務所だけどな」

冬場以外は、そこで根津も建築士として働いている。冬場は雪のせいで仕事にならないから、スキー場でパトロール隊員をしているのだった。

「昔、夢の話をしてくれたことがあったよね」千晶がいった。「遊園地みたいなスキー場を作ること。巨大迷路、雪のジェットコースター、それから何だっけ？」

「ワイヤーアクション・ハーフパイプ、スキー・パラグライダー」

あははは、と千晶は手を叩いて笑った。「そうだった。横文字ばっかし」

「そんな話をしたこともあったな」

根津の言葉に、千晶がふと真顔に戻った。「もう諦めたの？　夢はおしまい？」

いや、と彼はかぶりを振った。「諦めちゃいない。今も胸の中にしまってある」

「それを聞いて、安心した」千晶はにっこりと笑い、斜面を見上げた。「その夢に付き合いたかったな」

根津は彼女の横顔を見た。かけたい言葉はあったが、口には出さなかった。

25

ペアリフトを降りたところで、小杉は周囲を見回した。座り込んでバインディングを装着しているスノーボーダーが何人かいるが、捜しているウェアは見当たらなかった。

「ここにもいないか……」

一時間ほど前に日向ゴンドラに二人が乗ったという証言をもとに、小杉は女将と二人で、脇坂たちが滑っていそうな場所を虱潰《しらみつぶ》しに当たっているのだった。似たようなウェアが時折目に入るので、そのたびに勢い込んで近づいてみるが、そばで見ると微妙に違う色だったり、一緒にいる仲間のウェアがまるで違ったりした。

小杉は時計を見て、唸った。時間ばかりが過ぎていく。

女将がゲレンデマップを広げた。

「今日動いている、主なリフトとゴンドラには一通り当たりました。犯人たちがこのスキー場にいるのなら、どこかで網にかかるはずです」

「逆にいうと、これだけ網にかからないのは、もうこのスキー場にはいないからか？」

女将はマップをポケットにしまいながら首を振った。「それをいいだしたら、おしまいです。いると信じなきゃ」

「だけど、一時間前にゴンドラ乗り場で目撃されたのに、その後ぱったりと姿を消すなんて、スキー場から出ていったとしか――」

小杉が話している途中で、女将は制するように手を出してきた。着信音らしきものが彼女のポケットから聞こえている。

「ほら、来ましたよ」彼女はスマートフォンを取りだし、耳に当てた。「はい、お疲れ様です。……えっ、乗った？　いつ？……うん……わかった、ありがとう」電話を切り、スマートフォンをポケットに戻した。「こだまリフトAの係の人から。写真の二人が、ついさっき乗ったって」

「こだまリフトAって？」

「ついてくればわかります」

力強く滑りだした女将の後を、小杉はあわてて追った。

間もなく四人乗りのリフト乗り場に到着したが、表示を見ると、それはこだまリフトAではなかった。女将によれば、このリフトで上がった先に、こだまリフトAの乗り場があるらしい。

「ウェアは、あの写真のまんまだそうですよ。着替えてはいないんですね」リフトに並んで座ってから、女将がいった。

「まだ警察の手がこのスキー場にまでは及んでないとみて、油断してるんだろう」

「一人はグレーの上着でピンクのパンツでしたね。で、もう一人がブルーと黄色」

「そうだ。結構目立つ配色だから、大勢が滑っている中でも見つけやすいはずだ」

小杉はリフトから下を見渡した。幅の広いコースで、大勢のスキーヤーやスノーボーダーが滑っている。距離が長くて斜度が少ないので、初心者や初級者が練習するのにちょうどよさそうだ。

「家族で来たら、楽しいだろうな」

小杉が思わず呟いたのを聞き、「是非、どうぞ」と女将が食いついてきた。「お子さんは？　いらっしゃるんでしょう？」

「残念ながら独り身だ」

「そうなんですか。もったいない」

「おかげで、いつでも僻地に飛ばせる要員だと上からは見られてるよ。今回、このまま脇坂を逮捕できないようなら、それが現実に——」

なるかもしれない、と小杉がいいかけた時だ。何気なく視線を向けた先に、鮮やかなブルーに、蛍光の黄色いパンツを穿《は》いたスノーボーダーの姿があった。まさかと思いながら周りに目を走らせ、息を呑んだ。グレーの上着にピンクのパンツという出立ちのスノーボーダーが、すぐそばを滑っている。しかも二人は明らかに仲間のようだった。

あーっ、と先に声をあげたのは女将だった。「あそこにいるっ。ほら、あそこあそこっ」

「俺も見つけたところだ」

「グレーにピンク、ブルーに黄色。間違いないですよね」

「間違いない。あいつらだっ」

二人のスノーボーダーは、気持ちよさそうに滑っている。やがて小杉たちの下を通り過ぎていった。

「ああ、くそっ。飛び降りるわけにはいかないし」

雪面からの高さは三メートル近くある。飛び降りたら、軽傷では済まないだろう。

リフトの上から後ろを振り返った。二人のスノーボーダーたちはキッカーに挑んでいた。最初に跳んだのはブルーのウェアを着たほうで、見事に宙返りを決めた。あらっ、と女将がいった。「上手いもんですね。あれは相当やってますよ」

「すっかり楽しんでやがる。殺人事件の容疑者のくせに」小杉は唇を嚙み、二人を睨みつけた。

「あれだけの腕前だと、どんなところでも難なく滑れそうですね。どこへ行っちゃうかわからないから、急いで追いかけましょう」

女将はそういうが、リフトに乗っているかぎりは急ぎようがない。小杉はセーフティバーを叩いた。

ようやくリフトが終点に着いた。女将は停止することなく、そのままコースへ突入していく。小杉も彼女に続いた。

これまで以上のスピードで女将はすっ飛ばしていく。ろくにターンなどせず、殆ど直滑降だ。いくら緩斜面といえど小杉は怖くなるが、ここで置いていかれるわけにはいかない。姿勢を低くし、懸命に追跡した。

どこまでこの調子で滑っていくのかと不安になりかけた頃、不意に女将がブレーキをかけた。小杉はあわてて対応しようとしたが、バランスを崩し、転びそうになった。

「うわっ、一体どうしたんだ」

　女将は右手に持ったスキーポールで空中を指した。その先に目をやり、小杉は、あっと声をあげた。リフトの上に、あの二人の姿があった。

「あいつら、また上がっていきやがった。もう一度、このコースを滑る気なのか」

「そうかもしれません。どうやら、完全に油断しているみたいですね。こんなに目立つ場所を何度も滑るなんて」

「舐《な》めてやがる。よし、急いで追いかけよう」

　小杉は滑りだそうとしたが、女将は動かない。

「どうした？　追わないのか」

「私たちが追いかける必要なんてありませんよ。彼等はたぶん、またこのコースを滑り降りてくるでしょう。だったら、ここで待っていればいいんです」

「なるほど。その通りだ」

　小杉は女将と共にコース脇に寄り、あの二人が来るのを待つことにした。

「それにしてもあいつら、やけに楽しそうだったな。とても人を殺して逃げ回っているようには見えなかった」

「私もそう思いました。ウェアの色がたまたま同じなだけで、人違いでしょうか」

「いやあ、そんな偶然あるかな。一人ならともかく、二人とも、全く同じなんだぞ」

そうですよね、と女将は釈然としない様子で首を捻った。

「おっ、来たぞ」小杉は斜面の上を指した。グレーのウェアとブルーのウェアを着た二人が、跳びはねるように姿を現したのだ。

「行きましょう」女将が勢いよく滑りだした。

例の二人組は、時折くるくると器用に回ったりしながら滑っている。まるで踊っているようだった。その動きは予測しづらい。小杉と女将は、ほかのスキーヤーやスノーボーダーたちの動きに注意しつつ、二人の進路へと移動していった。

彼等がすぐ近くまで迫ったところで、小杉はスキーポールを持ったまま、両手を大きく広げた。「おーい、そこのふたりっ、止まれーっ」腹に力を込めて叫んだ。

とまりなさーい、と女将も一緒に声を張り上げてくれた。

声が届いたらしく、二人組の動きに変化が現れた。ブレーキをかけ、小杉たちの数メートル前で並ぶように停止した。ゴーグルを付けている上に、フェイスマスクで口元を覆っているので、どんな表情をしているのかは全くわからない。

小杉はスキー板を付けたまま上っていき、グレーのウェアを着た人物のほうに顔を向けた。「脇坂竜実君だね。君に話があるので、一緒に来てほしい」

するとこうの二人は顔を見合わせた。意味ありげに小さく頷き合っている。

どうした、と小杉が尋ねようとした時だ。二人はぴょんと跳んで身体の向きを変えた。そして次の瞬間、小杉の脇を抜けるように滑りだした。

わあっ、と小杉はあわてて手を伸ばしたが、ブルーのウェアを着たほうに、思いきりその手を払いのけられた。その拍子に尻餅をついた。

「あっ、小杉さん、大丈夫？」女将が声をかけてきた。

「大丈夫だ。くそっ、追いかけよう」

急いで立ち上がり、二人を追った。脇坂たちはコースの分岐点から林道に入っていく。

林道は斜度が小さかった。そのため小杉たちはスキーポールで漕がねばならなかった。だが推進力を持たないスノーボードは、もっと大変なはずだ。そう思っていたら、案の定、前方に二人組の後ろ姿が見えた。スピードが出なくて焦っているのがわかる。

よし、追いつけそうだ、と思った直後だ。二人組の姿が突然消えた。何が起きたのかすぐにはわからなかった。

その場所に行ってみて合点した。林道はつづら折りになっているので、彼等はショートカットするように、林の中へ突っ込んでいったのだ。

自分も後を追うべきかどうか迷っていると、「そのまま林道を進んでっ」背後から女将の声が聞こえた。「小杉さんの腕では無理。それにここの林は手強い。連中だって、そう簡単には降りられないはずだから」

地元の名手がいうのだから間違いないだろう。「わかった」

もちろん女将は二人を追って、林の中へ入っていった。木の間をひょいひょいと抜けていくのが見える。深雪用の板ではないのに、大したものだ。

小杉はそのまま林道を進んだ。徐々に斜度が増してきて、スキー板も走りだした。いくつかカーブを曲がった後だった。右斜め上方に広がる林の中に、脇坂たちの姿を認めた。女将がいったように、密集した木々のせいであまりスピードが出せない様子だ。

この分なら林道で待ち伏せできるかもしれないと小杉は思った。二人が現れたなら、体当たりしてでも止めてやろうと気合いを込めた。

だがほんのわずか及ばなかった。右の林から出現した二人は、林道を横切ると、そのまま左の林の中へと突っ込んでいったのだ。躊躇いを全く感じさせない、大胆な動きだった。

続いて女将が林から出てきて、小杉のそばで停止した。雪煙が高く舞い上がった。

「連中、ここを降りていった」小杉は、二人が降りていった場所を指した。

「そうみたいですね。ごめんなさい、しくじりました。途中、板を雪に取られちゃって」

「いやあ、あんなところを滑れるだけでもすごいと思うよ」

「敢闘賞じゃ、意味がありません。ここで追いつけなかったのは痛いです」女将は悔しそうだった。

林道を降りていくと幅の広いコースに出た。しかしあの二人の姿はどこにもない。見事に逃げられたようだ。

女将が、苛立ちをぶつけるようにポールを思いきり雪面に突き刺した。

26

午後になってからもちらちらと降り続いていた雪はすっかりやみ、雲の切れ目からは青い空が顔を覗かせるようになっていた。ゴンドラで同乗した男女がいっていたように、明日は晴天かもしれない。ゲレンデで結婚式を挙げる予定の二人は、今頃はワクワクしているだろう、と竜実は思った。

おい、と迷彩柄のウェアに身を包んだ波川が声をかけてきた。「何、のんびりと空なんか見上げてるんだ。ぼんやりしてたら、見逃しちまうぞ」

「ああ、うん……」竜実は頷き、眼下に広がる雪の林を眺めた。

高野裕紀たちから借りたウェアに着替えた後、竜実と波川は例の彼女を捜し、スキー場内を滑り回った。白地に大きな赤の水玉模様――珍しいデザインだし、よく目立つ。時間の問題で見つけられると踏んでいた。

しかし現実は厳しかった。

たった二人だけで捜すには、このスキー場は広大すぎた。向こうがどこか一箇所に留《とど》まってくれているのなら、端から順に当たっていけばいずれは出会えるのだろうが、残念ながらそうではない。自分たちが移動するたび、今まさにこの瞬間、どこかですれ違っているのではないかと不安が生じてしまう。

散々悩んだ末、やってきたのがこの場所だった。スカイハイウェイの入り口付近から、少しだけコース外に出たところだ。根津によれば、地元の深雪好きたちに最も人気のあるスポットだということだった。下手に動き回るのはやめ、『女神』が現れるのを待つことにしたのだ。

ここで待ち伏せしてから、もうかれこれ一時間ほどになるのではないだろうか。たしかに地元の者と思われるスキーヤーやスノーボーダーが時々現れた。滑走禁止区域にも拘わらず、彼等は慣れた様子で木々の間を滑り抜けていく。

だがその中に彼女の姿はなかった。もしも現れたなら二人ですぐに追いかけられるよう、両足にボードを装着したままなのだが、ずっと座り込んだままだった。

「今日はもう現れないんじゃないか」林間を縫うように何本ものトラックが入っているのを見て、竜実はいった。「パウダー好きが狙うのは、雪が降った直後の朝イチだ。もうこの時間じゃ、わざわざコース外に出るメリットがない」

たしかにな、と波川は同意した。「じゃあ、どうする？」

「もし彼女がまだスキー場にいるのなら、もっと現れる可能性が高い場所で見張ったほうがいいと思う」

「いってることはわかるけど、たとえばどこだ。リフト乗り場とか、ゴンドラ乗り場か？　このスキー場には何本あると思ってるんだ」

竜実は首を横に振った。

「乗り場じゃなくて降り場だ。『女神』がどのコースを滑るのかはわからないけど、一日のうちに必ず何度かは乗るリフトがある」

波川は考えを巡らせるように黙り込んだ後、竜実を指差してきた。「山頂リフトか」

「その通り。もうこの時間だから、そろそろ引き揚げるかもしれない。でもその前に、滑りおさめとして山頂まで上がるんじゃないかと思う」

「あり得ることだな」波川は頷き、立ち上がって尻に付いた雪を手で払った。「行こう」

山頂リフトに乗るためには、一旦山麓まで下りて、ゴンドラに乗るしかなかった。竜実は波川と共にコース外を滑り降りていった。根津に見つかったらどやされるかもしれないが、やむをえない。

前方にロープが見えてきた。そこをくぐれば正規のコースだ。だが近づきかけたところで竜実は急ブレーキをかけた。ロープの向こう側にパトロール隊員がいたからだ。ただし背中を向けているので、まだ竜実たちには気づいていない模様だ。

「まずいな」波川が、竜実のそばに寄ってきた。「何をやってるんだろう?」

竜実は斜面の上部に目をやった。パトロール隊員がもう一人いて、雪面に札を立てている。その札には、『貸し切り閉鎖中』と記されていた。

「こんな時間にコースを貸し切り?　どういうことかな」竜実は呟いた。

さあ、と波川も首を捻るばかりだ。

間もなく、何人かのスキーヤーが連なって滑り降りてきた。いずれも見事なフォームで、スキーをやらない竜実にも、素人でないことはわかった。彼等は全員、ポールにピンクの細長い布を縛りつけていた。全員が正確にラインをなぞっているので、長い一本の帯がうねりながら雪面を降りていくように見えた。

続いて現れたのはスノーボーダーのグループだった。これまた、ただ者ではない。舞うように、竜実たちの目の前を通り過ぎていった。すげえな、と波川が横で漏らした。

やがて、スキーヤーやスノーボーダーが、続々と滑走してきた。しかし好き勝手に滑っているのではなく、明らかに何らかの規則性が感じられた。下から眺めれば、それがわかるのかもしれない。

「これは……もしかすると明日の準備かもしれない」波川がいった。

「準備って?」

「例のゲレンデ・ウェディングの話をしてた二人が、パフォーマンスがどうとかっていっただろ。あれはこのことだったんじゃないか」

なるほど、と竜実が首肯した直後だった。

新たな集団が上から滑り降りてきた。やはりスキーヤーとスノーボーダーが混じっている。これまでと違うのは、全員が両手に花束を持っている点だ。やはり結婚式の一部らしい。

　そのうちの一人を見て、竜実は目を疑った。白地に赤の水玉模様のウェアにライトブルーのパンツ、黒いヘルメット——例の彼女にほかならなかったからだ。

「ああっ、あああ……」竜実は波川に伝えようとしたが、言葉にならない。

「何だ、どうした？」

　竜実は息を整え、彼女が滑り去ったほうを指差した。

「今の彼女だ。『女神』だ」

　波川が、ぴんと身体を伸ばした。「何だって？　マジかっ」

「間違いない。後を追わないと」

　前に出ようとした竜実の肩を、待て、と波川が摑んできた。「パトロールがいる」

「でも急がないと見失ってしまう」

「忘れたのか。警察の人間が、このスキー場に来ている可能性が高いんだぞ。下手に揉め事を起こして、その連中に気づかれたらどうする？　もう少し様子を見るんだ」

　波川のいうことは尤もだった。竜実はいい返せず、右の拳を振った。

27

斜度の緩やかな林道に入ると、前を行く女将がダウンヒルの選手さながらのフォームを取った。小杉も真似てみたが、あまりのスピード感にひるみそうになった。足元のバーンは硬く、転倒したら青痣《あおあざ》程度ではすみそうにない。

ノンストップで到着した先は、長峰ゴンドラの降り場だった。スキー板を外して通路の脇に立ち、ゴンドラを降りてくる人々を見つめた。

ついさっき女将のスマートフォンに長峰ゴンドラの係員から、例の二人組が乗った、という知らせが入ったのだった。ちょうど小杉たちは山頂付近にいた。ゴンドラの降り場で待っていれば、いずれ脇坂たちが現れるはずだった。これでようやく追跡劇も終わりにできそうだ。

小杉は腕時計を見た。ゴンドラの乗車時間は約十五分。

「おかしいですね」女将が降り場を見て呟いた。「そろそろ現れる頃なのに」

「俺たちがここへ来た時、もう降りた後だったのかな」

「それはないと思います。十分に余裕があったはずです」

「だよなあ」

小杉のスマートフォンが着信を告げた。白井からだった。

「レンタル店、ほぼ全部当たりました。でも脇坂たちが借りた形跡はありません」後輩の刑事はいった。

「そうだろうな。連中は、どうやら着替えてはいないようだ」

「そうでしたか。で、俺はどうしたらいいですか」

「どこかで待機してろ。そろそろ片が付きそうだ」

「えっ、そうなんですか」

「ああ、女将さんのおかげでな」

その直後、女将もスマートフォンを取りだして、耳に当てた。一言二言話すなり、彼女の表情が険しくなるのがわかった。小杉を見て、かぶりを振った。

「後でまた連絡する」小杉は白井にそういって電話を切った。「どうした？」

「やられました。あの二人、別のリフトに乗ったようです。乗り場の係員から連絡がありました」

「別のリフト？　このゴンドラには乗ってないのか」

「乗ったけど、途中で降りたんです」

あっ、と小杉は口を開けた。このゴンドラには途中下車駅があることを思い出した。

「行きましょう。うまくすれば先回りできるかもしれません」

駆けだした女将の後を、小杉は懸命に追った。

スキー板を装着し、滑りだした。女将の動きに迷いの様子はない。二人が乗ったというリフトの降り場へ、最短ルートで向かっていると思われた。

降り場が見えてきた。女将が停止したので、小杉も横で止まった。斜面を見回すと、ブルーのウェアがはるか下に見えた。すぐそばにグレーのウェアを着た人物もいる。あの二人に違いなかった。

「追いかけましょう」女将がスタートした。

小杉も無我夢中で滑った。もはや怖がっている場合ではなかった。

しばらく進むとコースの途中で女将が止まっていた。分岐になっているのだ。

「どっちに進んだんだろう?」小杉は訊いた。

「わかりません。ここからだと、どこへでも行けますからね」そういった後、「ちょっと待ってください」といって女将はグローブを外し、ウェアのポケットをまさぐり始めた。電話がかかってきたようだ。

「はい……どうもお疲れ様です。……えっ、たった今?……ああ、なるほどね」女将はスマートフォンを耳に当て、きょろきょろした。「わかりました。どうもありがとう」電話を切ってから小杉を見た。「連絡がありました。あの二人、このすぐ下にあるリフト乗り場に現れたようです」

「すぐ下？　どのリフトだろう」

「もう少し行けば、見えるはずです」

女将が滑り始めたので、小杉も後についていった。間もなく、リフトの支柱が見えてきた。空中にワイヤーが掛かっていて、ペアリフトが動いている。

あっ、と思わず声を出した。あの二人が乗っていたからだ。グレーのウェアとブルーのウェアのコンビ。間違いなかった。

すると向こうも気づいたのか、小杉たちを指差している。さらに彼等が次に見せた行動に、小杉は唖然《あぜん》とした。

手を振ってきたのだ。まるで、ここまでおいで、とでもいうように。からかっているかのように――。

「何だ、あいつら、完全に舐めてやがる」小杉はスキーポールで雪面を叩いた。「急ぎましょう。リフト乗り場は、どっちですか」

だが女将は黙ったまま、遠ざかっていく二人のほうに顔を向けている。

女将さん、と小杉は呼びかけた。

彼女は我に返ったように、ぴんと背筋を伸ばした。「ああ……ごめんなさい」

「どうしたんですか」

「いえ、ちょっと考え事を」

「リフト乗り場に向かいましょう。早く行かないと、今度こそ見失ってしまいます」

しかし女将の反応は鈍い。動こうとしない。

小杉さん、と彼女はいった。「何だか、おかしいと思いませんか。あの二人」

「えっ？」

「さっき小杉さんがおっしゃった通りです。人を殺して逃げているようには見えませ
ん」

「そうだけど……じゃあ奴らは何者なんだ」

女将は考え込むように少し首を傾げた後、「今、何時ですか」と尋ねてきた。

小杉は腕時計を見た。「午後三時を少し過ぎたところだ」

「三時……。だったら、そろそろね」独り言のように呟いた。

「そろそろ？　何が？」

しかし女将はこの問いには答えず、「ついてきてください」といって滑りだした。

28

竜実がハンバーガーショップを出ると、ちょうど隣の食堂から波川が姿を現したところだった。だがその表情は冴えない。彼のほうも収穫はなかったのだな、とわかった。

お互いに近づくと、「そっちもだめか？」と波川が訊いてきた。竜実も浮かない顔をしていたからだろう。

「店員にそれとなく確かめてみたんだけど、そういうグループは来てないと思うっていわれた」

竜実の答えに波川は頷いた。「俺のほうも同じだ。そもそも、そんなに大人数が入れる店じゃなかった」

「じゃあ、次はどうする？」

「どうするかなあ」波川は腕組みをし、周りを見回した。彼につられて竜実も視線を巡らせるが、お目当ての人物が見つかる予感はない。

無論、例の『女神』を捜しているのだった。白地に大きな赤い水玉柄のウェアを着た彼女だ。彼女が、明日のゲレンデ・ウェディングで滑走を披露するメンバーであることは確実だった。

パトロール隊員の目があったので、竜実と波川は彼女たちが滑走したコースから大きく迂回して、山麓まで降りてきた。ところがゲレンデを見渡しても、あの華麗なパフォーマンスを見せてくれた集団の姿はなかった。どうやら降りる場所を間違えたらしい、と気づいた。

急いで近くのリフトに乗り、別の場所を捜し回ってみたが、彼等らしき集団は見当たらなかった。滑走の練習は終了したのかもしれない。

しかし、望みがなくなったわけではない。リハーサルは終わったとしても、明日のイベントに備えて、まだいろいろと打ち合わせるべきことはあるはずだ。何人かのスタッフはどこかに残っているのではないか、と竜実たちは考えた。

そこで思いついたのが、食堂やコーヒーショップを当たってみることだった。二人で手分けして、ゲレンデの近くにある店を片っ端から覗いて回った。

だが期待に反して、それらしきグループはどこにもいなかった。もちろん、あの彼女の姿もない。

「やむをえんな。最後の手段を使うか」波川がいった。

「最後の手段って？」竜実は訊いた。

「高野さんに頼んで、ゲレンデ結婚式のスタッフを紹介してもらうんだ。あの人なら、たぶん知ってるんじゃないかな」

「またあの人を頼るのか。何だか、申し訳ないな」

「そんなこといったって、ほかに伝手がないんだから仕方ないだろ」

「それはまあ、そうだけど」

「ただ、話をあまり広げたくないんだよな。俺たちを追ってる連中の耳に入ったらアウトだから」

「それで最後の手段というわけか」

「そういうことだ」

二人で高野が詰めているはずの事務所を訪れた。本日、二度目だ。カウンターの男性係員は、竜実たちを見て、訝しげな表情を作った。さっき来た時とはウェアが違っているせいかもしれない。

高野を呼んでほしいというと、男性係員は小さく手を振った。

「彼ならいないよ。さっき誰かから電話があったみたいで、上に行ったけど」

「上というと、『カッコウ』ですか」

竜実の問いに、そう、と男性係員は頷いた。

礼を述べ、二人は事務所を出た。

ちょうどいいと波川がいった。

「そろそろ日向ゴンドラの運転が終わる時間だ。上がって、『カッコウ』に行こう」

「オーケー」

竜実たちの本来のウェアは、『カッコウ』に預けてある。今日、閉店後に取りに行くといってあった。その際、今借りているウェアを返すつもりだったが、どうやらこのまま明日まで借りることになりそうだ。

日向ゴンドラ乗り場は、さすがに人気《ひとけ》が少なくなっていた。後片付けをしている係員に会釈し、二人は乗りこんだ。係員は竜実が持っているボードを見て、何かいいたそうにしていた。限定モデルのボードだからかもしれない。

ゴンドラを降りると、ボードを装着し、『カッコウ』に向かった。賑わっていたゲレンデも、少し寂しくなりつつある。

『カッコウ』の前で止まり、ボードをスタンドに立てた。入り口のドアには、『準備中』の札が出ている。本日の営業は終了したということだろう。閉店時刻は午後三時半だと高野裕紀からは聞いている。

ドアを開け、店内に足を踏み入れた。すぐそばのテーブルに高野誠也と裕紀の姿があった。彼等の向かい側に座っているのは、裕紀の友人だ。たしか川端健太という名前だった。

やあ、と竜実は声をかけた。

「ウェア、ありがとう。助かったよ。でも残念ながら目的を果たせなくてね、できれば明日も貸してもらえるとありがたいんだけど」

話しながら竜実は、少し様子が変だと感じていた。高野兄弟の表情が、やけに強張っている。川端健太もそうだ。申し訳なさそうに身をすくめているように見えた。

さらに奇妙なことに気づいた。空いた椅子に二着の上着が掛けられているのだが、一方はグレーで、もう一方はブルーのウェアだった。竜実と波川のものに違いなかった。

どういうことだ、と訊こうとした時だった。

「脇坂竜実君だな」視界の外から呼びかけてきた。

竜実は声のしたほうを向いた。窓際のテーブル席にいた四十歳前後と思われる男が、ゆっくりと腰を上げた。向かいの席には、もう少し若く見える女性が座っている。

まずい、と波川が耳元で呟いた。同時に竜実も、ただならぬ事態だと悟っていた。

咄嗟に身を翻したが、いつの間に現れたのか、体格のいい男が入り口を塞ぐように立っていた。

竜実は高野たちを見た。何が起きたのか、なぜこんなことになったのか、さっぱりわからなかった。

「すみません」高野誠也が謝った。「弟たちが、つまんないことをしちゃったみたいで」

「ごめんなさい」裕紀が手を合わせた。「ちょっと調子に乗りすぎちゃった」

川端健太も、ぺこぺこと頭を下げている。

「どういうこと？」竜実は二人を交互に見た。

「こいつらは、脇坂さんたちのウェアを着てゲレンデに出たら、どんなことになるだろうと思ったそうなんです。お二人を捜している人間たちにわざと見つかって、追われてみようと考えたらしくて」

高野の説明に、竜実は目眩がしそうになった。これだけの人格者の弟が、なぜそんなおっちょこちょいなのか。

「作戦なんです。攪乱戦法です」川端健太が顔を上げた。「脇坂さんたちを捜しているっていう連中を攪乱しようと思ったんです。邪魔しようなんていう気は全然なくて。

それに、俺たちのテクニックだったら、絶対に逃げきれると思ったし」

唇を尖らせて懸命に言い訳する顔を見て、首謀者はこいつだな、と竜実は睨んだ。

「逃げきれても、正体がばれたんじゃ意味がないだろ」

高野にいわれ、川端健太は再び首をすくめた。

意味がわからずに竜実が黙っていると、「ひとしきり滑った後、弟たちがここに戻ってきたら、そちらの二人に待ち伏せされていたそうです」高野が説明し、中年の男女のほうを向いた。

「びっくりしたよ。まさか追いかけてきてたのが、おばさんだったとはなあ」川端健太が頭を掻きながらぼやいた。

「それはこっちの台詞だから」窓際の女性がいった。「最初に見つけた時から変だと思ったのよね。このスキー場でも一番広々としたコースで、わざと目立つように滑ってた。跳んだり跳ねたりしてね。とても逃げ回ってる人間のすることじゃないと思った。その後も、あんなふうに私の追跡をかわすなんて、よそ者にはできっこない。地元の悪ガキ連中だとぴんときた。で、そんな連中の溜まり場といったらこの店。追跡をやめて待ち伏せしてたら、案の定あんたたちが戻ってきたってわけ。しかも片方は自分の甥《おい》っ子だったなんて……情けないったらありゃしない」

「でもさあ、どうしておばさん、そっちの味方をしてんだよ。ふつう、この人たちを応援するだろ？　どう考えても」

するとも女性は何かいいかけて口を閉じ、そばに立っている男性を見上げた。

「どうやら、うまく騙《だま》したみたいだな」男性は薄く笑い、竜実に近づいてきた。「どんなふうに説明したんだ？」

答えようがなく竜実が黙っていると、まあいい、といって男性は上着のポケットから何かを出してきた。

「コスギという者だ。我々と一緒に東京に戻ってもらいたい。用件はわかっているな？　それとも、ここで説明しようか。彼等の耳には入れたくないんじゃないのか」

男が出したのは警察のバッジだった。小杉という名字が竜実の目に入った。

えーっ、と真っ先に声をあげたのは川端健太だった。「なんで？」

しっ、と高野誠也が窘《たしな》めた。その顔は険しい。

高野裕紀は目を見開いたまま動かない。驚きのあまり、反応できないのだろう。

「待ってください」波川が竜実の横に並んだ。「誤解です。脇坂は犯人じゃない」

「言い訳は警察署で聞こう」

小杉がさらに竜実に近づいてくると、波川は前に出て立ち塞がった。

小杉の眉が動いた。「公務執行妨害で逮捕されたいのか？」

「犯人？　逮捕？　どういうこと？」川端健太が小声で誰にともなくいった。「何だよ、それ。聞いてないよ」

「うるさいっ」女性が一喝した。「あんたは黙ってなさい」

小杉は波川の身体をのけると、竜実を見て小さく顎を動かした。「変装ごっこは終わりだ。自分の服に着替えてくるんだ」

「脇坂の話を聞いてやってください」波川が懇願するようにいった。

「だからそれは署で聞くといってるだろ。任意同行を拒否するなら、ほかの手を使うことになる。脇坂君には住居侵入で逮捕状が出ているんだからな」

「今、彼はここを離れるわけにはいかないんです。――脇坂、おまえも何とかいえよ。自分のことだろ？」

波川にいわれ、竜実は唾を飲み込んでから口を開いた。

「俺は犯人じゃないです。福丸さんを殺してなんかいません」

「殺しっ？　マジで？」川端健太が叫ぶ。けんたっ、と女性が叱責した。

小杉は竜実の顔を見つめてきた。

「犯人じゃないならどうして逃げてるんだ？　君たちがスマホの電源を切ったのは逃

走のためだろう?」

「そのためだけじゃないです」

「ほかにも理由があるのか。まあいいだろう。いずれにせよ、事件のことを知った上での行動だろ? あの時点では、事件については一切報道されていなかった。犯人でもないのに、なぜ事件を知っていた?」

「それにはいろいろと複雑な事情があるんです」

「なるほどね。その事情とやらも、署でゆっくりと聞かせてもらおうか」

「だめなんです。まだここでやらなきゃいけないことがあるんです。女性を見つけなきゃいけません。彼等にも、そういってウェアを貸してもらいました」

小杉は高野裕紀たちを見た。

「一目惚れした相手を捜すためだって……」高野誠也が代表するようにいった。

「ほほう、おかしな理由を考えたものだな」

「一目惚れというのは嘘です。でも俺にとって大事な女性なんです。俺のアリバイを証明できる人なんです。その人を見つけるために、俺たちはここへ来たんです」

どさりっ、と大きな音が聞こえた。屋根から雪が落ちたらしい。

白井が立ち上がり、窓に近づいた。だが彼が気にしたのは、落雪のことではないようだった。

29

「だいぶん外が暗くなってきましたよ。やっぱり山は日が短いですねえ。滑ってる人も、ずいぶん少なくなりました」

「我々も、そろそろ降りたほうがいいと思います。このあたり、照明が届かないから」高野誠也が小杉たちから少し離れた席でいった。

彼の弟とその友人——高野裕紀と川端健太は、すでにこの場にはいない。先に帰らせたからだ。本人たちは残って話を聞きたがったが、殺人事件の捜査に関わる内容を、高校生に明かすわけにはいかなかった。

「白井、おまえ、どうやって降りる気だ？」小杉は、依然として窓の外を眺めている後輩刑事に尋ねた。「そもそも、どうやってここへ来た？」

女将の提案でこの店に来た後、小杉は白井にも電話して呼び寄せたのだった。しかし移動手段などは指示していない。そんな必要はないと思ったからだが、考えてみればスキーもスノーボードもできないのだった。

白井の足元を見ると、長靴のままだった。

「どうやってって……ゴンドラに乗って」

「ゴンドラの建物からここまでは？」

「歩いてきましたけど」

コース脇をとぼとぼと歩く白井の姿が目に浮かんだ。

「帰りはどうする？　もう、ゴンドラは止まってるぞ」

「えっ」

「歩いて降りるしかないな」

「えーっ」

「ほんの三キロほどだ」

「そんなあ」白井は泣き顔になり、両方の眉尻を下げた。

「大丈夫です」高野が笑いかけた。「僕が背負ってあげます」

「ほんとですか。助かります」

「やめたほうがいい。こいつ、百キロぐらいありますよ」小杉は高野にいった。

「そんなにありません。九十キロちょっとです」

「大丈夫です。慣れてます」高野は何でもないことのようにいった。「山の中でお客さんが足を傷めた時なんか、背負って滑り降りますから」

お願いしますっ、と白井は身体を直角に曲げた。

その様子を見てから、小杉はテーブルの向かい側にいる二人に視線を戻した。脇坂と波川は、神妙な面持ちで黙り込んでいる。

小杉はテーブルの上に置いた手帳を眺めた。そこに走り書きしてあるのは、脇坂たちから聞いた内容をメモしたものだ。新月高原、女性スノーボーダー、自撮り、午後三時頃といったキーワードが並んでいる。

ため息をつき、頭を掻いた。

なぜすぐに警察に名乗り出なかったのか、なぜこのスキー場に来たのか、なぜスマートフォンの電源を切ったのか――様々な疑問を小杉は投げかけた。それに対し、二人が答えに窮することはなかった。いずれの問いについても正当な回答を持っていた。もはや小杉には、尋ねることはなくなっていた。

沈黙を破るように、上着の中でスマートフォンが音を発した。ポケットから取りだし、液晶画面を見て、小杉は眉をひそめた。例によって南原からだ。

ちょっと失礼、といって小杉は上着を手に立ち上がった。

上着を羽織り、店の外に出てから電話を繋いだ。「はい、小杉です」

「何をやってるんだ。小まめに連絡しろと何遍いったらわかるんだ」南原が苛立ちを声に載せてきた。

「すみません。目撃証言探しに躍起になっていまして」

「見つかったのか、あのウェアを着た二人組」

「いやあ、それが、似たようなウェアを着た人間がいっぱいいますからなかなか……」

舌打ちする音が聞こえた。

「ぼやぼやしている場合じゃないぞ。まずいことになった」

「何かあったんですか」

「一課の奴ら、脇坂の車を見つけやがった。藤岡とかいうサークルの後輩が、自分の駐車場に隠してやがったんだ。脇坂たちは藤岡の車で逃走しているようだ。おまえが話を聞いた女子大生が乗ったのは、その車らしい」

藤岡なら小杉も知っている。大学の近くのお好み焼き屋で会った学生だ。その彼から車を借りたという話も、小杉はすでに脇坂たちから聞いていた。

南原は藤岡の車のナンバーをいった。すぐに探せということだろうが、もちろん小杉にはメモを取る気はなかった。

「逃走車両が特定できたことで、花菱さんの鼻息は荒くなっている。Nシステムをチェックするのはもちろんのこと、全国のスキー場やその近辺から防犯カメラの映像データを片っ端から入手して、人海戦術で見つける気だ。早ければ、明日の朝にもその場所を突き止めるかもしれん」

「そいつはまずいですね」

「大いにまずい。そんなことになったら花菱さんのことだ、捜査員を総動員するだろうからな。こっちには勝ち目がない。というわけで、リミットは明日の午前中だ。それまでに、何としてでも脇坂を見つけだし、確保するんだ。わかったな」

小杉が返事をしないでいると、おーい聞こえてるのかあ、と南原が呼びかけてきた。

「聞こえています。あのう、係長。ほかのセンについてはどうなっていますか」

「ほかのセン？　何のことだ」

「犯人がほかにいる可能性です」

「はあ？」南原は間の抜けた声を発した。「何をいいだすんだ」

「脇坂が犯人でない可能性もゼロではないと思うのですが」

「あいつは逃げてるんだぞ。逃げてる奴を捕まえなくてどうする？」

「脇坂には脇坂の事情があるのかもしれません」

「どういう事情だ？」

「それは……」小杉は口籠もる。まだ話せる段階ではないと思った。

「余計なことは考えるな。朗報を待っているからな」いつもの通り一方的にいい、南原は電話を切った。

スマートフォンをポケットにしまい、小杉はゆらゆらと頭を振った。

「上役さんに話さなかったみたいですね」後ろから声が聞こえてきた。振り返ると女将が笑っていた。「あの二人を見つけたってこと」

「女将さんはどう思う？」

「何をですか」

「彼等の話だ。本当だと思うか」

女将は小さく肩をすくめた。

「作り話だとしたら大したものです。よく出来ています。でもね、あの人たちは嘘をついてないと思いますよ。これでも人を見る目には些《いささ》か自信がございます」

「俺も同感だ」小杉は頷いた。「連中の言い分には説得力がある。下手に警察に名乗り出たら必ず拘束されるからアリバイ証人を捜し出すチャンスがなくなる、だから逃走を優先した、なんて話もそうだ。このスキー場に来てからの行動にも一貫性がある」

「ウェアを着替えてまで女性のスノーボーダーを捜そうとしていますしね」

「その通りだ。しかしこんな話を聞かせたって、たぶん上司は耳を貸しちゃあくれないだろう。脇坂が真犯人かどうかなんて問題じゃない、とにかく確保しろ、捕まえろってうるさくいわれるだけだ」

「なるほどね。で、どうする気です？」

「どうするかな」小杉は人気の少なくなったゲレンデに目をやり、顔をしかめた。

30

畳の上で大の字に寝転がると、全身の細胞が一気にリラックスする感覚があった。竜実は手足を思いきり伸ばし、うーん、と唸り声をあげた。開放感からか、瞼が重くなってきた。そのまま目を閉じてみる。瞬時に意識が遠のきそうだったが、おいっ、と声をかけられて目を開けた。波川が入り口に立っていた。

「寝てる場合じゃないぞ」

「ああ、わかってる」竜実は身体を起こし、胡座をかいた。「畳の上なんて久しぶりだから、つい……」

波川も腰を下ろし、室内を見回した。「たしかにラッキーだった」

「あの女の人が旅館の女将さんだったとはなあ。『カッコウ』で、あの刑事さん……小杉さんだっけ、あの人から声をかけられた時にはアウトだと思ったけど」

「ものわかりの悪いおっさんじゃなくて助かったよ。あのまま東京の捜査本部に連絡されてたら、俺たち、今頃はここにいないぜ。脇坂は取調室で椅子に縛りつけられてたな」

波川の言葉は冗談には聞こえず、竜実は身震いした。

「本当に危なかった。明日まで待つといってくれた時にはほっとしたよ。おまけに、こんな旅館に泊まれるなんて、逆転満塁ホームランを打った気分だ」

小杉は、竜実たちがアリバイを証明してくれる女性を捜し出すのを明日の午前中まで待つ、といったのだった。ただし条件がある。居場所を明確にし、逃走のおそれがないことを示すというものだ。

そこで手を挙げたのが、あの女将さんだった。自分が経営する旅館に泊めてやる、といってくれたのだ。この部屋は、その旅館の一室だった。宿泊費については、「後で相談しましょう」といわれた。

「ところで、小杉刑事がいってた明日の午前中というタイムリミットは、マジの話だぞ」波川がいった。「今、藤岡に確認してきた。小杉刑事がいってた通りだ。今日の昼間、おまえの車を駐車場に隠してたのがばれたらしい。刑事に追及されて、俺たちに車を貸したことを白状したそうだ」

「やっぱりそんなことになってたのか……」

藤岡を責められない、と思った。彼を巻き込んだ自分たちが悪いのだ。

「高速道路は使わなかったけど、Nシステムなんかのナンバー監視システムは至るところにある。警視庁が本気になれば、遠隔地の防犯カメラの映像データをかき集めることも可能だろう。小杉刑事がいってたように、明日の午後には捜査員たちがどっと押し寄せてくると考えたほうがいい」

「うへっ、どっとか」

「だからその前に、何が何でも『女神』を見つけなきゃいけない」

「そうなんだよなあ」竜実は腕を組んだ。「何とかなってくれるといいんだけどな……」

何とかなるだろう、という楽観的で無責任な台詞を波川が口にするはずもなく、重たい沈黙が室内にこもりそうになった時、コンコンとドアをノックする音が聞こえた。

どうぞ、と波川が応えた。

ドアが開き、高野誠也がひょいと顔を覗かせた。やあ、と竜実は声をかけた。「さっきはどうも」

「ちょっといいですか」高野は部屋に入ってきた。「例のこと、確認してみたんですけど」

「結婚式のこと？」

竜実の問いに高野は頷いた。

「知り合いに関係者がいるので訊いてみました。お二人がおっしゃってた通りで、明日の結婚式のために、何人かのスキーヤーやスノーボーダーが集められているみたいです。新郎新婦を祝福するためのパフォーマンス滑走をするとか」

「それだ」波川が人差し指を立てた。「間違いない」

「そのパフォーマンスを仕切っているのが誰かもわかりました。プロのスノーボーダーで、僕もよく知っている人です」

瀬利千晶という女性だと高野はいった。かつてはスノーボードクロスでオリンピック出場を目指したこともあるらしい。

そういえば、と竜実は昼間に日向ゴンドラで一緒になった男女の話を思い出していた。彼等も、チアキという名前を口にしていた。

「その千晶さんと連絡が取れたんです。明日のパフォーマンスのことで訊きたいことがあるといったら、いいよっていう返事でした」

やった、と波川が手を叩いた。「これで『女神』の正体がわかるぞ」

「どこへ行けばいいんですか」竜実は高野に訊いた。

「場所はどこでもいいということだったので、『きなし』で待ち合わせました。ここの女将がやってる居酒屋です」

「行こうっ」波川が素早く立ち上がった。

居酒屋は旅館から徒歩で数分のところにあった。引き戸を開けると同時に、いらっしゃい、とカウンターから愛想のいい声が飛んできた。和服姿なので一瞬気づかなかったが、『カッコウ』で会った女将だった。

「奥のテーブルを使ってちょうだい」彼女はいった。

テーブルは六人掛けだった。相手が何人で来るのかわからなかったので、竜実たち三人は並んで座った。

程なく、がらりと引き戸の開く音がした。

高野が振り返り、ああ、と明るい声を発した。続いて、小さく手を上げる。入ってきたのは二人の男女だった。竜実は男性のほうを見上げ、おやと思った。パトロール隊員の根津だった。

「なんだ、千晶に会いたがってる二人って、君たちだったのか」根津も意外そうな顔をしながら、竜実たちの向かい側に腰を下ろした。

根津と一緒にいるのは、勝ち気そうな顔をした女性だった。細身ではあるが、いかにも体幹が強そうな体つきをしている。竜実たちに、初めまして、と挨拶してから根津の隣に座った。

女性店員が来たので、生ビールを五つ注文した。

「例のパウダースノーの美女は見つかったのか？」根津が竜実と波川を交互に見てきた。

「何、それ？」瀬利千晶が苦笑して眉をひそめる。「すっごくダサそうな話に聞こえるんだけど」

「彼等の友人が一目惚れした相手だそうだ。手がかりは、パウダースノー好きの美人スノーボーダーということだけ」

「違うんです。そういう呑気な話ではないんです。じつをいうと、もっと深刻な事情がありまして」波川は、続きはおまえが話せとばかりに竜実のほうを向いた。

竜実は空咳をしてから口を開いた。

「事情があって、その女性を明日の昼までに見つけないとまずいんです。僕の人生に関わる問題なんです」

「どうまずいんだ？　その女性を見つけたら、何をする気だ」

「証言してくれるよう頼みます」

「証言？」

根津は当惑した表情で、隣の瀬利千晶と顔を見合わせた。彼女も戸惑っている様子だ。

生ビールが運ばれてきた。それぞれが無言でジョッキに手を伸ばした。もちろん乾杯する雰囲気ではない。

「何だか、厄介そうな話だな」根津が警戒する顔になった。

「そうです。はっきりいって、とても厄介な話です」

竜実は、周りの客の耳を意識しながら、手短にこれまでの経緯を話した。殺人事件に関わることだと知ったからか、根津や瀬利千晶の顔は険しくなった。

「その女性には、なるべく迷惑をかけないようにします。証言してほしいだけなんです」竜実は二人に訴えた。

「話は大体わかったけど」瀬利千晶がビールに口をつけた。「その話と、明日の結婚式とどういう関係があるわけ？　どうしてあたしが呼ばれたの？」

「今日、ゲレンデでその女性を見つけたんです。貸し切りになっているコースで、プロみたいなスキーヤーとかスノーボーダーが、続々と滑っていきました。その中にいたんです」

「たぶん、あの時だろう」根津が瀬利千晶にいった。「プロモーションビデオ用のリハーサルで、コースの上部を滑った時だ」

「どうしてその彼女だとわかったの？」

「ウェアが一緒だったからです。特徴があって、すぐにわかりました。じつは朝にも目撃しているんです。コース外で、ツリーランをしているところを見ました」

「どんなウェア？」

「赤と白のツートンです。もっと詳しくいうと、白地に赤の水玉です」

「ほかのメンバーの中には、同じようなウェアを着ている人はいなかったそうなんだ」高野がいった。言葉が敬語でないのは、そういう間柄だからだろう。「だから千晶さんに訊けば、それが誰なのかわかるんじゃないかと思って」

瀬利千晶は小さく首を縦に動かしてから、竜実のほうを向いた。

「二日前に、新月高原で会ったといったよね。その女性の顔は見たの？」

「見ました」

「覚えてる？　会えばわかる？」

「わかると思います。目に焼き付いていますから」

ふうん、と彼女は浮かない顔つきで再びビールを飲んだ。

「千晶さん、協力してやってよ」高野がいった。

お願いします、と竜実は頭を下げた。横で波川も同じようにしている。

「やめて。顔、上げて」瀬利千晶がいった。冷めた口調だった。「そういうことなら力になってやりたいけど、的外れな話には付き合えない」

「的外れって、どういうことですか」竜実は瀬利千晶の勝ち気そうな目を見返した。

「人違いってこと。リハーサルで滑っていたのは、あなたが探している女性じゃない」

「どうしてわかるんですか」

だって、といって彼女は背筋を伸ばし、真っ直ぐに竜実を見つめてきた。「リハーサルで滑ってたのは、あたしだもの」

えっ、と竜実は目を見開いた。

「白地に赤い水玉のウェア、ライトブルーのパンツ、両手に花束を持って滑ってたでしょう?」

「はい……」

瀬利千晶は、にっこりと微笑《ほほえ》んだ。「だったら、やっぱりあたし。最終確認として、自分でも滑っておいたの」

竜実は言葉が出なかった。ただ瞬きを繰り返すばかりだった。

「ついでにいえば、今シーズン、あたしは一度も新月高原には行ってない。だから、あなたにも会ってない」瀬利千晶はかみ砕くようにゆっくりといった後、「単なる人違い」と最後に付け加えた。

竜実は頭の中にある何かが、がらがらと音をたてて崩れていく感覚に襲われた。思考が進まなくなり、自分が今どんな顔をしているのかさえもわからなかった。

「今朝はどうですか」波川が訊いた。声が上擦っている。「コース外で、ツリーランをしてませんでしたか」

「悪いけど、それもあたしじゃない。今朝はコース外なんて滑ってない」ここでも瀬利千晶は否定した。「忙しくて、そんな暇はなかった」

「じゃあ、あっちが例の彼女なのかもしれない」波川は竜実にいった。

竜実は途方に暮れつつ、頭を振った。「全く同じウェアだった……」

「あり得ない話ではないだろう」根津がいった。「スキーウェアやスノーボードウェアなんて、よく似ているものが多いからな。人違いなんて、しょっちゅうだ」

「でもあのウェアは、かなり特徴的です。同じものを着ている人なんて、ほかに見たことがない」竜実は諦めきれなかった。

「そう、それはいえると思う」瀬利千晶が真剣な顔つきで同意した。「あのウェア、結構特殊だから、そう出回ってはいないはず。ていうか、ふつうの人は着ないと思う」

「どういうことだ」根津が訊いた。

「あのウェアはね、某スキー場がレンタル用に作ったものなの。だから市販はされてない。デザイン、結構奇抜というか派手というか、とにかく目立つでしょ？　ボウリングのレンタルシューズと同じで、盗まれにくいようにわざとそうしたんだって」

「たしかに目立ってました」竜実はいった。

「でも何年も経って古くなったから、処分されることになったの。それを聞いて、じやあ譲ってもらおうと思ったわけ。根津さんもいってたけど、ゲレンデ・ウェディングでパフォーマンスを見せるにしても、全員のウェアがばらばらなのは、あたしも気になってたから。あのウェアなら赤と白だから縁起がいいでしょ？　派手すぎるのも、この際は大歓迎。全部で五十着ぐらい、送料はこっちの負担で送ってもらった。そのうちの一着が、今日、あたしが着ていたやつ。雪の上だとどんなふうに映えるか確かめておきたくて、着て滑ってみたんだ」

「そうだったのか。あの派手なウェアが、そんな曰《いわ》く付きのものだとは知らなかったな」根津が感心したようにいう。

「何しろ資金が足りないから、いろいろとやりくりしなきゃいけないわけよ」瀬利千晶は鼻先をつんと上に向けた。

「待ってください。すると今朝、俺がコース外で目撃した女性スノーボーダーも……」

竜実の言葉に、瀬利千晶は首を縦に小さく動かした。

「あのウェアを着ていたのなら、明日のイベントに参加する一人かもしれない。パフォーマーたちには数日前に、あのウェアを送ってあるから」

それだ、と波川は指を鳴らした。「今朝のスノーボーダーと同一人物かどうかはわからないけど、脇坂が新月高原で会ったのも、パフォーマーの一人じゃないか」

「可能性はあるね」瀬利千晶は頷いた。

「だったら千晶、確かめてやったらどうだ?」根津がいった。「パフォーマーたちにメッセージを送ればいい。一昨日、新月高原スキー場に行った者はいるかって。その際、明日のイベント用のウェアを着ていたかどうかも」

彼女の答えを聞く前に、お願いします、と波川が頭を下げた。それを見て竜実も、あわてて彼に倣った。

「仕方ないなあ、面倒臭いけど」

瀬利千晶が不承不承で答えるのを聞き、ありがとうございますっ、と竜実は波川と声を合わせて礼をいった。

31

見上げると、星空が奇麗だった。都会では目にできない光景だ。今夜また少し降るという予報だが、こんなに晴れているのに本当だろうかと疑ってしまう。だが、降るのかもしれない。雪山では何が起きるか予想ができない。

薄暗い通りの先に、橙色《だいだい》の明かりがほんのりと見えた。もう少し近づけば、『お食事処　きなし』の看板を確認できるはずだった。小杉は少し歩を速めた。

夕食は宿のそばの食堂で済ませたが、そのまま部屋に戻る気にはなれず、ぶらぶらと歩いてきたのだった。白井は疲れたとかで部屋に戻った。たぶん温泉に浸かり、一人でゆっくりと缶ビールでも飲むつもりだろう。

小杉が店の近くまでいったところで、入り口の引き戸が突然開き、数人の客が出てきた。脇坂と波川、そして高野もいる。小杉は素早く周りに目を走らせ、そばに駐まっていた軽トラの陰に身を隠した。

若者たちが三々五々に立ち去っていくのを見届けた後、小杉は改めて店に向かった。がらりと引き戸を開けると、「あらっ」と女将が驚いた顔を作った。「たった今まであの人たちが――」

「わかってる」小杉はカウンターに近づき、椅子を引いた。店内には一組の客がテーブル席に残っているだけだった。

女将がおしぼりを出してくれた。礼をいって受け取ってから、小杉は生ビールと枝豆を注文した。

「連中、何か進展があったのかな」小杉は訊いた。

「詳しい話は聞いてませんけど、収穫はあったみたいですよ。脇坂君のアリバイを証明してくれる女性を見つける目処が付いたとか」

「そうか。そいつはよかった。明日の早い時間に見つけてくれたら、こっちも助かる」

女将が生ビールのジョッキを小杉の前に置き、続いて枝豆の入った皿を出してきた。

「どういうことですか。助かるって？」

小杉はビールを口に含み、枝豆に手を伸ばした。

「脇坂君には申し訳ないが、遅くとも明日の午後には彼の身柄を確保して、そのことを上司に報告しなきゃいけない。当然、すぐに東京に連れて帰れと命令されるだろう。その時にまだ証人の女性が見つかってなきゃ、話が面倒になる」

「事情を説明して、連れて帰るのを少し待ってもらうわけにはいかないんですか」

小杉は下唇を突き出し、首を振った。

「そんな話の通る相手じゃない。とにかくすぐに連行しろって、ぎゃあぎゃあ騒ぐに決まっている」

「でもその段階で東京に連れて帰ったら、脇坂君の無実を証明するチャンスがなくなっちゃうかもしれませんよ」

「だから早いうちに証人の女性が見つかったら助かるといったんだ。脇坂君本人だって安心だろうし、こっちも彼を容疑者扱いしなくて済む。お互い気軽に東京に帰れるってもんだ。ところがもし見つからないままだったら、そういうわけにはいかない。それどころか東京に帰ったら、本格的に脇坂君の取り調べが始まるだろうから、俺はその下働きをさせられることになる」

へええ、と女将は釈然としない顔で首を傾げた。

「何だか、おかしな話ですね。証人が見つかるにせよ見つからないにせよ、小杉さんは脇坂君が犯人ではないと思っていらっしゃる。それなのに、そんなことをしなきゃいけないなんて」

「仕方がない。俺たちは将棋の駒だ。駒は黙って、いわれた通りに動くしかない。流れには逆らえないんだよ」小杉は枝豆を口に放り込み、ジョッキを傾けた。

ごちそうさま、という声が背後から聞こえた。残っていた最後の客たちが椅子から腰を上げていた。

女将は彼等の会計を済ませると、店を閉めてカウンターに戻ってきた。

「俺も、そろそろ出たほうがいいかな」

「いいえ、どうぞごゆっくり。ビールのおかわりはいかがですか」

「ビールはもういい。酒をもらおうかな。お勧めは何だ」

だったらこれを、といって女将が出した一升瓶には、『水尾《みずお》』という文字が入っていた。

「いいね。女将さんも、一杯どうだ」

「ありがとうございます。いただきます」

グラスに注がれた日本酒で乾杯した。香りは深く、後口がすっきりとした酒だった。

「そうですか。将棋の駒は流れには逆らえませんか」グラスを見つめながら女将がいった。さっきの話の続きらしい。

「そういうことだ」

でも、と女将が顔を上げた。「一度は逆らおうとしましたよね?」

「えっ?」

「今朝の話ですよ。私が、地元の警察に連絡して何もかもぶちまけるといった時、小杉さんは止めようとしませんでした。あわてた様子の白井さんに、こんな邪魔臭いことに付き合わされるのは懲り懲りだとおっしゃった」

ああ、と小杉は小さく顎を動かした。「そうだったな……」

「あの時、思ったんです。この人も五分の魂を持っている人だなって」

「五分の魂?」

女将はグラスを口に運んだ後、頬を緩め、ふっと息を漏らした。

「うちの人がスキーを引退して旅館を継ぐといいだした時、周りは反対したそうです。いえ周りどころじゃありません。旅館を経営していた両親でさえ、やめたほうがいいといったそうなんです。バブルが弾けて、スキーブームも去って、スキー場にも宿にも閑古鳥が鳴き始めていましたからね。でもうちの人は、そんな時だから自分みたいなスキー馬鹿の出番なんだといって、反対を押しきったらしいです。実際、いろいろとやったみたいです。旅行代理店と交渉したり、テレビ局に売り込んだり。だけど、なかなか結果が出なくて、客足は遠のく一方でした。私が嫁いできたのはそんな時期で、内情を知ってびっくりしました。村全体で借金が二十億円もあったんです。これはだめだ、と正直逃げだしたくなっちゃいました」

彼女の話がどこに向かっているのか、どう落ち着くのか見当がつかなかったが、小杉は日本酒で口を潤してから、「それで?」と先を促した。

「そんな時、大手企業がスキー場を買い取ろうとしている、という話が飛び込んできたんです。当然、それを渡りに船と捉える人も少なくありませんでした。スキー場はそっちに任せて、自分たちは自分たちの生活を守っていけるよう、それぞれが新しい道を模索したらいいんじゃないかっていうわけです。そんな声に真正面から反発したのが、うちの人です。村の最大の財産を売るというのは、魂を売るのと同じだといいました。一人一人は小さな虫みたいな存在かもしれないけど、一寸の虫にも五分の魂がある、その魂を集めれば必ず大きな力になるはずだって主張したんです。そんなのは理想論だ、世の流れには逆らえないっていわれたけど、あの人は諦めなかった。やがて同調してくれる人が増えて、もう一度みんなで何とかしようってことになったんです。でもそうなると、うちの人の責任は重大です。がんばったけどだめでした、では済みませんからね。寝る間も惜しんで、それこそ馬車馬のように働きました。あまり動き続けているものだから、自分が癌に侵されてることにも気づかなかったんです」

快活にしゃべる彼女の表情は決して暗くなく、まるで楽しい思い出話を語っているようだった。それだけに後半にさらりと付け足されたエピソードに、小杉はぎくりとした。

「知ってます？　肝臓というのは沈黙の臓器っていうんです。痛みを訴えてくれません。癌が見つかった時には末期っていうのは珍しくなく、うちの人もまさにそれでした。みるみる痩せて、動けなくなって……。最後に私にいった言葉は、すまんな、後のことをよろしくなっていうものでした。後のことって何だったんでしょう？　私たちには子供もいないから、託されたものといえば旅館ってことになります。旅館を守るには、あの人が望んでいたように、このスキー場に昔みたいな活気を取り戻すしかない。自分に何ができるかはわからないけど、できることは何だってやろうと覚悟しました。一寸の虫にも五分の魂——私もそう思っています。誰に呆れられたって、笑われたって構いません」

女将の熱い口調に、小杉は適当に相槌を打つようなことはできなかった。「望みが叶うように祈ってるよ」言葉に気持ちを込めた。

彼女は手を自分の頰に当て、照れたような笑みを見せた。

「柄にもない演説を延々とお聞かせしました」

「いや、いい話を聞かせてもらった」

女将は背筋を伸ばし、真っ直ぐに顔を向けてきた。「で、小杉さんの魂はどうなんですか」

「俺の？　どうって……」

「小杉さんだって、何の野心もなく警察官になったわけではないでしょう？　警察の組織ってのがどういうものか、私には見当もつきませんけど、正しいと思うことをできないほど、自分を殺さなきゃいけないところなんですか」

小杉は顔をしかめ、口を歪めた。「耳の痛いことをいってくれるね」

「不愉快になったらごめんなさい。他人事だと思って、勝手なことをいってますよね。でも、小杉さんは五分の魂がある人だと思うからいうんです。駒だからって、ただ動かされているだけでいいんですか。たまには自分の意思で動いてみるのも悪くないんじゃないですか。その結果、一発逆転の手柄でも立てられたら、さぞかし胸がスカッとするだろうと思いますよ」

軽妙な口ぶりに、小杉は苦笑した。たしかに他人事だと思って勝手なことをいっている。だが不思議に腹は立たなかった。

「俺にどうしろっていうんだ？」

「そんなことは、素人の私にはわかりません。でもこれだけはいえます。警察官は犯人を逮捕するのが仕事でしょ？　犯人じゃないとわかっている人間を捕まえている暇があるのなら、真犯人を見つけることに精を出したほうがいいんじゃないですか」

小杉はグラスを口元に運びかけていた手を止めた。

「女将さん……あんた、やっぱり面白い人だなあ」

「またその褒め言葉、ありがとうございます。いらぬ差し出口だったなら御容赦くださいませ」彼女は丁寧に頭を下げ、グラスに残った酒をくいと飲み干した。

32

テレビの天気予報を見ていたら、床の間の電話機がけたたましい音で鳴りだした。竜実が近づいて受話器を上げるのと、波川がリモコンでテレビを消すのが、ほぼ同時だった。

はい、と竜実がいうと、「外線が入っています」と男性従業員の声が聞こえた。「瀬利さんという方です。お繋ぎしてよろしいでしょうか」

「あ……お願いします」受話器を握り直しながら、軽い緊張を覚えた。

電話の繋がる気配があり、もしもし、と呼びかけてきた。瀬利千晶の声だった。

「あっ、はいはい」

「脇坂君?」

「そうです。瀬利さんですよね?」

「そう。ごめんね、遅くなっちゃって」

「いいえ、全然。それより、どうでしたか。見つかりましたか」

波川がそばに来て、耳を近づけてきた。

「うーん、それがねえ、見つからないんだよね」

えっ、と竜実は波川を見る。「どういうことですか」

「とりあえず、明日のイベントに出てくれるスキーヤーとかライダーからは、全員返事が来てるの。それによれば、一昨日新月高原に行ったという人は一人もいない」

「えっ、そんな……」

「確認するけど、一昨日だよね？　日にちを間違えてるってことはないよね」

「それはないです。一昨日です」

うーん、と瀬利千晶の唸る声が聞こえた。

「だったら申し訳ないけど、今回のパフォーマーの中にはいない。ほかを当たってもらうしかないと思う」

「いや、でも、だって……あのウェアを持ってるのは、パフォーマーの人たちだけなんですよね」

「そのはずだけど、断言はできない。さっきもいったけど、あのウェアはレンタル品を譲ってもらったものだから。同じように譲ってもらった人が、ほかにいないとはかぎらない」

「そういう人が、たまたま今日、このスキー場に来ていたっていうんですか。そんな偶然、あり得ないと思うんですけど」

「そんなこと、あたしにいわれても困っちゃう。あたしは君たちに頼まれて、パフォーマーたちにメッセージを送っただけなんだから。あのウェアを着て、一昨日新月高原に行った人、あるいは今朝、このスキー場のコース外を滑った人はいませんかって。女性だけでなく、男性にもね。で、その結果を今こうして伝えている」

「あ……そうですよね。すみません」竜実は声のトーンを落とした。

「念のため、ウェアを人に貸さなかったかどうかも確かめた」

「いないんですね、そういう人も」

うん、と瀬利千晶は答えた。

「改めて確認するんだけど、本当にあのウェアだったんだね？　白地に赤の水玉。違う柄と見間違えたっていう可能性はない？」

「それはないと思います。たしかにあの柄でした。だってあんな印象的な柄、見間違えるわけないですよ」

竜実の答えを妥当だと思ったらしく、そうだよねえ、と瀬利千晶は沈んだ声でいった。

波川が、電話を替われ、とばかりに右手を出してきた。傍らで聞いていて、大体の状況が摑めたらしい。竜実は受話器を彼に渡した。

「もしもし、電話を替わりました。波川です」波川は早口で切りだした。「横で聞いていたんですけど、パフォーマーの皆さんの中に、捜している女性はいなかったわけですね。……なるほど、そうですか。でも、全員が本当のことを答えているとはかぎらないと思うんです」

友人の意外な言葉に、そばで聞いていて竜実は驚いた。

「……そうです。嘘をついている可能性だってあると思うんです。……理由はわかりません。可能性の問題です。……だから、脇坂が実際に会って確認するのが一番じゃないでしょうか。……そうです、全員の顔を脇坂に見せるんです。……ちょっと待ってください」波川は受話器の口を塞ぎ、竜実の顔を見た。「その女性の顔は覚えてるんだろ？　会えばわかるんだよな」

竜実は深く頷いた。「わかるはずだ」

「わかるといっています」波川は受話器にいった。「……はい。……九時ですね。……長峰ゴンドラ乗り場。……わかりました。脇坂と一緒に行きます。……はい、よろしくお願いいたします」受話器を置いてから、波川は顔を上げた。「聞いての通りだ」

「あの女性が、嘘をついているかもしれないと考えたわけだな」

「その可能性はゼロではないだろ」波川は元の場所に戻って胡座をかいた。「とはいえ、かぎりなくゼロに近いとは思う」

「わからない。どういうことなんだろう」竜実は頭を何度も振った。「間違いなくあのウェアだったのに、どうして名乗り出る人がいないんだ」

「たしかに不可解だ。新月高原にいた『女神』かどうかはともかく、今朝、おまえがあのウェアを着たスノーボーダーを目撃したのは事実なんだ。少なくとも、その人物は名乗り出てこなきゃおかしい」

「そうだよな。ああ、一体どうなってるんだ」

竜実が頭を掻きむしった時、コンコンとノックする音が聞こえた。

誰だろうと思いつつ、どうぞ、と竜実は入り口に向かって声をかけた。

遠慮がちにドアを開けて顔を覗かせたのは、思いがけない人物だった。竜実はあわてて姿勢を正した。波川も胡座から正座に変えた。

「いやいや、いいからいいから。ここは君たちの部屋だ」小杉が手を上下させた。

そういわれても、どうしていいかわからない。竜実は両手を膝にのせ、黙って刑事を見上げた。

小杉は入り口に立ち、室内を見回した。「今、ちょっといいかな。話を聞かせてもらいたいんだが」

「あ……どうぞ」竜実は、ひょいと頷いた。

小杉が靴を脱ぎ、入ってきた。白いビニール袋を提げていた。波川が座布団を用意するのを見て、「いや、気を遣わなくていい」と畳の上で胡座をかいた。「君たちも楽にしてくれ。これじゃあ、話がやりにくい」

竜実は波川と顔を見合わせ、それでは、と足を崩した。

小杉は羽織っていたスキーウェアを脱ぐと、「よかったら、君たちもどうだ」といってビニール袋をテーブルに置き、中から缶ビールを取りだした。

いただきます、と波川が一本を取ったので、竜実も手を伸ばした。

小杉はプルタブを引き、ビールを一口飲んでから、「で、どんな具合だ？」と尋ねてきた。「アリバイを証明してくれる女性は見つかりそうなのか」

「いや、それが、ちょっと難航してまして……」竜実は缶ビールを握ったまま、俯いた。

「難航？　どういうことだ」

「有力だと思ったところに問い合わせてみたところ、該当する人がいないんです。そんなはずないんですけど……」

「それはまずいな」小杉は眉間に皺を寄せた。

刑事さん、と波川がいった。

「明日、俺たちは全力でその女性を捜すつもりです。でも午前中というのは無理かもしれません。もう少し待ってもらえませんか。明日いっぱいとか」

小杉は鋭い眼光を波川に注ぎ、続いて竜実のほうを向いた。

「そのことを俺に交渉しても無駄だ。時間の問題で東京の捜査本部は、君たちがここにいることを突き止めるだろう。俺には連中を止められない。捕まりたくないなら、ここから逃げるしかない」

「でもそんなことをしたら、彼女を見つけるチャンスがなくなってしまいます」竜実はいった。

「それに、永久に逃げ続けるわけにもいかない……」波川が呟く。

「君たちのいう通りだ。だから何としてでも、明日の早いうちに、その女性を見つけるんだ。これについては、俺にはそうとしかいえない」

竜実は額に手をやり、顔を歪めた。焦りで身体が熱くなっていく。

「ただ、君を救う道はもう一つある」小杉が缶ビールをテーブルに置いた。「福丸氏を殺したのが君でないのなら、犯人はほかにいるわけだ。それが誰かを明らかにすれば、君の無実を証明できる」

竜実は刑事を見返した。「それはそうだと思いますけど、そんなことができるんですか」

「わからないが、やってみようと思う。それが俺たちの本来の仕事だからな」小杉は脱いだスキーウェアのポケットから、スマートフォンと手帳を出してきた。「捜査に協力してくれるな？」

竜実は背筋をぴんと伸ばし、首を上下させた。「俺にできることなら何でも」

結構、といって小杉は手帳を開いた。その姿を見ながら、竜実は不思議な感覚を抱いていた。自分のアリバイを証明することだけで頭がいっぱいだったが、小杉がいうように、事件には真犯人がいるはずなのだ。それについては一度も考えなかった。

「まず事件の概要を話しておこう」

手帳を見ながら小杉が話し始めた内容は、次のようなものだった。

事件は昼間に起きた。遺体の第一発見者はパートから帰宅した福丸家の主婦加世子で、玄関には鍵がかかっていなかった。リビングボードの抽斗《ひきだし》から現金が盗まれていて、仏壇に飾ってあったはずの亡き飼い犬のリードが消えていた——。

竜実は、福丸家で起きたことを初めて詳しく知った。聞いてみれば、正真正銘の強盗殺人事件だ。自分がそんな事件の犯人と疑われているという事実に、改めておののいた。

小杉が手帳から顔を上げた。「何か質問は?」

竜実は少し考えてから訊いた。「福丸さんは、部屋で何をしていたんでしょうか」

「テレビを見ながら囲碁の研究をしていたのではないか、とみられているようだ。遺体発見時、テレビがつけっぱなしになっていたらしい。さらにそばには碁盤が置かれ、碁石がいくつか並べられていたそうだ」

ああ、と竜実は頷いた。その光景が目に浮かんだ。福丸老人が、よくそんなふうに部屋で過ごしていたのを思い出した。そのことをいうと、「囲碁好きの老人にとっては、至福の時だったんだろうな」と小杉は合点したように手帳を閉じた。

「さて、以上の話を聞いて、何か気づいたことはあるかな。さほど長い期間ではなかったようだが、君は最近まで被害者と毎日のように接していた。同居している息子さんやその奥さんなんかより、ある意味被害者のことをよくわかっているんじゃないかと思うんだが」

うーん、と竜実は首を傾げた。

「それはどうかな。たしかに福丸さん、息子や嫁とはあまり話をしない、なんてことをおっしゃってましたけど」

「犯人が犬のリードを凶器に使っていることから、被害者を殺したのは計画的ではなかったとみられている。それを踏まえた上で、何か心当たりはないか」

「犯人の当初の目的は、単なる盗みだった……ってことですか」

「たしかに、その可能性もある。君が疑われているのは、そのセンだ」

参ったな、と竜実は頭を抱えた。

しかし、と小杉はいった。

「君以外の人間が犯人なら、どうやって家に侵入したのか、という疑問が生じる。開いていたのは玄関だけだ。だったら、玄関を出入りしたと考えるのが妥当だ。盗み目的で玄関から侵入した人間が、中に住人がいたからといって、衝動的に殺したというのは不自然だ」

同感です、と波川が強い口調でいった。

俺は、といって小杉が唇を舐めた。

「犯人は侵入したわけではないと思う。被害者と顔見知りで、玄関から招き入れられたと睨んでいる。ただし今もいったように、その時点では殺す気なんかはない。ところがその後、被害者との間に何らかのトラブルが発生し、衝動的な殺人に発展したんじゃないだろうか」

「それ、いい推理だと思います」波川が目を輝かせて後押しした。法学部生だけに、こうした推理には興味があるのかもしれない。

「そこで問題は、被害者の人間性だ」小杉は竜実を見つめてきた。「福丸陣吉さんが、誰かに恨まれていたとか、誰かと諍《いさか》いを起こしていたといった話は聞いてないか」

竜実は記憶の中から福丸とのやりとりを探った。あの老人とは、どんなことを話しただろうか。

どうだ、と小杉が促してきた。

「そんな話を聞いた覚えはないです。話したことといえばペロ……犬のことばかりで」

「では、福丸さんはどういう人物だった？　気が短いとか、無神経とか、そういうことはなかったかな」

「いやあ、どうかなあ。そんなことはなかったと思うんですけど」

「君は飼い犬が事故に遭ったということで、散歩係をクビになったそうじゃないか。

その時はどうだった？　かなり強く叱られたのか」

「あれは俺が悪かったんです。不注意であんなことになってしまって、本当に申し訳なかったと思っています。でも強く叱られたわけではないです。大切な犬の世話を人任せにしたのがよくなかった、という意味のことをおっしゃって、それで余計に申し訳なくなっちゃいました」

「被害者は人から恨みを買うような人間ではなかった、ということか」

竜実は深く頷いた。

「優しい人でしたよ。俺もよくしてもらいました。寿司《すし》を食わせてもらったこともあるし」

「寿司？」

「昼間は一人なので、昼食はコンビニ弁当とかで済ませてたみたいですけど、たまに店屋物を取ることがあったんです。そうしたらある時、おなかがすいているなら奢ってやるといって、俺の分の寿司も注文してくださったんです」

「へえ、羽振りがよかったんだな」

「臨時収入が入ったとかで、その時は特に機嫌がよかったんです」

ふうん、と小杉は浮かない顔で首を縦に動かした。彼自身が組み立てていたシナリオと、被害者である福丸陣吉の人間性が合致しないのかもしれない。仕方がない、と竜実は思った。嘘をいうわけにはいかない。

「ちょっといいですか」波川が小さく手を上げた。「犯人の遺留品とか痕跡……みたいなものは見つかってないんですか」

「そんなものがあれば、これほど苦労しない」小杉は微苦笑した。「最も大きな痕跡が、例の合い鍵から検出された脇坂君の指紋だ。だから話がおかしなことになった」

すみません、と竜実は頭を垂れた。

「とはいえ俺も、現場をこの目で見たわけではないんだけどね。画像で確認しただけで」小杉はスマートフォンを操作した後、画面を竜実のほうに向けた。「ほら、これだ」

そこに映っているのは見覚えのある和室だった。テレビがあり、仏壇と茶簞笥《ちゃだんす》が並んでいて、背の低いテーブルと座椅子がある。テーブルのそばには碁盤が置かれ、碁石がいくつか載っていた。

畳の上に、白い紐で何かの形が縁取られていた。人の形だと、すぐにわかった。そこに福丸老人が倒れていたということだろう。

「どうだ、何か気づいたことはあるかな?」小杉が尋ねてきた。

「テーブルの上に本が載っていますね」竜実は、その部分を指した。

「そうだな」

「これ、何の本かな」

小杉が手を添え、画面を拡大した。『囲碁ワンランクアップ術』という題名が読めた。

おかしいな、と竜実は呟いた。

何が、と小杉が問う。

「この本、俺がバイトで通っていた頃に福丸さんがお買いになったものですけど、失敗したとおっしゃってたんです」

「失敗した？　どうして？」

「すでに知っていることばかり書いてあって、ちっとも役に立たなかったそうなんです。本屋で最初のほうだけ立ち読みして買ったけど、あとはろくなことが書いてない、騙されたって」

つまり、と波川が口を挟んできた。「そんな本を今さら読んでいるのはおかしい、といいたいわけだな」

そうです、と竜実は答えた。

「しかし断言はできないだろう。読み返してみて、長所を発見した可能性はある」

小杉の反論に、それはそうですけど、と竜実はトーンを下げる。

「ほかにはどうだ？　何か気がついたことはないか。どんな些細《ささい》なことでもいいぞ」

竜実は改めて液晶画面を見つめた後、小さく首を捻った。「ほかには特に何も……」

そうか、と小杉は頷きながらスマートフォンを手元に戻した。

「もうこんな時間だ。そろそろ引き揚げるよ。夜遅くまで申し訳なかった」

「いいえ。こちらこそ、何の役にも立てなくてすみませんでした」

「君が謝る必要はない。ある意味、被害者だ。それにしても、ついてなかったな。明日のことが心配だ。証人の女性が見つかるといいんだが」

「何とかがんばってみます」

「奇跡が起きることを祈ってるよ」小杉はスキーウェアを手にし、腰を上げた。「こういう時、心の底から思うよ。もしあの世からこっちが見えてるなら、福丸の爺さんはさぞかし歯痒《はがゆ》い思いをしているだろうなってね」

あの世からこっちが見えてるなら——刑事の何気ない言葉は、竜実の頭にある何かを刺激した。忘れていた何かを思い出せそうな時の感覚に似ている。彼は宙の一点を見つめた。

脇坂、と波川が声をかけてきた。「どうした？」身体を揺すってきた。

その瞬間、竜実の頭で引っ掛かっていた何かがポロリと外れた。刑事さん、と小杉の顔を見上げた。「現場の写真を、もう一度見せてもらっていいですか」

小杉はポケットからスマートフォンを出し、操作をしてから差し出してきた。先程の画像が表示されている。

「この写真ではテレビは消えていますけど、遺体が発見された時にはついてたんですよね」

「そう聞いているが」

「福丸さんが観ていたのは何ですか。テレビ番組ですか。もしかするとDVDじゃないですか」

「それ、重要なのか？」

「わりと重要です」

小杉は考え込む顔つきになり、スマートフォンを竜実の手から取った。素早く電話をかける操作をすると、耳に当てた。

「白井か。俺だ。……ちょっと寄り道をしている。参考人から話を聞きたくてな。……詳しいことは後で話す。それより、知りたいことがある。被害者が部屋で観ていたのはテレビ番組か。それともＤＶＤか。……ＤＶＤ？　たしかだな」

「どんなＤＶＤですか」竜実は訊いた。

「どんなＤＶＤだ？……えっ、何だって？」小杉の目が丸くなった。「マジか？……うん。わかった。また連絡する」電話を切り、驚いたな、と呟いた。

「どういうＤＶＤか、当ててみましょうか」竜実はいった。「セクシータレントのイメージＤＶＤ。違いますか」

「違わない。その通りだ。どうしてわかった？」

「福丸さんの趣味の一つでしたから。テレビ台の抽斗の中を見てないんですか。かなりのコレクターでしたよ」

「八十歳になっても男だったんだなあ」

「囲碁の勉強をする時には、いつでも観られるようにしていたようです。頭が疲れた時の息抜きに、ちょうどいいんだそうです」

「なるほど。しかしそれなら別におかしなことは何もないじゃないか」小杉はスマートフォンの画面を再び竜実のほうに向けた。「君が今いったシチュエーション通りだ」

「いえ、変です」竜実は画面の一部を指差した。「仏壇が開いています」

「仏壇？」

「その手のＤＶＤがあまりにお好きみたいだから、一枚プレゼントしたことがあるんです。福丸さんは喜んでくれて、すぐに観たいとおっしゃいました。でもＤＶＤをセットする前に、福丸さんは仏壇の扉を閉めたんです。理由を訊いたら、仏壇が開いていると死んだ奥さんに見られているみたいで落ち着かないってことでした。そういうＤＶＤを観る時には、必ず閉めるんだそうです」

小杉はスマートフォンの画面を見た。「しかしこの写真では仏壇は開いている……」

「だから変だといったんです」

「閉め忘れたとか？」波川がいう。

「それはないと思う」竜実は即座に却下した。「そういう人じゃない」

「じゃあ、犯行後に犯人が開けたとか？」

「いや、それはあり得ない」今度は小杉が否定した。「犯人が凶器として使ったリードは、仏壇の中に飾られていた。扉が閉じていたなら、犯人の目には留まらなかったはずだ」

そうか、と波川は呟いた。「どういうことだろう」

「ＤＶＤをセットしたのが福丸さんなら、仏壇は必ず閉じられていたはずだ」竜実はいった。「開いていたのは、セットしたのが福丸さんじゃないからだ」

「犯人がセットしたっていうのか」小杉が訊いた。

「それしか考えられないと思うんですけど」

「何のために?」

「それは……わかりません」

「脇坂に訊くが」波川がいった。「福丸さんが囲碁をしながら観ていたのは、セクシーDVDだけか。ほかには何も観なかったのか」

「わからないけど、ストーリーのある映画なんかは観なかったと思う。囲碁の合間にBGMみたいに流すだけだから。あくまでも息抜きなんだ」

「波川君、何がいいたいんだ?」小杉が少し焦《じ》れたように訊いた。

「俺はこう考えたんです。何も入っていないレコーダーに、犯人がDVDをセットする理由なんかない。そんなことをしたのは、すでに何らかのDVDがレコーダーに入っていて、それとすり替える必要があったんじゃないか、と」

つまり、と小杉は人差し指を立てた。「元々レコーダーには、犯人にとって都合の悪いDVDが入っていたのでは、といいたいわけだな」

「そういうことです」

「どんなDVDだ?」竜実は波川に訊いた。

「それを考えるんだ。仏壇が開いていたんだから、セクシーＤＶＤの類いでないことはたしかだろうな。だからおまえに訊いたんだ。そういうＤＶＤ以外で、福丸さんが囲碁をしながら観るものはあるかって」

「どうだったかな……」

「息抜きで観るなら、自然や動物なんかの映像だろうな。気分転換にはなる」

小杉の意見に、竜実は同意できなかった。「福丸さん、そういうのは観なかったと思うんです」

「息抜きじゃないならどうだろう」

波川の言葉に、竜実と小杉は同時に彼を見た。

「息抜きでも気分転換でもなく、碁盤を横に置いて真剣にＤＶＤを観ていたのだとしたら？　そういうＤＶＤってどういうものだろう？」

なるほど、と小杉が声を張った。「囲碁のＤＶＤかっ」

我が意を得たりとばかりに波川は頷いた。「その可能性はあるんじゃないですか」

「そういえば福丸さんがいってた。テレビはニュース以外観ないけど、囲碁の番組だけは別だって」

「間違いない、それだ」小杉は断言した。「福丸さんは囲碁関連のＤＶＤを観ていた。

だがそれを残しておくことは犯人にとって都合が悪かった。なぜならそのＤＶＤは――

「犯人が持ってきたものだったから、と竜実と波川の声が重なった。

「福丸さんが馬鹿にしていた教本をテーブルに置いたのも犯人の仕業だ。ＤＶＤを観ながら囲碁の研究をしていたってことを隠すためのカムフラージュだ」竜実は断言した。

小杉はスマートフォンを摑み、再び立ち上がった。

「捜査の方針が決まった。こんなところでのんびりと温泉に浸かっている場合じゃない。明日の始発で、俺は東京に帰る」

「俺たちはどうしたらいいでしょうか」竜実は訊いた。

ドアに向かいかけていた小杉は、足を止めて振り返った。

「俺は真犯人を見つけだすべく全力を尽くす。しかし、すぐに捕まえられるかどうかはわからない。その場合は、依然として君が第一容疑者だ。捕まったら、地獄の取り調べが待っている」

竜実は唾を飲み込んだ。脅しには聞こえなかった。「だから？」

「何としてでも証人の女性を見つけるんだ。警察に事情を話せば何とかなる、なんてことは考えるな。警察は、容疑者が有利になる証拠を積極的に探してはくれない。自分の身は自分で守れ。それができない場合は、必死で逃げろ。絶対に捕まっちゃいけない」

早口でいい放つと、じゃあな、といって小杉は部屋を出ていった。

33

目を開けると、どこかで電子音が鳴っていた。聞き慣れた目覚まし時計のアラームだが、今朝はなぜか耳に新鮮に聞こえた。根津はベッドから起き上がり、テーブルの上に置いてある時計のスイッチを切った。枕元に置かないのは、二度寝を防ぐためだ。四《よ》つん這《ば》いで冷蔵庫の前まで移動し、水のペットボトルを取りだすと、テーブルの前まで戻った。ベッドにもたれて座り、ペットボトルの蓋を開けて水を飲んだ。テーブルの上には空になったハイボールの缶が並んでいる。喉が渇いているのは、昨夜少し飲みすぎたせいか。『お食事処　きなし』で千晶たちと飲んだにも拘わらず、部屋に帰ってきてから一人で飲み直したのだ。

ハイボールの空き缶の横では、古いノートが広げられたままだった。大昔に使っていたものを、棚から引っ張り出してきたのだ。開かれたページに描かれているのは、雪のジェットコースターのデザイン画だった。雪の斜面に曲がりくねった半円形の溝を造り、そこをそりで滑り降りるというもので、イメージとしてはボブスレーに近い。根津の計算では最大で時速三十キロほどは出るはずで、体感速度はもっと大きく、かなりスリルのあるアトラクションになると思われた。構想したのは十年以上も前だ。当時働いていたスキー場の役員に提案したところ、馬鹿か、と一蹴された。危険すぎるし、維持経費がかかりすぎる、というのだった。

たしかにな、と根津は苦笑する。自分が管理者側に回ったなら、きっと反対するだろうと思った。夢や理想だけではビジネスは成立しない。

ノートを手に取り、ぱらぱらとほかのページをめくってみた。ワイヤーアクション・ハーフパイプ、と記されたページには、すぐには理解できない複雑なイラストが描かれていた。スノーボーダーをワイヤーで空中から吊し、ハーフパイプでプロ並みに跳び上がる感覚を味わってもらおうというアイデアだった。イラストの脇に書き込まれている数字は、維持管理や人件費を概算したものだ。途中で計算を放棄しているのは、あまりに膨大になってしまうと気づいたからだった。

ノートを閉じ、ため息をついた。再びペットボトルの水を口にする。

千晶の顔が頭に浮かんだ。

あの大切な友人に何もしてやれない自分がもどかしく、歯痒かった。悩める彼女にかけてやれた言葉が、「自分は夢を諦めてはいない」という嘘だけだとは何と情けない話か。

立ち上がり、窓のカーテンを開けた。まだ少し薄暗いが、空を見上げると雲がすっかり消えているのが確認できた。

この分ならいい花道になりそうだ、と思った。

34

列車が高崎《たかさき》駅を通過して間もなく、小杉の上着の下でスマートフォンが震えた。表示を見ると南原からだ。立ち上がり、隣席で居眠りをしている白井の肩を叩いて起こした。後輩刑事は寝惚《ねぼ》け眼《まなこ》で足を引いた。

通路を歩きながらスマートフォンを操作し、電話を繋いだ。はい、と小声で答える。

「俺だ」馬面係長の無愛想な声がいった。

「おはようございます」小杉はデッキに出て、出入口のそばの壁に身を預けた。

「どうなった？」

「何がですか」

「決まってるだろ。連中の車は見つかったのか。昨日、逃走車両のナンバーを教えたじゃないか」早口で尋ねてくる。朝っぱらから苛立っているようだ。

小杉は深呼吸を一つしてから口を開いた。「見つかってません。というより、捜してません」

「何だとっ。どういうつもりだ」南原が訊いてきた。口から唾が飛び出す様子が目に浮かぶようだ。

係長、と小杉は落ち着いた口調でいった。「今回の事件の犯人は、里沢温泉スキー場にはいませんよ」

「はあ？　今さら、何わけのわからんことをいってるんだ。花菱さんたちが、とうとう動きだしたというのに」

「何かあったんですか」

「あったなんてもんじゃない。脇坂たちの乗った車が、長野県内のNシステムに引っ掛かったんだ。おかげで行き先が数箇所に限定された。その一つが里沢温泉スキー場で、入り口に設置された防犯カメラの映像が取り寄せられた」

「で、そこに写っていたわけですか」

「見事にな」南原は吐き捨てるようにいった。「一昨日の早朝、駐車場に入っていく様子が撮影されていた。ついさっき、長野県警に捜査協力の要請が出された。間もなく捜査員がスキー場に動員されるだろう。時間の問題で脇坂たちの身柄は確保されるとみて、こっちからは引き取り役が送り出された」

「そうですか。思ったよりも展開が早いですね」

「何を他人事みたいにいってる？　どうしてさっさと車を見つけないんだ？　聞いたところによれば、特別な場所に駐めたわけでもなさそうだぞ。今からでも遅くない。全力を挙げて、何としてでも先に脇坂たちを確保するんだ。なぜおまえたちが先乗りしていたかについては、適当な理由をこっちで考えてやる」

　小杉は返事をしなかった。どう説明すればいいのかを考えているからだ。

　おい、と焦れたような声が聞こえてきた。「聞いてるのか、おい、小杉、何とかいえ」

「無駄ですよ」

「ああ？　今、何といった？」

「無駄だといったんです。脇坂は犯人じゃありません。真犯人はほかにいます」

「小杉、おまえ、頭がぼけたのか」

「ぼけてるのは、どっちですか」

絶句するような一瞬の間があり、「もう一度いってみろ」と南原が凄《すご》んできた。

小杉は舌打ちした。「五分の魂もないのかよ」

「ゴブの……何だって？」

「係長、これはチャンスなんです。本庁の連中の鼻を明かせます。俺に任せてください。俺のことを信用してください」

「何をいってる？　おまえ、今、どこにいる？」

「新幹線の中です。東京に向かっています」

何だとっ、という南原の声を無視して小杉は電話を切り、そのまま続けて別の相手に電話をかけた。

おはようございます、と女将の声が愛想よく挨拶してきた。着信表示で、小杉からだとわかったのだろう。

「昨日はどうも。いろいろと世話になってしまった」小杉はいった。

「いえいえ。お力になれたのならよかったです」

「大助かりだった。女将さんがいなかったらどうなっていたか。で、申し訳ないんだが、もう一つ頼まれてくれないか。あの二人――脇坂君たちに伝えてほしいことがあるんだ」

「お安い御用です。今、メモしますから、何と伝えればいいのかおっしゃってください」

「メモするほどのことじゃない。捜査本部の連中が二人の居場所を突き止めた、間もなく里沢温泉スキー場に長野県警の捜査員たちが押しかけてくる、アリバイ証人の女性が見つからない場合は即刻逃げろ――以上だ」

「えっ、ここに警察官が来るんですか」女将は驚いた声を出した。「今日は大事な結婚式があるっていうのに。それ、何とかならないんですか」

「俺にはどうしようもない。とにかく二人に伝えてくれ」

わかりました、と彼女が答えるのを聞き、電話を切った。すると直後にそばの扉が開き、白井が客室から出てきた。スマートフォンを持っている。

「係長から電話です。どういうことだ、どうして東京に帰ってくるんだって、ぎゃんぎゃんうるさくて……」

「署に戻ったらゆっくりと説明してやる、することがなくて暇なら被害者の囲碁仲間を捜しておけ、とでもいっておけ」白井に命じると小杉はくるりと身体の向きを変え、トイレに向かって歩きだした。

35

朝食を終え、竜実たちが部屋で着替えていたら、女将がやってきた。彼女の話を聞き、鳥肌が立った。小杉から連絡があり、ついにこの場所が捜査本部に突き止められ、間もなく警察がやってくるらしい、というのだった。

「間もなく? ずいぶん早いじゃないか」波川が立ち上がった。「話が違う」

「証人の女性が見つからない場合はすぐに逃げろ、と小杉さんが」

女将の言葉に竜実は頭を抱えた。「一体どうしたらいいんだ」

「悶《もだ》えてる場合じゃない」波川が竜実の背中を叩いた。「とにかく千晶さんのところへ行こう」

支度を済ませ、宿を後にした。ウェアは高野たちから借りたものを着ている。だが安心はできない。警察は何としてでも二人を見つけだそうとするだろう。

長峰ゴンドラの駅舎が見えてきた。瀬利千晶には、午前九時に来るようにいわれている。

建物に近づいていき、竜実は目を見張った。そこには数十人のスキーヤーやスノーボーダーが集まっていたのだが、全員があの柄、白地に大きな赤い水玉模様のウェアを着ていた。パンツの色はライトブルーだ。

「うおっ、壮観だな」隣で波川が感嘆の声を漏らした。

竜実たちが立ち尽くしていると、一人の女性が駆け寄ってきた。スポーツサングラスをかけているが、瀬利千晶だということはすぐにわかった。彼女も同じウェアに身を包んでいる。おはよう、と快活に挨拶してきた。

「おはようございます。すみません、お忙しいところ」竜実は謝った。

「うん、ほんとに忙しいの。だから、さっさと片付けちゃおう。こっちに来て」

瀬利千晶に手招きされ、彼女の後についていった。

彼女はお揃いのウェアを着ている一団に近づくと、「女性ライダー、ちょっと聞いて」と声をあげた。「さっき話した件。みんなの顔を、ここにいる彼に確認させてやってほしいの。ゴーグルとフェイスマスクを外してちょうだい。いっとくけど、恋人選びじゃないから、無駄に表情とか作んなくていいからね」

瀬利千晶の軽口に笑いが起きた。女性ライダーたちは一斉にゴーグルやフェイスマスクを外した。ビーニーやヘルメットを脱ぐ女性もいた。

「さあ、じっくりと見せてもらえよ」

波川に促され、竜実は彼女たちに近づいた。女性ライダーたちは興味津々といった様子で待ち構えている。人に見られることには慣れているのか、照れている気配はまるでない。むしろ竜実のほうが緊張した。

女性ライダーたちには美人が多かった。押し並《おな》べて化粧が濃いめだが、派手すぎるほどではない。これが恋人選びだったらどれほど幸せか、と、こんな状況なのにくだらないことを考えてしまう。

最後の一人を確認した。その女性も美人だったが、あの『女神』ではなかった。

「いないみたいだね」瀬利千晶がいった。竜実の様子から察したのだろう。

「これで全員ですよね」一応、確認してみた。

「そう、全員。ほかにはいない」

瀬利千晶の回答に、竜実はがっくりと首を折った。すべての望みは断たれてしまった。

「納得してもらえたんなら、あたしたちはもういいかな。そろそろ上に行かなきゃいけないんだけど」

「あ、はい、結構です。どうもありがとうございました」竜実は瀬利千晶に向かって頭を下げた。

彼女は頷くと、スキーヤーやスノーボーダーたちに、ゴンドラに乗るよう指示した。同じウェアを着た団体が、ぞろぞろと乗り場に向かい始めた。

竜実は波川と顔を見合わせた。これまで常に何らかの打開策をひねり出してきた友人も、さすがに今度ばかりは妙案が思いつかないらしく、ゆらゆらと力なく頭を振った。

瀬利千晶が再び近づいてきた。ボードを抱え、もう一方の手にはヘルメットを提げている。

「ごめんね、力になれなくて」

いいえ、と竜実は首を振った。

「アリバイ証人、だっけ？　見つかることを祈ってる」

「ありがとうございます」

じゃあね、といって彼女はヘルメットを持ち上げた。その瞬間、竜実の目に入ったものがあった。

あっ、と口を開けていた。「それ……そのヘルメット……」

「えっ、何？　どうかした？」

「シール……ヘルメットのシールです。その星形のシール」竜実はヘルメットの後ろに張られたシールを指差した。ピンク色の小さな星が並んでいる。「新月高原で会った女性のヘルメットにも、同じシールが貼ってあったんです」

「そんなことといったって、それが千晶さんじゃないことはもうわかってるわけだし、たまたまその人も同じシールを貼ってただけだろう」波川が冷めた口調でいった。「よくありそうなシールだし」

「ううん、そんなことない」瀬利千晶が、即座に波川の意見を否定した。「本当にこのシールだった？　間違いない？」

「間違いないと思うんですけど……」

「だとしたら、聞き流せない。ちょっと待って――」少し考えた後、何かを得心したように彼女は大きく首を縦に動かした。「そうか。その可能性があった」

「どういうことですか」

　竜実が訊くと瀬利千晶は自分のウェアを指先で摘《つ》まんだ。

「このウェアを持っている人間がもう一人いるのを忘れてた。しかもその彼女は、自分のヘルメットにこれと同じシールを貼っている」

「本当ですかっ」竜実は大声を出した。

「このシールはね、スノーボードクロスのライバルと二人で作ったの。大会で優勝した数だけ貼ろうって約束したわけ」

「そのライバルって、このスキー場にいるんですか」

竜実の質問に、もちろん、と彼女は答えた。「いるも何も、今日の結婚式のプロデューサーだから」

「どこに……今はどこに？」

「上にいる。ゴンドラに乗れば会える」

行きましょう、といって波川が歩きだした。竜実も瀬利千晶と共に乗り場に向かった。

彼女によれば、ライバルの名前は成宮莉央といって、今日の結婚式の新婦である成宮葉月の妹らしい。

「脇坂君が会ったという女性スノーボーダーが莉央なら話は合う。たしかに彼女のツリーランやパウダーのテクニックは半端じゃないからね」

やったな、と波川が竜実の肩を叩いた。「当たりだぞ。これで助かった」

「だといいんだけどな」慎重に答えながらも竜実は自然と笑みがこぼれた。

ゴンドラ乗り場はさほど混んではいなかった。十二人乗りだが、相乗りをしている様子はない。係員に誘導され、竜実は瀬利千晶や波川に続いて乗り込んだ。

するとと後から二人のスキーヤーが乗り込んできた。どちらも大柄な男性だった。一方は赤で、もう一人は黒のウェアだった。彼等は竜実たちの向かい側に腰を下ろすなり、スマートフォンを見ながら何やらひそひそと話し始めた。

ゴンドラが動きだして、しばらく経った頃だ。

「すみませんが、ゴーグルを外してもらえませんか」黒いウェアを着たスキーヤーが竜実にいった。

えっ、と竜実は相手を見返した。

スキーヤーはウェアのポケットから何かを取り出した。

「捜査に御協力を」スキーヤーが提示したのは警察のバッジだった。「お願いします」

唐突な申し出に、竜実は対応できなかった。発すべき言葉が思いつかず、ただ混乱した。

失礼、といって、もう一人の赤いウェアのスキーヤーが竜実の顔に腕を伸ばしてきた。ゴーグルを摑み、ずりあげた。竜実はされるがままになっていた。驚きのあまり、動けないのだ。

二人のスキーヤーはスマートフォンの画像と竜実の顔を見比べ、頷き合った。

「脇坂竜実君だね」黒いウェアのスキーヤーがいった。「君の身柄を確保するようにいわれている。我々と一緒に来てください」

「えっ、ちょっと……ちょっと……」波川が狼狽を露《あら》わにした。「何ですか？　どういうことですか？」

「君は波川省吾君だね」黒いウェアのスキーヤーはいった。「君のことも確保するようにいわれています」

竜実は波川と顔を見合わせた。状況は明白だった。長野県警からやってきた捜査員たちの網に掛かってしまったのだ。ゴンドラ乗り場で見張っていたらしい。まさかこんなに早い時間から待ち伏せされていたとは思わなかった。

血が頭に逆流した。どうしていいかわからなかった。どうしようもなかった。狭いゴンドラの中だ。逃げることなどできない。

それにしても、なぜ見つかったのか。

黒いウェアのスキーヤーの口元が少し緩んだ。「ボードを替えなかったのは失敗だね」

竜実は、自分が持っているボードを見た。

「服を着替えている可能性はあるが、ボードやブーツまでは替えてないだろう、というのが我々の読みだった。当たりだったよ」黒いウェアのスキーヤー――長野県警の警察官の口調は、どこか楽しそうだった。

赤いウェアを着たほうが、スマートフォンでどこかに電話をかけ始めた。手配の二人、確保、といった言葉を口にしている。電話を終えた後、黒色ウェアの耳元で何やら囁いた。

「待ってください。俺たちの……脇坂の話を聞いてください。彼にはアリバイがあるんです」波川は必死で訴え、竜実の股《もも》を叩いた。「おまえ、何とかいえよっ」

はっとして竜実は身体を硬直させた。

「そ……そうなんです。アリバイがあります。それで、これから証人を……上にいるはずなので、会いにいくところで……」うまく言葉が出てこず、しどろもどろだ。

「上に行ってから説明すれば？」瀬利千晶が冷静な口調でいった。「莉央に会えば、話が早いし」

「あ……そうですね。ええと、じゃあ上に着いたら説明します」

だが黒色ウェアの警察官は首を振った。

「上までは行かない。次の中間駅で降ろすように指示されている。終点にはほかの客がたくさんいて、混乱を招くおそれがあるからね」

「そんな馬鹿なっ。お願いです。終点まで行ってください。そこに証人がいるんです」

「誰がいるのかは知らないけど、我々は指示された通りに動くだけだ。勝手な判断は認められていない。君の身柄は警視庁に引き渡すことになっている。何か主張したいことがあるなら、その時にいえばいい」

竜実は波川を見た。策士の友人も、この窮地には苦悩の表情を浮かべるしかないようだ。

「莉央に電話してみようか？」瀬利千晶がいった。「彼女が例の証人なら、今ここで証言してもらえるかも」

いい考えだと竜実は思ったが、「それは困るね」と黒色ウェアがいった。「外部と連絡を取るのは、我々がこの二人を連れていってからにしてもらいたい」

「そんな……電話するだけなのに」

「後で、ゆっくりすればいい」黒色ウェアは冷淡にいい放った。

やがてゴンドラの中間駅が近づいてきた。

竜実は懸命に思考を巡らせた。

このまま捕まってしまって、本当に問題ないだろうか。警視庁に引き渡される際、成宮莉央という女性から証言を得てくれと要求すれば、すぐに聞き入れられるのか。無視されるようなことはないか。

いや万一、成宮莉央があの『女神』でなかったらどうしたらいいか。瀬利千晶の話が本当なら、成宮莉央が無関係でないのは確実のようだが、そこから先、警察はきちんと捜査してくれるだろうか。

不意に小杉の言葉が蘇った。あのベテラン刑事はいった。警察は、容疑者が有利になる証拠を積極的に探してはくれない。自分の身は自分で守れ——。

ゴンドラが中間駅に入った。

係員が近づいてきて、扉を開けた。赤色ウェアが立ち上がり、先に出た。

「さあ、君たちも降りるんだ」黒色ウェアが竜実たちを促した。「あなたはこのまま乗っていてください」これは瀬利千晶にかけられた言葉だ。

竜実はボードを抱え、ゴンドラを降りた。波川も後に続いてきた。黒色ウェアが降りたところで、扉が閉じられた。ゴンドラは瀬利千晶だけを乗せて、離れていく。

赤いウェアのスキーヤーが係員に声をかけ、歩きだした。反対側にある下りゴンドラの乗り場に向かうようだ。そちらに係員の姿はない。利用客がめったにいないからだろう。

乗り場に着くと、「さあ、乗って」赤色ウェアがいった。

先に波川が乗り、ちらりと竜実のほうを見上げた。何気ないしぐさだが、その意図を竜実は察した。彼は波川の隣に座った。

二人の警察官たちも乗り込んできて、竜実たちの向かい側に並んで座った。仕事が片付いたからか、リラックスした雰囲気がある。

ゴンドラの扉がゆっくりと閉じ始めた。

この瞬間を逃すわけにはいかなかった。強い衝動が竜実の背中を押した。彼は腰を浮かせた直後、閉まりかけた扉を強引に開き、狭い隙間を通り抜けていた。あっ、という声が背後から聞こえた。

後ろを振り返る余裕などなかった。竜実は出口に向かって、一目散に駆けていた。警察官たちが追ってくる心配はないはずだった。きっと波川が邪魔してくれているに違いない。竜実が逃げ出すことを見越してゴンドラの奥に座り、扉の横の席を譲ってくれたのだ。

建物の外に出ると、急いでボードを装着した。とにかく一刻も早く、この場から遠ざからなければならない。それが先決だ。無我夢中で滑りだした。

どこへ逃げるか——滑りながら考えた。一旦、どこかに身を隠す必要がある。そして何とかして瀬利千晶に連絡を取るのだ。成宮莉央と会えるよう、取り計らってもらおう。今の窮地を脱するには、それしかない。

ふと背後に気配を感じた。竜実は後ろをちらりと振り返り、ぎょっとした。どこから現れたのか、いつの間にか大勢のスキーヤーがすぐ後ろまで迫っていた。その滑走テクニックは素人離れしている。

数名のスキーヤーが竜実を追い越した。だがそれ以上遠ざかろうとはしない。明らかにスピードをコントロールしている。

竜実の両サイドでも、スキーヤーがぴったりと併走し始めた。もちろん背後にもいる。つまり完全に取り囲まれたわけだ。もはや逃げようがなかった。スキーヤーたちの正体は明らかだった。

竜実がボードにブレーキをかけると、彼等も速度を落とした。完全に止まった後、竜実はその場に座り込んだ。

36

姿見の前でしゃちほこばっている後輩を見て、根津は思わず噴き出した。

「何ですか根津さん、そんなに似合ってませんか」タキシード姿の長岡慎太が振り返った。その動きは、まるで機械仕掛けのようにぎごちない。

「そんなことはない。むしろ、よく似合ってると思うよ。ところが、おまえを見てると笑いがこみあげてくる。緊張しすぎなんだよ。顔が強張ってて、ちょっと怖いぞ」

「えっ、そうですか」長岡は自分の頬をぱしぱしと叩いた。

「もっと肩の力を抜けよ。おまえたちが主役なんだから、楽しめばいいんだ」

「主役だから緊張するんです。失敗したらどうしようとか、いろいろと考えちゃって」長岡は顔をしかめた。「手順が複雑なんだよなあ。間違えそうだ。莉央ちゃんも、もうちょっと簡単な段取りにしてくれたらいいのに」

「そんなに複雑なのか。その格好で、ただ滑り降りたらいいだけじゃないのか」

「アドリブを効かせられるならそれでもいいといわれました。でもそんなの絶対に無理なんで、見せ所をいろいろと考えてもらったんです。ところが、それがなかなか難しくて」

「おまえたちのためを思ってしてくれたことだろ。我が儘いうな」

根津は腕時計を見た。本番の時刻が近づきつつある。そろそろ山麓のゲレンデでは、結婚式を一目見ようとする客たちが集まり始めているはずだ。根津もそちらに行きたかったが、コース管理のため、上で待機している必要があるのだった。

「じゃあ、がんばれよ。コース脇で見ててやるから」

「よろしくお願いします。何とかやってみます」長岡は直立不動の姿勢で答えた。

根津は新郎の肩を一つ叩き、踵を返した。ここはゴンドラ終点のスキーセンター内にあるレストハウスだった。フロアの一部をパーティションで仕切り、新郎新婦たちの控えの間にしてある。

根津は新婦用の間の入り口に立った。「根津だけど、入っていいかな」

パーティションの向こうから、成宮莉央が顔を覗かせた。「どうぞ」

失礼します、といいながら根津は中へ入っていった。そして、おっ、と声を漏らした。

ウェディングドレス姿の成宮葉月が椅子に座っていた。プロにヘアメイクを頼んだというだけに、元々整った顔立ちに華やかさが豊かに加味され、表情が輝いて見えた。

「見違えた」根津は思わずいった。「長岡なんかにはもったいない」

ありがとう、と葉月は笑った。「何だか、がんばりすぎてるみたいで恥ずかしい」

「そんなことはない。奇麗だ。――なあ？」根津は莉央のほうを振り返った。

「うん、うまく化けさせられた」莉央は頷いた。プロデューサーとしても満足のいく出来らしい。

「いや、しかしそれにしても」根津は、しげしげと葉月のドレスを眺めた。「その格好で滑るのか」

胸元からウェストはシンプルだが、スカートは優雅に大きく広がっている。白い生地には光沢があり、強い陽光を浴びたなら眩しいほどに反射するに違いなかった。

「転ばないように気をつけないと」葉月がいう。

「本当にそうだよ」莉央が真剣な声を出した。「バージンロードで新婦が転倒したら、すべておじゃんだから」

「わかってる。ボーゲンで慎重に滑るから」

「頼むよ。それからベールを付けるのを忘れないでね。ブーケも。まあ、スタッフが注意してくれると思うけど」

そういった後、莉央はパンツのポケットに手を入れ、スマートフォンを出した。誰かからメッセージが届いたようだ。

「千晶だ。何だろう、これ？　変なことをいってきてる」

「変なことって？」根津は訊いた。

「人助けをしたいから、滑る準備をして長峰ゴンドラの終点に来てくれ、だって」

「人助け？　滑る準備？　何だ、そりゃ」

「わかんない。ちょっと行ってくる」

パーティションの外に出ていく莉央を見送った後、根津は葉月に目を戻した。「何だろうな。トラブルでなきゃいいが」

さあ、と葉月は首を傾げた。その直後、かすかに顔をしかめた。

「どうした？」根津は訊いた。「具合でも悪いのか？」

「ううん、大丈夫、何でもない」葉月は笑顔に戻り、首を振った。「心配しないで」

「それならいいけど……」

女性スタッフが入ってきて、「ちょっといいですか」と尋ねてきた。何やら準備があるらしい。部外者の長居は迷惑のようだ。

じゃあ後で、と根津は葉月にいい、その場を後にした。

レストハウスを出ると、ちょうどすぐ前を莉央が通りかかるところだった。ボードを抱えており、靴をボード用のブーツに履き替えている。

莉央っ、と声が聞こえた。千晶がゴンドラ降り場から小走りでやってきた。

「一体、何だっていうの？」莉央が訊いた。

「莉央、あんた、三日前に新月高原に行ったでしょ？」いきなり千晶がいった。

「新月高原？　何それ？」

あっ、と根津は声を発した。

「あの二人……脇坂君たちが捜していた女性スノーボーダーって、莉央だったのか？」

「たぶん、そう。——そうだよね？」千晶は莉央に確かめた。

「ちょっと待って。そんなことをいわれても、何が何だかさっぱりわかんないんだけど」莉央は手と首を一緒に振った。

千晶が早口で説明を始めた。殺人の容疑をかけられた学生がアリバイを証明するために新月高原で会った女性を捜している、その目印は今日のイベントでパフォーマーたちが着るウェアで、ヘルメットには千晶と莉央しか持っていない星形のシールが貼られていた、という内容だ。

「あんただよね、莉央。新月高原の林の中で、そういう学生に会ったでしょ？　そのことを証言してやって」千晶はいった。

莉央はなぜか即答せず、俯いて何事か考え込んでいる。

「どうしたの？」

莉央が顔を上げた。「その人たち、どこにいるの？」

「下に行けばわかると思う」

「わかった。じゃあ、行こう」莉央はボードを抱え直し、足早に歩きだした。千晶もその後を追った。

37

スライドドアが乱暴に開けられた。竜実が顔を上げると、波川が乗り込んでくるところだった。すぐ後ろにいるスキーウェアの人物は、たぶん長野県警の警察官だろう。波川が竜実の隣に座るのを見届け、「少し待つように」といってドアを閉めた。

ワゴンタイプの警察車両の中だった。シートは対面式に配置されている。しかし今、竜実たちの向かい側は空席だ。そこに誰が座るのかは知らされていない。

「やっぱり捕まったか」波川がいった。

「うん。びっくりするほどの数の警官が追いかけてきた」

「だろうな。逃げても無駄だと思ったよ」

「それなのに、逃がしてくれたのか」

「逃がした？　何の話だ」

「ゴンドラの、出口に近いほうの席を譲ってくれたじゃないか」

波川は、げんなりしたような顔をつくり、ふっと鼻を鳴らした。
「そんなわけないだろ。あの時点では、もう観念するしかないと諦めてたよ。だから
おまえが逃げ出したのを見て、びっくりした」
「そうだったのか」
「成宮莉央さん、だっけ。その人に賭けるしかないな」
「もしその人じゃなかったら？」
波川はこの問いには答えず、賭けるしかない、と繰り返した。
再びスライドドアが開いた。外にいるのはコートを着た男で、無表情に中を覗き込
んできた。その目からは竜実たちに対する興味はまるで感じられなかった。道端の石
を眺める目だった。
男が乗り込んできてドアを閉め、向かい側のシートに座った。警視庁のバッジを提
示すると、中条、と面倒臭そうに名乗った。さらに懐から折り畳んだ一枚の書類を出
してきて、名前、といった。
「えっ？」竜実は聞き直した。
中条は不愉快そうに眉をひそめた。「名前。さっさと答えて」
「あ……脇坂竜実です」

「そっちは？」中条は顎を竜実の隣に向ける。

「波川省吾です」

中条は無言で書類を畳み、懐に戻した。代わりにスマートフォンを出してきて、どこかに電話をかけ始めた。

「ああ、中条だけどさ、今、何待ち？……地元警察への挨拶って、それはもういいんじゃないの？……ああ、そう、ふうん、面倒臭えな。とにかくさ、被疑者、とっとと運びたいんだけど。……わかった、頼むよ」

中条は電話を切った後もスマートフォンをしまおうとはせず、何やら操作を始めた。竜実たちに話しかける気配はない。

「あの、刑事さん」波川が遠慮がちに口を開いた。「脇坂の話を聞いてやってください」

中条は手を止め、ちらりと波川を見た後、またすぐに目をスマートフォンに戻した。返事をする気はなさそうだ。

刑事さん、と今度は竜実が思いきって声をかけた。

「俺にかけられている容疑って、福丸さんが殺された事件に関してですよね。だったら俺、アリバイがあるんです」

しかし中条は無反応だ。スマートフォンをいじる手を止めず、足を組み直した。

刑事さん、と再び波川が呼びかけた。

「うるせえなあ」中条は、げんなりしたように口元を曲げた。「そんなに話がしたいなら、東京に帰ってからじっくりと聞いてやるよ」

「今、ここにいるんです」竜実はいった。「この場所に、このスキー場にいるはずなんです。俺のアリバイを証明してくれる人が。だから、今ここで話を――」

「うるさいといってるだろうが。黙れっ」

恫喝《どうかつ》するように中条が目を剝いた時、持っていたスマートフォンが鳴りだした。画面を見て、中条は怪訝そうな表情をした。その顔のまま電話に出た。

「はい、中条です。何ですか、今頃。小杉さんは捜査から外れたと聞いてるんですがね」

竜実は波川と目を合わせた。電話をかけてきているのは小杉らしい。

「えっ、何ですか？……どういうことです、それは。どうしてそんなことをいわれなきゃいけないんです？……どういう意味ですか。……もしもし？　もしもし？」電話は切れたらしい。

中条はスマートフォンをしばらく見つめた後、竜実たちに目を向けてきた。「小杉刑事を知ってるか？」

竜実は黙っていた。どう対応していいかわからなかった。波川も答えない。

「答えろ、小杉を知っているのか」

呼び捨てになったことで、竜実は心を決めた。中条は小杉の仲間ではない。知らないです、と答えた。

中条はスマートフォンを握ったまま、何やら考え込んでいる。小杉からはどんな話を聞かされたのだろうか。

とんとん、とスライドドアの窓が叩かれた。中条がドアを開けると、外に防寒着を羽織った警官が立っていた。中条に何やら報告している様子だ。

中条は渋面を作り、迷ったように遠くへ目をやったり、手元のスマートフォンを見つめたりした後、竜実たちのほうを向いた。「君たちに大事な話があるという女性が二人、来ているそうだ」

波川が竜実のほうを見た。「千晶さんたちだ」

「会わせていただけますか」

竜実の問いかけに、中条は仏頂面で黙ったまま、降りろ、というように顎を動かした。

警官の後について歩いていくと、二人の女性スノーボーダーが立っていた。どちらも例の白地に赤い水玉のウェアを着ているが、一方が瀬利千晶だということはわかった。もう一人はゴーグルを付けたままだ。

竜実は彼女たちの前まで歩み出た。

「莉央、顔を見せてやって」瀬利千晶がいった。

莉央と呼ばれた女性がゴーグルを外した。竜実は息を呑み、顔を覗き込んだ。

あっ、と声を漏らしていた。身体から力が抜けそうになる。

「どう？　間違いないよねっ」瀬利千晶が尋ねてくる。

だが竜実は首を横に振るしかなかった。

「えっ、違うの？」

「違うのか？」波川も駆け寄ってきた。「よく見ろよ。印象が違うだけじゃないのか」

「違う。この人じゃない……」竜実は腰を折り、両手を膝についた。ショックのあまり、立っているのさえ辛い。

「うん、そうだよね」莉央という女性が、やけに乾いた声でいった。「私じゃない。その日、新月高原なんかに行ってないし」

「えっ、行ってないの？　莉央じゃないの？」瀬利千晶が声を裏返した。「じゃあ、どうしてここへ来たわけ？　意味ないじゃん」

「そうじゃない。説明する暇がなかった。あのね、脇坂君だっけ、あなたのアリバイ、証明してあげるから。できるから」

えっ、と竜実は身体を起こした。「本当ですか」

「嘘じゃない。ねえ、私の顔をもう一度よく見て。あなたが見た女性とは別人だけど、何か気づくことはない？」

そういわれて竜実は彼女の顔を見つめ直した。やがて、はっとした。

「あっ、似ている……。目元とか、鼻筋とか……。新月高原で会った人と」

やっぱり、と成宮莉央は頷いた。「思った通りだ」

「えっ、もしかして……」瀬利千晶も何かに気づいたようだ。

「姉さんだ。これを持ちだして、滑ったんだと思う」成宮莉央は自分のウェアを摘まんだ。

「お姉さんって、今日の花嫁じゃあ……」竜実は思わず瞬きを繰り返した。

成宮莉央はスマートフォンを取りだし、どこかに電話をかけ始めた。

「もしもし、私だけど、姉さんはそこにいる？　ちょっと呼んでほしいんだけど」そういった直後に、彼女の表情が一変した。「……えっ、本当？　……うん。……うん。

……それ、まずいから。絶対に動かさないで。……だめだから。……何とか考える。……そのまま待ってて」電話を切った後、たいへんだ、と呟いた。

「どうかしたの？」瀬利千晶が訊いた。

「たった今、姉さんの具合が悪くなったって。お腹《なか》が痛いとかいいだしたみたい」

「お腹？　食あたりかな」

「そんなんじゃない」成宮莉央はその場を歩き回った。「まずいな、このままじゃ、ゲレンデ・ウェディングできないよ」

えーっ、と瀬利千晶が悲愴《ひそう》な声をあげた。

思わぬ展開に、竜実は呆然とするしかなかった。せっかくアリバイ証人が見つかったというのに、アクシデントが発生したらしい。後ろを見ると、警視庁の中条も立ち尽くしていた。

成宮莉央が足を止めた。「うん、これしかない」そういうと瀬利千晶に近づき、彼女の両肩を摑んだ。「千晶、私の一生のお願いを聞いてっ」

38

「妊娠？」根津は耳を疑った。たった今まで、頭の中には全く存在しなかった言葉だ。

「三か月だそうです」長岡慎太が戸惑いと驚きの色が残る顔でいった。ついさっき、姿見の前にいた時とは違う種類の強張りがあった。タキシードの上着は脱いでいる。

二人は、新婦用の控えの間の、すぐ外にいた。声をひそめているのは、中に葉月がいるからだ。ただしウェディングドレス姿ではない。救護室から持ち込んだ、簡易ベッドで横になっているはずだった。

葉月の様子がおかしい、という知らせが長岡から根津のスマートフォンにあったのは、今から二十分ほど前だ。急に腹痛を訴え始めたらしい。ベッドを手配してほしいというので、救護室に連絡して持ってきてもらった。

その時点では胃腸障害を疑っていた。大イベントを前に緊張のあまり変調をきたしたのではないか、と根津は考えていた。ところが葉月に付き添っていた長岡が、青ざめた表情で口にしたのが、彼女は妊娠しているそうだ、という話だったのだ。

「知らなかったのか」根津は念のため、長岡に確認した。

全然、と後輩のパトロール隊員は首を振った。「知ってたら、話してます」

そうだよな、と頷く。おめでたい話を隠しておく必要はない。

「知っていた者は一人もいないのか」

それが、と長岡はいった。

「莉央ちゃんだけには話してあったそうです。ていうか、何かのきっかけで感づかれたと葉月はいってます。やっぱり姉妹ですね。三週間ほど前らしいですけど」

「莉央ちゃんも、俺たちには隠していたわけか」

「みんなに心配をかけたくなかったみたいです。何といっても、今日のイベントがありますから。妊娠中となれば、激しい運動はさせられません。ウェディング滑走をどうするか、莉央ちゃんも悩んだみたいです。みんなに話せば、それはまずいってことになります。でも花嫁の滑走がないんじゃ絵にならない」

根津は、ぴんときた。「それでボーゲンか」

長岡は頷いた。

「万一にも身体に負担がかからないよう、そう決めたんだそうです。葉月本人は、そんなにスピードを出さなければ、カービングスキーの模範演技程度のことはできると いったらしいですが、莉央ちゃんは絶対にそんなことはさせられないと頑として譲らなかったとかで」

　姉想いの莉央ならそうだろう、と根津は合点した。

「それで、どうするんだ？」

「わかりません。今、葉月が莉央と話し合っているところです。スタッフたちには事情を説明して、待機してもらっている状態です」

「最悪、中止か」

「そうなるかもしれませんね」長岡は苦悶《くもん》の表情で腕を組んだ。

「あの件はどうなったかな……」根津は呟いた。

「あの件って？」

「少々説明が難しいんだけど、これとは全く違う用件で、莉央ちゃんと千晶は下に降りていったんだ。面倒な話になってなきゃいいが」

　そういって根津が眉を寄せた時、慎ちゃん、と細い声がパーティションの内側から聞こえてきた。見ると葉月が青白い顔を覗かせている。

「葉月……起きてきちゃだめだろ。寝てろよ」長岡が血相を変えた。

「大丈夫。それより慎ちゃんに話があるの。根津さんも聞いてほしいんですけど」

「ああ、いいよ」

根津は控えの間に入った。長岡が手を貸し、葉月をベッドに寝かせた。先程まで彼女が着ていたウェディングドレスは、傍らに吊されている。

「慎ちゃんにお願いがある。すぐに私を病院に連れていってほしいの。大丈夫だとは思うけど、念のため」ベッドの中から葉月はいった。

「それはもちろんいいけど……」

「でもね、病院に向かう前に、会わなきゃいけない人がいる。私が行かないと、その人、無実の罪に問われちゃうんだって」

葉月がいったのを聞き、えっ、と根津は驚いた。「まさか……君が謎のスノーボーダーだったのか」

「根津さんは事情を知ってるのよね」彼女は苦笑いを彼に向けてきた。「ごめんなさい。私のちょっとした悪戯《いたずら》が、変な騒動を巻き起こしちゃったみたい。でもおかげでアリバイを証明してあげられるんだから、その人にとっては悪いことではなかったよね」

「待ってくれ。俺には何のことかさっぱり……」長岡が目を白黒させるのも無理なかった。

「ゴンドラの中で話す。とにかく支度をしなきゃ」葉月は上体を起こした。

「待ってくれ。結婚式はどうするんだ?」長岡が訊いた。「中止にするのか」

葉月は首を振った。「それは無理。今さら、そんなわけにはいかない。私たちのことはともかく、この村の……スキー場の命運がかかった一大イベントなんだもの」

「じゃあ、どうやって――」

長岡が質問を続けかけた時、根津の背後から人の気配がした。振り返ると千晶が入ってきたところだった。表情が、やけに険しくなっている。「葉月さん、大丈夫?」

「ああ、千晶ちゃん。大丈夫よ。ちょうどよかった。今、二人に説明しようとしていたところ」葉月がいった。

千晶は、まるで苦いものを口に入れたような顔をした。「あたしとしては、はっきりいって逃げだしたいんだけど」

「そんなこといわないで。千晶ちゃんに断られたら、ほかに打つ手がないんだから」

「そうかなあ。ほかにもいると思うけど」

「こんな状況で頼める相手なんていない。千晶ちゃんだって、そう思うでしょ」

千晶は、うーん、と唸った。「一生のお願いだって莉央からはいわれた」

「本当にその通りだと思う。千晶ちゃんが引き受けてくれて、感謝してる」

二人のやりとりを聞き、根津は首を傾げた。「一体、何の話だ」

「もちろん結婚式の話。ピンチヒッターを千晶ちゃんにお願いしたの」

葉月の言葉に、根津はのけぞった。「本当か？」

「あたし、こんなものを着られるかなあ」千晶が不安げな目を向けた先には、純白のウェディングドレスがあった。

「絶対に似合うと思う。私が保証する」葉月が断言した。

その直後、失礼します、といって女性スタッフが入ってきた。

「千晶さん。莉央さんから話を聞きました。大至急ヘアメイクをするので、ドレスを持って、一緒に来てください」

「くうーっ、もはや逃げられないか」千晶が観念した様子でドレスに近づいた。

「ちょっと待て。花嫁の代役を千晶さんがするとして、俺の代わりは誰が？」長岡が訊いた。

葉月が意味ありげに笑った。「そんなの、一人しかいないじゃない」

ドレスを手にした千晶が根津を睨んでくる。「自分だけ逃げようったって、そうはいかないからね」

「なるほどっ」長岡は納得した様子で自分の蝶《ちょう》ネクタイを外すと、はいっ、と勢いよく根津に差し出してきた。

39

赤いロープで仕切られたコースの周囲が、色とりどりのウェアを着た観客で埋め尽くされているのを見て、まるで冬季オリンピックの試合会場みたいだな、と竜実は思った。いやたとえオリンピックでも、あまり人気の高くない種目だったりしたら、これほどの観客は集まらないのではないか。噂によれば里沢温泉村だけでなく、周辺の市町村からも人が動員されているらしい。このイベントにかける村の意気込みが伝わってくるようだった。

先程流れたアナウンスによれば、ゲレンデ・ウェディングは当初の予定よりも約一時間遅れで実施されるらしい。また、いろいろと変更もあるようだ。何とかうまくいってほしい、と竜実は切に願った。

手に持ったままのスマートフォンにメッセージが届く手応えがあった。確認してみると藤岡からだった。『無実が証明されて、ほんと安心しました。脇坂さんのクルマが見つかった時には、どうしようかと思いました。早く帰ってきてください。土産話、期待してまーす。』とあった。

何が土産話だ、こっちの苦労も知らないで、と胸の内で毒づく。もっとも、だからこそ波乱に富んだエピソードを聞きたいということなのだろうが。

またスマートフォンが震えた。今度はメールだった。隣室の松下からだ。竜実たちの無事を祝福する内容だった。

三日間もスマートフォンの電源を切っていると、メッセージやメールが山のように溜まってしまう。いちいち答えていたらきりがないのだが、大事な相手には返信しておかねばならない。するとまたそれに対するリアクションが届くというわけだ。おかげで先程からずっとスマートフォンを手放せずにいるのだが、こういう状況が懐かしく、ありがたくもあった。

「あー、そういうことかあ」隣で竜実と同様にスマートフォンをいじっていた波川が、唸るようにいった。

「どうした？」竜実は訊いた。

「藤岡に借りた車で出発する時、隣の駅まで乗せてくれといった女子がいただろ？　メールが来てるんだけど、俺たちの行き先が里沢温泉だと警察にチクッたのは、どうやらあいつらしい。勝手にカーナビの情報を見てやがったんだ」

「そうだったのか。しょうがない女だな」

「自分が余計なことをしたという罪の意識は全くないみたいで、里沢温泉の雪質はどうですか、なんて呑気に訊いてきてやがる。東京に帰ったら、お仕置きだな」

波川がいうのを聞き、どうせ気持ちのいいお仕置きだろう、と竜実は想像した。

二人は、スキー・スノーボード・スクールの事務所にいた。今回、あれこれと世話になった高野誠也の職場だ。すでに服は、自分たちのものに着替えている。

竜実は人々で賑わうゲレンデを窓ガラス越しに眺めた。今は目に入るものすべてが輝いて見える。ほんの数十分前とは別世界にいるようだ。

高野たちの姿もコース脇にあった。弟の裕紀や川端健太も一緒だ。和服に身を包み、先頭に陣取っているのは『きなし』の女将らしい。彼女にも助けられた。

だが竜実にとって最大の救世主は、何といっても成宮莉央だった。彼女の話は意表をつくものだったが、同時にすべての疑問を解決してくれるものでもあった。

莉央が瀬利千晶から、「ゲレンデ・ウェディングでパフォーマーたちが着るお揃いのウェア」を見せられたのは十日前だった。白地に大きな赤い水玉というデザインは、プライベートで着るには野暮《やぼ》ったかったが、結婚式というイベントには相応《ふさわ》しく思えた。自分も着るかもしれないからという理由で、莉央は一着を持ち帰り、自宅の物置に吊しておいた。その物置は彼女が選手時代から使っており、スノーボードやブーツ、アクセサリ類も保管してある。

新月高原にいた謎の女性スノーボーダーの話を聞いた瞬間、葉月に違いない、と莉央は気づいた。その日、葉月には車で新潟方面に出かける用事があった。おそらくそのついでに新月高原に寄り、一人でツリーランを楽しんだのだろうと推測した。最初からそのつもりでウェアやヘルメットを物置から持ちだし、車に積み込んでおいたのだ。あのウェアを選んだことに、たぶん特別な理由はない。葉月のウェアが、まだ押入にしまいこまれたままだったので、たまたま目についたウェアを持ちだしただけだろう。

彼女のウェアが物置になかったことには理由がある。

葉月はかつてスキー選手だったが、趣味ではスノーボードにも乗る。むしろ引退後は、そちらを楽しむことのほうが多い。降雪後などは、ボードを抱えて一人で山へ入っていくこともしばしばだった。

しかし今シーズンは、その楽しみを封印する必要があった。妊娠が判明したからだ。いやそれだけなら周りに内緒にしていればいいのだが、莉央には気づかれてしまった。葉月の身体を心配した妹は、まず結婚式の演出を変更した。新婦が急斜面を華麗に滑走するというアイデアを捨て、安全なボーゲンで滑るだけにした。さらに姉には、

「プライベートでも一切滑らないこと」と厳命した。もしその約束を破った場合には、ゲレンデ・ウェディングのプロデュースから手を引くとまでいった。

葉月は妹の指示に従うことにした。当然、自分のウェアの出番はない。だから押入にしまいこまれたままだったのだ。

莉央は、体調が少し快復したという葉月と電話で話し、以上の推理がほぼ正しいことを確認した。葉月は我慢できずに新月高原スキー場で滑ったこと、山中でグレーのウェアを着た若い男性と話したことを認めたという。その時に撮影した写真は、スマートフォンに残っているそうだ。また、昨日の朝、コース外を滑走したのも自分だといっているらしい。

竜実は莉央の話を聞き、万歳し、波川と抱き合った。

もちろん、まだ完全に安心できるわけではなかった。実際、中条は、「本人の口から直接話を聞かなくては何ともいえん」といった。

だがそれから間もなく現れた成宮葉月と会い、竜実は安心を通り越し、感激のあまり涙ぐんでしまった。あの彼女——あの日、雪の中で出会った『女神』に間違いなかった。新郎となる男性に支えられた成宮葉月の顔は、より美しくメイクが施されていたが、力強い光を放つ目はあの時のままだった。

そして彼女も竜実のことを覚えていた。「あの時はシャッターを押してくれてありがとう」と微笑んでくれたのだった。

こうして竜実のアリバイは証明された。完全に放免というわけにはいかないだろうが、容疑者扱いされる心配はなくなったわけだ。そのことを示すように、あんなに大勢いたはずの長野県警の警官たちが、いつの間にか姿を消していた。竜実たちには、見張りがつけられつつもある程度の行動の自由が許され、今はこうして結婚式が始まるのを待っているというわけだった。

中条は、少し離れたところで電話中だった。かれこれ三十分以上、スマートフォンを耳に当てたままだ。その顔は青ざめており、表情には余裕のかけらもない。だがたぶん、電話の相手も同様に違いない。事件発生から丸三日間、全く関係のない学生を追いかけることに全力を費やしていたのだから当然だ。

小杉のことがふと頭に浮かんだ。あの刑事は、今頃何をしているだろうか。先程、中条に電話で何をいったのか、改めて気になった。

不意に、空砲の音がゲレンデ上に鳴り響いた。続けざまに三発。たった今までざわめいていた群衆が、ぴたりと静かになった。

続いて音楽が流れ始めた。『G線上のアリア』だ。弦楽器の穏やかな音色が、白い雪面を通り過ぎていく。

遠くに目をやり、はっとした。ピンク色のリボンを手にしたスキーヤーたちが優雅に並んで滑り降りてくる。彼等は全員あのウェア——白地に赤の水玉模様の衣装に身を包んでいた。成宮莉央がいった通りだ。ふだんでは悪趣味に見えかねないウェアが、この日のような舞台ではじつによく映える。

見とれていると、突然曲調が変わった。テンポが速くなり、ヒップホップ調になった。すると登場したのはスノーボーダーのグループだ。グランドトリックを駆使しながら降りてくる。動きが複雑であるにも拘わらず、ぴたりと揃っている。客席から拍手が起こった。

その後も、様々な曲に合わせ、スキーヤーやスノーボーダーたちが華麗な滑りを披露してくれた。

やがて曲が誰もがよく知る定番——『結婚行進曲』に変わった。スキーヤーやスノーボーダーたちは列を成し、一本の通路を作っている。そこがバージンロードらしい。斜面の上から二つの人影が現れた。一方は黒いタキシード姿のスキーヤーで、もう一方はウェディングドレスを着たスノーボーダーだった。どちらもものすごいスピードを出しており、巻き上げられた雪煙が遠くからでも見えた。

「うおっ、すげえなあ」隣で波川が驚嘆する声をあげた。

竜実は立ち上がり、目を凝らした。成宮葉月たちの代役が誰かは聞いている。

新郎新婦が次第にスピードを落とした。バージンロードの手前まで辿り着くと、スキーヤーの新郎が、スノーボーダーの花嫁を抱き上げた。

大勢の拍手と口笛の中、バージンロードを通過していく二人は、代役とは思えない幸せそうなオーラに包まれていた。

40

手を宙にかざしても何も感じないが、傘をささないでいるとじんわりと服が湿ってくる程度の霧雨が、鬱陶しく降り続いていた。安っぽい透明のビニール傘越しに、小杉は一軒家を眺めた。古くて小さな木造家屋だ。築年数は三十年ではきかないだろう。灰色の門柱に取り付けられたインターホンが通じるかどうかわからなかったが、ボタンを押してみると、屋内でチャイムが鳴るのがかすかに聞こえた。

だがスピーカーからは返事は聞こえてこず、代わりにすぐ前の玄関ドアが開いた。髭を生やした、小柄な老人が顔を見せた。七十代半ばというところか。茶色のセーターの上に、黒いカーディガンを羽織っている。

「岡倉貞夫《おかくらさだお》さんですね」小杉は門をくぐり、前に進んだ。後ろから白井もついてくる。

老人は怪訝そうに眉をひそめた。「そうだけど、おたくは？」

小杉はコートの内側から警察のバッジを出した。

「こういう者です。伺いたいことがありまして、五、六分、お邪魔させていただけるとありがたいのですが」

「……どんなことですか」

「それは立ち話ではちょっと……。お願いします」傘をさしたまま、頭を下げた。

岡倉の目には、明らかに迷いと怯えの色が滲んでいた。その様子は、単に警察と聞いて臆していているだけのようには見えなかった。

「でも……部屋が散らかっているし、狭いし」

「構いません。お忙しいところ、本当に申し訳ありません」小杉は傘を畳み、半ば岡倉の身体を押すように進んだ。白井も、小杉の背後からぴったりと身体を寄せてくる。

「いや、ちょっと待ってください。そんな、押さないで……」

小杉は、半ば強引に屋内に足を踏み入れると、素早く視線を走らせた。上がってすぐ右が台所で、左側が和室だった。

岡倉は不承不承といった様子で、どうぞ、と和室のほうを示した。失礼します、といって中に入りながら、小杉は壁際のテレビを観察していた。DVD機器が接続されている。その下のラックにぎっしりと並んでいるのは、録画済みのDVDか。

飲み物などを出す気はなさそうで、岡倉はそのまま腰を下ろした。小杉にしても、そんなものを馳走になる気はない。コートを羽織ったままで正座した。

「話というのは、ほかでもありません。福丸陣吉さんが殺害された事件についてです」小杉は切りだした。「福丸さんのことは、もちろん御存じですよね」

「それはまあ……知らない仲ではないです」

「知らない仲じゃない？　その程度ではないでしょう。碁会所で話を聞きましたが、かなり親しくしておられたみたいじゃないですか。好敵手で、腕は互角だったとか」

「いや、どうかな……」岡倉は首を捻っている。小杉たちと目を合わせようとしない。

「結構な金額を賭けていたっていう噂も耳にしましたがね」

「えっ、いや、そんな……そんなことは……」しどろもどろになった。

小杉は笑いながら手を振った。

「いいんですよ、そのことをとやかくいう気はありません。ゴルフにしろ麻雀《マージャン》にしろ、いい大人が真剣に勝負しようとすれば、何も賭けないってわけにはいかないものですよね。囲碁だって、きっとそうなんだろうと思います」

岡倉は俯いたまま、両手を擦り合わせたり、揉んだりしている。

「これもまた碁会所で耳にしたことなんですが、岡倉さんはかなり勉強熱心だそうですね。囲碁番組なんかも欠かさず録画して、何度も見直すとか。大事な対局なんかを見逃したとしても、岡倉さんにいえば大抵録画したＤＶＤを持っておられると聞きましたよ」

岡倉の手の動きがぴたりと止まった。代わりに、呼吸と共に肩が大きく上下し始めた。

「その録画したＤＶＤですがね、ちょっと見せていただけませんか」

「な……何のためですか。わたし……何もしちゃいません。関係ありません」

「何のためかと訊かれたら、捜査のためだとしか答えられません。関係ないなら、いいじゃないですか。ちょっと見せてくれるだけでいいんです。それとも何ですか、見せられない事情でもあるんですか」

「いや、そんなものはない……」

「だったらいいでしょう。見せてくださいよ。――おや、もしかして、そこに入っているのがそうですか」小杉はテレビの下のラックを指差した。

「あ、いや、これは……」

「そうなんですね？　正直に答えてください」

「そうだけど、あの……」

岡倉がラックに手を伸ばしかけたので、「触らないでっ」と小杉は制した後、白井に目配せした。

すでに手袋を嵌めていた白井が、ラックのガラス扉を開き、慎重な手つきで並べてあるＤＶＤを取り出した。そのうちの一枚を小杉のほうに示した。

「ほほう、素晴らしい。放送日まできちんと書き込んである。その日付によれば、放送されたのはつい先日……福丸さんが殺害された前日じゃないですか。そのＤＶＤ、お借りしていいですかね」

「何……何のためにです？　何をしようっていうんですか」

「そんなに血相を変えることはないでしょう。大したことはしません。問題なければ、すぐにお返ししますよ。もっとも、こいつに福丸さんの指紋でも付いていたりしたら、そういうわけにはいかんでしょうけどね。その場合には、もっといろいろと詳しくお話を聞かせていただくことになると思います」

白井がＤＶＤをビニール袋に入れるのを見届けて、小杉は腰を上げた。

「お邪魔しました。ではまたいずれ」

41

小杉が一人で里沢温泉村に向かうことにしたのは、岡倉が自供してから一週間後のことだった。といっても、彼が取り調べを担当したわけではない。取り調べに当たったのは、捜査一課の主任だった。しかし南原も同席した。岡倉に着目し、逮捕を進言したのは、一応南原ということになっているからだ。

岡倉逮捕の決め手になったのは、やはり例のDVDだった。ケースから福丸陣吉の指紋が検出されただけでなく、ディスクに付着していた皮脂のDNAも一致したため、岡倉としては言い逃れのしようがなかった。

あの日、岡倉は福丸に頼まれ、前日の夜に録画した囲碁番組のDVDを持参した。福丸は喜び、DVDを再生しながら、碁石を並べ始めた。その様子を見ながら、岡倉は話を切りだした。

話とは、金の無心だった。

岡倉は日々の生活に困窮しつつあった。それを少しでも補おうと、賭け囲碁仲間に加わったが、誰も彼もそう簡単には勝たせてくれなかった。それどころか最近では負けが込み、支払いに苦労していた。

福丸は親切だし、仲間思いだ。頼めば助けてくれるのではないか、と期待した。ところが反応は予想と違った。借金を頼む前に、まず負けた分を払え、と福丸は怒りだした。岡倉は、福丸にもずいぶんと負けていたのだ。

そこを何とか助けてほしいと頼み込むと、福丸は意外なことをいいだした。岡倉の息子に電話をかけるというのだった。岡倉は息子の就職で福丸の世話になっていた。こんなことを息子に知られたくなかった。それだけはやめてほしいといったが、福丸の怒りは鎮まらなかった。携帯電話を出し、今にもかけそうになった。

やめさせなければ、止めなければ、という考えしかなかった——岡倉は取調室で泣きながらそういったらしい。

殺してしまったと気づいた後は、とにかく怖く、逃げだすことしか頭になかったので細かいことは覚えていない、とのことだった。

話の終盤は眉唾だな、と小杉は考えていた。DVDを入れ替えておいたり、カムフラージュに教本を置いたり、やけに冷静だ。そもそも無我夢中なら、何も盗まずに逃げているはずだ。岡倉の部屋からは、福丸家のリビングボードから盗まれたと思われる一万円札が数枚見つかっている。

とはいえ、概《おおむ》ね真実だろう。裏も取れ、事件は解決した。課長の大和田から褒められたらしく、南原の機嫌はすこぶるいい。小杉たちに無茶な命令を下したことはすっかり忘れているのか、所轄でも独自の判断で動けば結果に繋がる、というのが最近の口癖だ。

小杉が里沢温泉村に着く頃には、すっかり暗くなっていた。タクシーを降りると、雪が端に寄せられた道を歩いた。前回、さほど長くいたわけではないが、何となく懐かしい気がする。

小杉は足を止めた。目当ての看板を見つけたからだ。『お食事処　きなし』――そう書かれた文字も懐かしい。

近づいていき、がらりと引き戸を開けた。小杉の会いたかった人物は、いつものようにカウンターの向こうにいた。いらっしゃいませ、といいながら彼のほうに顔を向けると、その笑みをさらに明るく輝かせた。「あらまあっ、どうしたんですか」

「休暇だ。事件が一段落したからね」

テーブル席がいくつか空いていたが、小杉は迷いなくカウンターに向かった。

「事件というと……例の？」女将が小声で尋ねてきた。

「もちろん、そうだ」

「それはよかったですね。じゃあ、お祝いしないと」

「そう思ったからやってきた。『水尾』で乾杯だ」

「かしこまりました」

女将はお通しの皿を出しながら、「それにしても奇遇ですね」といった。

「何が？」

「じつは今、あの人たちもこっちに来てるんですよ。小杉さんたちが追いかけてた、あの二人」

「脇坂君たちが？　本当か」

「大学のお友達をたくさん連れて、うちに泊まりにきてくれています。何なら、呼びましょうか？」

小杉は割り箸を持った手を振り、苦笑した。

「やめたほうがいい。こちらはともかく、向こうは俺の顔なんか見たくないだろう」

「そんなことはないと思いますけど、まあそうおっしゃるなら」女将は小杉の前に置いたグラスに『水尾』を注いだ。

脇坂たちの顔を思い出し、小杉は苦笑を漏らした。あの若者たちとの出会いは、自分にとってもちょっとした事件だったと思った。

彼等の身柄を引き取りに行ったのが中条だと聞いた時、不意に電話をかけることを思いついた。あの傲慢なエリート警官が、学生たちの話に真剣に耳を傾けるとは到底思えなかったからだ。電話に出た中条に、小杉はいった。

「たまには被疑者たちの話を聞いたほうがいいですよ。あんたより、よっぽど賢い人間かもしれませんからね。後で恥をかきたくなかったら、いう通りにすることです」

何のことかさっぱりわからないらしく中条は怒っていた。あの電話が脇坂たちの助けになったかどうかは不明だが、少なくとも足は引っ張らなかったようだ。

切れのいい日本酒を飲みながら、小杉はいくつかの料理を口に運んだ。どの料理にも手間がかけられていて、素朴そうに見えて深い味わいがあった。まるで女将の人間性を表しているようだ。

彼女と過ごした一日を振り返った。短い時間だったが、緊張感に溢れていた。人からあれほど刺激を受けたことが、これまでにあっただろうか。

小杉は傍らに置いた旅行バッグに目をやった。ずいぶんと膨らんでいるのは、今回の旅行のために購入したものを詰め込んであるからだ。スキーウェアと手袋、ゴーグル、そして帽子だ。

改めてスキーに挑戦しようと思っている。ただし一人で滑る気はない。

問題は、どうやって誘うか、だった。小杉はグラスを傾けながら女将を目で追った。

彼女は店員に何やら指示を出しているところだった。

背後で引き戸の開く音がした。女将が、いらっしゃい、と挨拶する。小杉に声をかけた時より、少しくだけた感じだ。常連客だろうか。

小杉は、こっそりと後ろを見た。入ってきたのは二人の男女だった。長身の男性には見覚えがあった。この店で会ったのだ。たしかパトロール隊の隊長だという話だった。名字は根津だったか。女性のほうも見たことがあるような気がした。

二人は小杉の真後ろのテーブルについた。生ビールと枝豆を注文している。

「あれだけのことをやったんだから、もう十分だろ」男性――根津がいった。

「だから、あれはあたしたちのじゃなかった、といってるでしょ。何遍いったらわかるわけ?」女性が声を尖らせた。

「そうはいっても、やったのは俺たちだ」

「記録が残ってない」

「そんなことはない。パンフには名前が載ってる。プロモーションビデオにも」

「モデルってことでね。あくまでもモデル。ドレスとタキシードを着たってだけ」

何の話だろう、と小杉は考えた。二人がもめているのはたしかなようだ。

「それよりおまえ、御両親にはきちんと話したんだろうな。家の仕事、本当に継がなくていいのか」根津がいった。話題を少しそらしたように聞こえる。

「しつこいねえ、大丈夫だって。昨日も話したでしょ。リオに話したら保育園の仕事なら前から興味があるってことなんで、あたしの代わりに行ってもらうことにしたって。うちの親も、あたしの友人なら信用できるといって、喜んでるんだから」

「まああたしかに、チアキは保育園の園長って柄ではないと思うから、それでよかったとは思うけどさ」

「そっちこそ、きちんと御両親たちと話を進めてるんでしょうね。式の日取りとか、どうなってるの?」

「だから式はもういいだろ。二回もやって、どうすんだよ」

ばんっ、とテーブルを叩く音がした。「本物をやりたいっていってんの」

「前のだって本物だろ。あんなに金がかかってんのに」

「自分がお金をかけたみたいにいわないでよ」

「豪華だったといってるんだ。ドレスもタキシードも本物の高級品だった」

「服は本物でも、それを着てたあたしらが偽物だったといってるんだよ。わかんないのか、このタコッ」

「何だとっ」

まあまあまあまあ、と女将がとりなすのが聞こえてきた。

小杉は二人のやりとりに聞き耳を立てていたが、何をもめているのかはわからないままだった。

42

山頂に着くと、雪雲がゆっくりと近づいてくるのが見えた。この分だと、午後から降りだすかもしれない。大歓迎だ、と竜実は心の中でガッツポーズをする。どんなに降っても、降りすぎということはない。

クワッドリフトを降りてきた後輩たちが、周囲を見渡して感激の声をあげている。

「すごい景色ー」

「どこを見ても真っ白だ」

「はるか遠くの山が、あんなにはっきり見える」

彼等の反応に竜実は悦に入る。そう、ここは日本最大級のスキー場の頂点だ。

「やったな、脇坂」波川が声をかけてきた。「とうとう、思う存分、何の心配をすることもなく、この山を滑れる時が来た」

うん、と竜実は手を出し、苦労を共にした友人と、がっちり握手した。「思いきり滑るぞ」

藤岡もそばにやってきた。

「素晴らしいですね。ここ、『マウンテン・モンキーズ』の定番にしましょう」

「それには賛成だ。ただし——おい、みんな、聞いてくれ」竜実はグローブを嵌めた両手をメガホンにした。「このスキー場でトラブルを起こすことは、この俺が許さない。滑走禁止エリアには絶対に入るな。自己責任エリアは滑走可能だが、自分の力を過信するな。何かあったら、自分たちが困るだけじゃない。このスキー場にも迷惑がかかるってことを絶対に忘れるな。いいな、わかったな」

はいっ、と総勢十七名が声を揃えて返事した。全員、このスキー場で竜実たちがどんな経験をしたかを知っている。

「よしっ、そのことを肝に銘じたところで記念撮影だ」

竜実の指示で、集合写真が撮られることになった。藤岡が、通りかかった男性スキーヤーにシャッターを押してくれるよう頼んでくれた。

遠くの山嶺《さんれい》をバックに、皆で集まってポーズを取った。

「何だか、ほかの客が不思議そうに俺たちを見ているな」波川がいった。

「そりゃそうですよ」藤岡が応じる。「こんなお揃いのウェアを着てるんですから」

「いいじゃないか。団結力がありそうで」竜実は反論する。

「そういうのを超えちゃってる気がするんですよね、このウェア」

「気に入ったのなら、毎回借りてやってもいいぞ」

「それは勘弁してください。どうか、今日限りってことで」

スキーヤーが二度シャッターを押してくれて、記念撮影は終了した。

「さあ、行くぞっ。パウダースノーを食いまくれー」

竜実の掛け声を合図に、白地に赤い水玉模様のウェアを着た集団が、斜面に向かって突っ込んでいった。

本書は書き下ろしです。

◉実業之日本社 好評既刊
恋のゴンドラ
Love♡Gondola
東野圭吾
真冬のゲレンデにやって来た男女。日常を離れた大雪原を舞台に走りだした、彼等の恋の行き先は……。
怒濤の連続どんでん返し、衝撃のラストに絶叫必至!?
イッキ読み間違いなしの極上エンターテインメント。
この恋の行方は
天国か地獄か——
illustration:loundraw
恋のゴンドラ
東野圭吾
実業之日本社
恋をするには愛以上に
覚悟と度胸が必要
——書きながら
改めて思いました
東野圭吾
四六判並製　定価（本体1200円＋税）
ISBN 978-4-408-53695-8

●実業之日本社文庫　東野圭吾の好評既刊

白銀ジャック

人質は、スキー場にいる人すべて

ゲレンデの下に
爆弾が埋まっている——

「我々は、いつ、どこからでも爆破できる」。年の瀬のスキー場に脅迫状が届いた。警察に通報できない状況を嘲笑うかのように繰り返される、山中でのトリッキーな身代金奪取。雪上を乗っ取った犯人の動機は金目当てか、それとも復讐か。すべての鍵は、一年前に血に染まった禁断のゲレンデにあり。今、犯人との命を賭けたレースが始まる。圧倒的な疾走感で読者を翻弄する、痛快サスペンス！

文庫判　定価（本体648円＋税）
ISBN 978-4-408-55004-6

手がかりはテディベアの写真のみ！

疾風ロンド

ハラハラが止まらない！
書き下ろし長編ミステリー

強力な生物兵器を雪山に埋めた。雪が解け、気温が上昇すれば散乱する仕組みだ。場所を知りたければ3億円を支払え——そう脅迫してきた犯人が事故死してしまった。上司から生物兵器の回収を命じられた研究員は、息子と共に、とあるスキー場に向かった。頼みの綱は目印のテディベア。だが予想外の出来事が、次々と彼等を襲う。ラスト1頁まで気が抜けない娯楽快作。

文庫判　定価（本体648円＋税）
ISBN 978-4-408-55148-7

実業之日本社文庫 ひ13

雪煙《せつえん》チェイス

2016年12月5日 初版第1刷発行

著 者 東野圭吾《ひがしのけいご》

発行者 岩野裕一
発行所 株式会社実業之日本社
〒153-0044 東京都目黒区大橋1-5-1
クロスエアタワー8階
電話 [編集]03(6809)0473 [販売]03(6809)0495
ホームページ http://www.j-n.co.jp/
DTP 株式会社ラッシュ
印刷所 大日本印刷株式会社
製本所 大日本印刷株式会社

フォーマットデザイン 鈴木正道(Suzuki Design)

ISBN978-4-408-55323-8（第二文芸）